압도하라
타이거즈
Tigers

압도하라
타이거즈

Tigers

이범호 감독의 어메이징 시즌
그리고
KIA 타이거즈 선수들

bs
브레인스토어

Contents

Prologue · 6

1 높아진 기대감, 그러나 감독이 없다 · **10**

2 Just 1 More! · **26**

3 가장 강력한 '무색' · **39**

4 클러치 히터 · **48**

5 뭔가 다른 MZ 감독 · **54**

6 시범경기는 시범경기일 뿐? · **64**

7 초보인 듯, 초보 아닌 · **71**

8 NO.25 · **81**

9 부상 · **90**

10 1위 질주 · **99**

11 THE YOUNG KING · **106**

12 강팀의 조건 · **124**

13 대투수 · **133**

14 베테랑 · **151**

15 해결사 · **161**

16 실책 · **168**

17 기다림, 그리고 믿음 · **175**

18 버티는 달이었다 · **184**

19 고마워 꼬마들 · **190**

20 언성 히어로 · **204**

21 ALL STAR · **214**

22 CAPTAIN · **224**

23 선두 굳히기 · **235**

24 광주 · **245**

25 우승 · **252**

Epilogue · **260**

Prologue

오효주는 왜
이범호 감독과
타이거즈의 야구가 궁금했을까?

4월이었다. 스튜디오 프로그램을 진행하는지라 현장에 나갈 기회가 적었던 관계로, 2024시즌은 조금 늦게 이범호 '감독'을 현장에서 처음으로 만났다. 선수 때부터 그의 유창한 언변과 유쾌한 성격은 익히 알고 있었고, 코치를 할 때도 오며 가며 마주칠 때마다 특유의 사람 좋은 미소로 인사를 건네던 모습에서 그의 마음씨까지 짐작하게 했다. 그렇다고 특별한 친분이 있거나 가까이 지낸 사이는 아니었기에 그를 더 깊게 알지는 못했다. 그래서였을까. 감독으로서의 모습은 내가 봐온 것과는 조금 다를 수도 있겠다는 나름의 예상, 돌이켜 생각하면 약간의 편견을 가지고 덕아웃을 찾았던 기억이 떠오른다.

여느 때와 크게 다르지 않은 경기 전 풍경이었다. 타이거즈의 인기는 언제나처럼 높았고, 이는 취재진 열기를 통해서도 확연하게 느낄 수 있는 정도였다. 시즌 초반 부상 이탈이 연이어 나오는 가운데 선두를 유지하는 신임 감독에게 많은 질문이 쏟아졌다. 침착하게 답변을 이어가는 그의 이야기 속에 한마디가 귀에 확 꽂혔다.

'부상 덕분에'

지금의 시간을 통해 많은 걸 배우고 있고, 이는 선수들에게도, 나에게도 자신감을 얻을 수 있는 귀중한 경험이 된다는 이야기. 결과론일 수는 있으나 '배웠다'는 말의 울림은 생각보다 컸다. 그 누구에게도 달갑지 않은 부상이라는 단어 뒤에 '덕분에'라는 표현을 쓸 수 있다는 것도 신선하게 다가왔다. 이범호 감독 역시도 없었으면, 피해 갔으면 하는 것이 부상인 건 마찬가지였겠지만, 그 상황 속에서도 긍정적인 요소를 찾는 그의 생각, 그리고 선수들과 마찬가지로 자신도 성장하고 있음을 솔직하게 전하는 그의 마음이 궁금해졌다.

　　그 말 한마디에 이 작업을 추진했다. 표면적인 표현으로만 보면, 지극히 주관적인 마음으로 나에게만 와닿은 그런 이야기였을 수도 있다. 시즌 초반, 어쩌면 아직은 부임 직후 '허니문'이 사그라들기 전이라고 볼 수도 있을 만한 시기에, 초보 감독의 한마디에 꽂혀 한 시즌의 프로젝트를 진행한다는 게 위험 부담이 있을 만한 일이었던 것도 사실이다. 그런데 그날의 현장에서 느낄 수 있었던, 이범호 감독의 표정과 목소리에서 전해지는 단단한 기운에 끌렸다.

　　왠지 모르게 특별했다. 뭔가 다르다는 게 느껴졌다. 특히나 감독 첫 시즌. 모두의 처음이 그렇듯 어설프고 서툴 수 있는 그런 시기를 헤쳐 나가는 모습을 그는 솔직하게 드러낼 것 같았고, 있는 그대로 마주할 것 같았다. 이는 지금까지 봐온 사례들과는 또 다른 메시지를 전해줄 거라는 기대가 생겼고, 그와 더불어 타이거즈의 한 시즌을 따라가면서 그 안에 담긴 철학을 느끼고 삶의 자세를 배운다는 건 충분히 의미가 있을 거라는 확신이 들었다.

　　그렇게 모험처럼 이 책의 첫 장이 시작됐다. 편한 자리에서의 깊은 대화. 경기 전 주고받은 잠깐의 이야기. 메신저나 통화를 통해 들을 수 있었던 순간의 생각까지. 몇 달간, 꽤 자주, 함께 나눈 대담과 모든 과정을 한 단어로 정리해보면 '한결같다'고 표현하고 싶다.

　　선수 때부터 매사 밝고 유쾌했던 성향, 감독으로 한 시즌간 보여준 수평적인 리더십, 어려서부터 늘 좋은 점을 먼저 떠올린 그의 인생까지. 그는 언제나 같은 모습이었다. 그리고 감독으로서 새 도전에 나선 그는 완벽하지 않았고, 완벽할 수 없었다. 흔들리고 또 흔들렸지만, 어느 한순간도 변하지 않았던 것. 늘 밝고 긍정적으로, 인정하고 수용하는 자세였다.

초보 감독의 어리숙함을 들키지 않으려 소위 말하는 '센 척'도, 그렇다고 훗날 결과에 대한 충격을 미리 대비하기라도 하는 듯 앓는 소리로 일관하는 '약한 척'도 하지 않는 사람. 초보 감독이지만, '초보' 티가 날까 봐 두려워하는 게 아니라, '감독' 티가 나는 걸 두렵게 생각하는 사람. 그럴듯하게 꾸미는 태도, 불필요하고 부자연스러운 겉모습과는 어울리지도, 원하지도 않는 사람. 이게 바로 1년간 바라본 감독 이범호의 모습이었다. 그리고 그러한 감독과 함께 그라운드에서 치열하게 싸운 타이거즈 선수들의 이야기가 궁금했다. 그들의 이야기를 책에 담고 싶었다.

1

높아진 기대감,
그러나 감독이 없다

"무조건 가을야구 이상. 우승 후보에 대적할 강력한 대항마."

확실히 기대감은 높아졌다. 새로운 시즌을 앞두고 전문가들이 점쳐보는 예상. 그 이상도 이하도 아닌 추측에 불과한 말뿐일지라도 그 팀을 응원하는 팬으로선 듣기만 해도 설레는 말이다. 전문가들도 자신의 이름과 경력을 걸고 근거 있는 전망을 내놓은 거니까. 그 말은 즉 그만큼 우리 팀은 강하다는 뜻이니까. 뚜껑을 열어보기 전까지 그 누구도 알 수 없다고 하지만, 중요한 건 시즌을 앞둔 지금. 포스트시즌을 기대해볼 수 있다니. 설렘을 가득 안고 시즌을 출발하는 것만으로도 그 시즌을 바라보는 행복감 자체가 달라진다.

다만 팀 구성원의 입장이라면 한편으론 그런 평가 속에서는 잘해도 본전이라는 함정을 견뎌야 한다. 예상과 다르게 미끄러졌을 때의 충격은 배가될 수 있다는 위험도 감수해야 한다. 상위권으로 분류된다는 건 그만큼 객관적인 전력이 좋다는 뜻. 그런 만큼 가능성이 상대적으로 높아지는 것도 사실이다. 그러나 좋은 전력이 무조건 좋은 성적을 장담하지는 않는다는 사실을 우린 종목을 막론하고, 시대를 막론하고, 수없이 봐왔다.

'잘할 것 같다' 그리고 '잘해야만 한다' 그 기대감과 부담감 사이. 일단 좋은 쪽에 더 가까운 건 사실인 것 같다. 실제로 2024시즌을 앞두고 강력한 우승 후보 중 하나로 꼽혔던 어느 팀의 감독과 스프링캠프에서 나눴던 이야기가 떠오른다. 몇 명의 선수 보강으로 단번에 우승 후보가 됐다는 게 한편으로 부담스럽지는 않으냐는 질문에 그의 대답은 이랬다. 감독이란 자리는 이래도 걱정, 저래도 걱정이라고. 그렇다면 자원이 없어 고민하는 것보다 있어 고민하는 것이 낫다는 이야기였다. 상위권으로 예상될 만큼 좋은 전력을 갖추고 있는 것이 이왕이면 더 낫다는 뜻이다. 일단 '행복한 고민' 속에 시즌을 치른다는 게 그자체만으로 얼마나 큰 플러스 요소인지를 느끼게 하는 대목이었다.

그러나 우승 후보가 모두 우승을 이뤄낼 순 없듯, 우승에는 '우주의 기운'이 필요하다고도 말한다. 그저 전력만 좋아서 가능한 게 아니라는 이야기다. "올해는 우승 한번 해봅시다"라는 다짐 아래. 모기업의 적극적인 투자, 구단의 전폭적인 지원, 완벽한 전력과 뛰어난 코칭스태프를 갖춰도 우승하지 못하는 경우가 생기는 이유. 야구는 혼자 하는 스포츠가 아닌데다 144경기를 소화하는 장기 레이스에서 발생하는 모든 변수를 통제할 수는 없기 때문이다. 그리고 예상을 빗나가는 영역은 상상 그 이상이다. 스포츠에서 흔히 볼 수 있는, 생각지 못한 부상이나 부진이 전부가 아니라는 이야기다.

2024시즌을 앞둔 타이거즈는 5강 후보, 더 나아가 우승 후보로도 꼽힐 만큼 긍정적인 전망이 많았다. 리그를 대표하는 투타의 주축 선수들이 건재한 데다 베테랑에게 힘을 실어주며 의지를 다졌다. 선수층이 더 탄탄해졌다는 평가에, 시즌 전만큼은 최근 몇 년간 고통을 줬던 부상에 대한 걱정도 이전에 비해 덜었다. 여기 한 해 농사의 절반이라는 외국인 선수 역시 기대감을 높이기에 충분했다. 지난 2년간 KBO리그에서 인상적인 활약으로 실력이 검증된 소크라테스와 계속 동행하기로 했고, 지난해 아쉬움으로 꼽혔던 외국인 투수에서 기대감 높은 원투펀치를 새로 영입하며 이전보다 더 향상된 전력을 예상할 수 있었다.

그러나 의문 부호는 여전히 많았다. 평가가 좋은 외국인 선발 투수들일지라도 아직 KBO리그에서 검증된 것은 없었고, 두터워진 선수층 역시 아직은 잠재력을 터뜨리지 못한 미완의 유망주 또는 반등을 노리지만 여전히 부담 요소가 많은 베테랑 선수들이었다. 무엇보다 중심을 이루는 선수 구성이 대체로 작년과 비슷한 가운데 새로 합류한 선수들도 특급 보강으로 보기엔 어려웠다. 비슷한 전력으로 지난 시즌엔 6위를 기록했는데 단숨에 상위권 전력으로 분류할 수 있을까? 물음표였다.

그래도 기대해볼 만한 요소 역시 분명했다. 그 마음으로 한 해의 소망을 품으며 희망찬 다짐을 새기는 2024년 1월. 타이거즈 팬들은 다소 불안했다. 아니 우울했다. 불미스러운 일로 감독 없이 스프링캠프를 치러야 하는 초유의 사태가 벌어졌다. 활기찬 출발을 앞두고, 새 시즌을 위한 모두의 노력은 덮인 채, 기대감은 어딘가로 사라졌고, 연일 불편한 소식만 쏟아졌다.

그럼에도 시간은 흐른다. 시즌은 다가올 것이고, 이 시간을 핑계로 누군가에겐 전부일 수 있는 소중한 시즌을 망칠 순 없다. 변함없이 타이거즈를 지켰고 지켜나갈 사람들이 동요 없이, 그리고 어김없이 그 시간을 소중하게 채워가는 게 관건이었다. 혹여나 흔들리지는 않았을까. 당시 타격 코치로 스프링캠프에 함께한 이범호 감독은 그 시기를 이렇게 떠올렸다.

솔직히 스프링캠프를 시작했는데 선수단 분위기가 그렇게 나쁘지는 않았어요. 어쩌면 코치들만 있으니 더 편안해 보

이는 듯한 느낌도 있었던 것 같고요. 떠난 사람에게 마음이 불편했던 것도 물론 있었겠지만 그런 표현을 딱히 하지는 않았어요. 즐겁게, 자기 할 것들을 열심히 하더라고요.

프로니까요.

맞아요. 우리 선수들은 프로니까. 자기 할 일에 최선을 다할 뿐이었던 거죠.

그렇지만 그런 일이 흔히 겪을 수 있는 상황이 아닌 것도 사실이었습니다. 감독 교체, 시즌 중 경질이나 사임 같은 것과는 다른 일이었으니까요. 건강상의 이유도 아니고 감독 없이 스프링캠프를 치르는 건 거의 처음이었죠.

상황이 위중했던 건 맞죠. 그런데 다시 생각해보면요. 어쩌면 선수들에게는 그렇게 큰 상황이 아니었을지도 몰라요. 이미 벌어진 일은 벌어진 일이니까요. 그 상황에 대해서 선수들이 할 수 있는 건 없잖아요. 그래서 선수들은 이제 앞으로 어떻게 될지를 더 생각했던 것 같아요. 어떤 분이 우리 감독으로 오실까. 그럼 우리는 어떻게 하면 될까. 그게 더 중요하지 않았을까 싶어요. 그래서 큰 동요도 없었던 게 아닐까요.

선수들이 이렇게 의연한데 코치는 더더욱 흔들리면 안 될 일이었다. 그리고 상황을 심각하게 생각하는 게 도움이 될 리도 없다. 차분히 상황을 받아들이고, 자신의 위치에서 선수들을 어떻게 도울지 고민할 뿐이었다. 그래도 상대적으로 은퇴한 지 그리 오래되지 않은 젊은 코치였던 만큼 선수단과 더 가까이 소통할 수 있었기에 선수들의 이런 심리를 세심하게 헤아릴 수 있지 않았을까. 그렇게 자신의 역할에 충실한 채 시즌 준비에 매진하던 어느 날. 그러다 정말 갑작스럽게, 생각지도 못했던 순간이 찾아왔다. 바로 감독 면접.

진짜 면접을 보기 전까지 아무것도 없더라고요. 갑자기 면접을 보게 된 거예요. 하루 전에 준비하라는 이야기를 들었죠. 일단 상황이 그렇게 됐으니 어떤 이야기를 해야 할까 곰곰이 생각해봤어요.

누군가는 꽤 오랜 시간 그 순간을 준비했을 수도 있을 겁니다. 정해진 건 아니지만 현재까지 우리가 봐온 KBO리그 감독의 통상적인 나이를 생각해봤을 때 아직 이르다는 느낌도 있었을 거고요. '언젠간 할 수 있겠지만 그게 지금이라니?' 팬의 입장에서는 이런 생각이었죠. 이걸 차치하더라도 본격적인 시즌 준비에 돌입할 때만 해도 전혀 예상할 수 없었던 상황이었어요. 정말 너무나 갑작스러웠을 것 같습니다

맞아요. 일단 이 상황을 그냥 차분히 생각해봤어요. 그런데 가만히 고민해보니까 거창한 말이 필요가 없겠더라고요. 왜냐하면 그때 선수들을 보니, 솔직히 감독 없이 스프링캠프를 정말 잘 소화하고 있는 거예요. 어쩌면 코치들이랑 더 편하게 운동하고 있는 거죠. 그렇다면 이게 뭐겠습니까? 감독이 없어도 이 선수들이 좋은 플레이를 할 수 있는 거예요. 그러면 제가 감독이 안 되면 되는 겁니다.

...?

감독처럼 느껴지지 않게, 때로는 코치처럼, 때로는 친구처럼 하는 거죠.

그러니까 선수들이 그동안 생각했던 감독이 아니면 되는 거군요.

그러면 된다고 생각했어요. 그래서 감독 면접 때도 그렇게 이야기했죠. 지금 선수들이 너무 즐겁게 잘하고 있으니까 제가 지금 해야 하는 역할은 선수들이 지금의 좋은 분위기를 잃지 않으면서 더 신나게 뛰어놀 수 있게 해주는 거라고요. 그게 제가 가장 잘할 수 있는 포인트라는 생각도 들었고요.

감독 같지 않은 감독이 되겠다. 초보 감독은 이렇게 무거운 사태를,

이렇게 갑작스러운 상황을, 이렇게 헤쳐가고 싶다고 말했다. 정답은 없다. 그저 그 시기, 우리 팀에게 필요한 분위기는 뭘지, 그리고 어떻게 해야 할지를 고민했다. 누구보다 타이거즈를 잘 알기에 할 수 있는 생각이자, 직접 살을 맞대며 겪어왔기에 할 수 있는 이야기.

　　안 그래도 타이거즈의 팀 컬러는 늘 강했습니다. 그런 강력한 팀 컬러가 상징이던 시절도 있었죠. 근데 시간이 많이 흘렀어요. 때로는 강한 것도 필요하지만, 상황에 맞게 유연하게 대처할 필요가 있는 거죠. 그런데도 여전히 우리는 무조건 강해야 한다고만 하면 선수들도 부담스럽지 않을까요? 강압적으로, 정해진 틀 안에서만 움직이라고 하는 것보다 쉴 때는 편하게 쉬고, 다시 집중할 땐 확실히 집중하는 게 더 효율적이라는 생각이 들더라고요.

　　선수로, 코치로 이 팀을 오래 경험해보셨잖아요. 같은 팀을 다른 자리에서, 공백 없이 긴 시간 동안 계속 느껴볼 수 있었던 겁니다.

　　2011년부터 2024년까지. 올해로 14년째니까, 선수-코치 포함해서 13년을 이 팀에 있으면서 느낀 점이 있습니다. 일단 말씀드린 강한 팀 컬러도 있지만, 변화가 너무 빨랐어요. 성적을 내야 했으니까요. 지도자들은 더 강한 주문을 겁니다. 빠르게 결과를 내야 하기 때문이죠. 그러다 김기태 감독님이 오셨어요. 그간의 강한 색깔을 뛰어넘는 재밌는 색깔을 가진 분이라고 해야 할까요. 새로운 분위기가 형성되더라고요. 그러니까 선수들이 하나로 탁 뭉치는 걸 발견했습니다.

그 빠른 변화나 강한 색깔이 좋은 성적을 내던 시기도 분명 있었습니다. 그러나 시간이 지나 더 이상 맞지 않는 순간이 찾아왔다면 또 다른 색깔이 필요한 거죠.

생각해보니 그래요. 시대는 계속해서 변하고, 환경도 변하죠. 그만큼 하나의 색깔만을 가지고 가기보다 유연하게 생각하는 게 필요하다는 걸 느꼈습니다.

이전의 팀 컬러가 이전과 같은 좋은 성적을 가져오는 시기는 지났다. 그렇다면 변화가 필요하다고 생각했다. 그러나 어떤 변화가 좋은 성적을 불러올지는 아무도 모른다. 다만 이적생의 시선에서, 팀의 주축 선수이자 주장의 시선에서, 때로는 하위권의 성적을 받아들이며, 때로는 우승의 기쁨을 누리며, 그리고 코칭스태프의 자리에서. 다양한 각도로 바라본 타이거즈의 모든 시간을 토대로 생각해봤을 때 지금, 이 순간 선수단이 만들어 가고 있는 '좋은' 분위기는 유의미해 보였다.

여기에 그가 지도자의 길을 택한 이후, 어쩌면 그 전부터도 생각했던 그만의 지도자로서의 지향성도 있었다. 선수 시절 수많은 감독을 경험했다. 이적도 했고, 길지 않은 시간이지만 외국 리그도 경험하며 선수로서 지도자의 다양한 유형을 몸소 느꼈다. 선수 은퇴 직후에는 지도자 연수 및 스카우트로 의미 있는 시간을 보낼 수 있었다. 그리고 2020년 11월 퓨처스 총괄 코치로 본격적인 지도자의 길을 걷기 시작했고, 이후 2년간 1군 타격 코치를 경험하며 또 다른 자리에서 지도자의 방향을 그려볼 수 있었다.

　　그동안 제가 하고 싶었던 야구는 선수들이 더 잘하는 걸 하게 해주는 야구였어요. 너무 많은 걸 건드리지 않는 거죠. 충고라든지 참견이 덜할수록 지도자 입장에서 아쉬운 게 생길 수 있어요. 부작용이 생길 수도 있고요. 근데 좋아질 거라 믿고, 다시 해보자고 다독이는 게 더 중요하다고 생각했어요. 선수의 장점을 살리는 방향으로 가고 싶었죠.

그것은 자신에게 가장 어울리는 모습이었다. 선수 이범호, 지도자 이범호를 넘어, 인간 이범호다운 모습. '꽃범호'라는 별명에서 느낄 수 있듯 특유의 친근하고 편안한 이미지. 선수 시절 그라운드에서 화내는 모습도 잘 보이지 않던 그의 성향. 격의 없는 모습으로 선수를 대하던, 늘 유쾌한 표정으로 사람을 대하던 그 모습은 그가 어떤 사람인지를 알게 했다. 그래서였을까. 그는 그와 어울리는 리더십에 끌렸다. 더 편하게, 이왕이면 기분 좋게, 믿음과 진심이 통하는 그런 리더십.

　다만 냉정한 판단도 필요한 부분이다. 지도자. 나의 인생뿐 아니라 또 다른 누군가의 인생에도 큰 영향을 미치는 자리. 더불어 정말 많은 것을 책임져야 하는 자리. 그저 내가 좋다는 이유로, 나에게 맞는다는 이유로 단순하게 생각할 일이 아니다. 게다가 경험이 부족하다면 앞서 수많은 지도자 선배들이 걸어온 길을 교훈 삼을 필요도 있다. 그 역시 많은 부분을 고려해봤다. 역시 충동적인 감정이나 본능적인 이끌림은 아니었다.

면접을 계기로 이런 생각을 해봤어요. 감독이라는 게 어떻게 하면 되는 자리인 걸까. 제 선수 시절을 돌아봤죠. 자유분방한 야구, 소위 말하는 미국 야구, 강한 야구, 섬세한 야구, 데이터 중심의 야구, 형님 같은 야구. 여러 스타일을 경험해봤는데요. 그중에 언제 성적이 가장 좋았는지 생각해봤습니다.

답은 뭐였습니까?

부드러운 리더십의 김인식 감독님, 그리고 편한 형님 같은 리더십의 김기태 감독님. 이 두 분과 했을 때 한국시리즈에 갔더라고요. 다른 분들의 야구가 틀린 것은 아니에요. 또 다른 곳에서 새로운 리더십으로 결과를 만든 경우도 볼 수 있었고, 때로는 성적만큼 중요한 다른 게 있을 때도 있으니까요. 그보다 저는 이 두 감독님을 통해서 선수들에게 크게 간섭하기보다, 하고 싶은 것들을 하게 했을 때 좋은 분위기에서 좋은 성적까지 날 수 있다는 걸 경험한 것 같아요. 그 안에서 사람 대 사람의 마음이 닿았을 때, 서로의 진심이 통했을 때 그 이상의 시너지를 낼 수 있다는 걸 느꼈습니다.

함께 좋은 성적까지 일궈냈다. 확신을 높이기에 충분한 근거. 갑작스러운 상황이었지만, 차분히 모든 걸 돌아봤다. 나의 선수 시절, 타이거즈의 흘러온 시간, 그리고 리더라는 자리. 그렇게 그는 자유로운 팀 문화를 만들고 싶다고 외쳤다.

마침 팀에는 분위기 변화가 요구되는 시점이었고 초유의 사태를 아우를 리더십이 필요한 상황이었다. 팀 분위기는 이미 조금씩 달라지고 있었다. 그렇게 선수들은 자연스럽게 우리의 내일을 준비하고 있었다. 지금 필요한 건 선수들이 선수들끼리 만든 좋은 분위기를 이어가는 것. 그러니 지도자 역시 자연스럽게 그들을 이끌면 되는 것이었다. 억지 옷을 입을 필요가 없다. 나도 선수들을 잘 알지만, 선수들도 나를 잘 안다. 최선의 생각은 나에게 가장 어울리는 방법으로 유쾌하게 상황을 이겨내는 것이었다.

이상적인 그림은 맞아떨어졌다. 다만, 프로는 프로다. 모두가 안팎의 상황을 그렇게 관대하게 헤아리지 않는다. 우리는 그저 '성적'으로 모든 걸 보여줘야 할 뿐이다. 본분을 다시 되새기며 상황을 있는 그대로 들여다본다.

사실은 내부보다 외부에서 상황을 더 심각하게 만들고 있다. '바깥 분위기'가 좋지 않다. 이런 상황도, 그리고 감독이라는 자리도 겪어보지 않은 일이다. 그렇기에 걱정이 생기고 고민이 많아질 수도 있는 일이다. 그러나 다시 생각해보면 전력이 좋다. 팀 분위기도 괜찮다. 그럼 우리가 더욱 떠올려야 하는 것은 무엇인가.

상황이 복잡할수록 오히려 불필요한 것들은 정리하고 핵심에 집중하는 단순함의 가치를 되새겨야 한다. 어쩌면 생각지도 못했던 상황이 갑작스럽게 찾아왔기에 더 간단명료하게 지금의 팀 상황을 진단할 수 있었는지도 모른다. 목표는 하나. '우리 팀은 올 시즌 팬들이 그토록 기대하는 가을야구 그 이상을 바라봐야 한다.'

5-7-6-9-5-6. 2017시즌 통합우승을 거둔 이후 성적표다. 6시즌 중 포스트시즌 진출에 성공한 건 딱 두 번. 그것도 와일드카드 패배로 막을 내린 너무 짧은 가을이었다. 그런데 2017시즌 당시 함께 통합우승

을 일군 주축 선수들이 여전히 팀의 중심으로 자리 잡고 있다. 외국인 투수 원투펀치가 새로 합류한 게 크다고는 하지만 지금 이렇게 좋은 전력으로 평가받았다는 건 계속 우리 팀은 평균 이상의 전력을 자랑한다는 이야기다. 그럼 다시 질문. 그동안엔 왜 성적이 나지 않았던 것인가.

그동안 다소 강압적인 팀 분위기가 형성될 때가 있었어요. 모든 걸 정해진 틀 안에서 움직이려고 하는 것 같다는 생각도 들었고요. 그래서 면접 때 이야기했습니다. 이게 바뀌어야 성적을 낼 수 있다고 생각한다고요. 그럼 어떻게 하고 싶냐고 물으시더라고요.

뭐라고 답하셨습니까?

바꾸고 싶다고 했죠. 실수해도 괜찮으니 다시 해보자는 분위기를 만들고 싶다고 했어요. 오늘 못했으면 내일 만회하면 되지. 이런 방향으로 선수들을 이끌고 싶다고 말했습니다.

구단의 반응은 어땠나요?

구단에서도 원하는 방향이었다고 하시더라고요. 대표님께서도 그게 성적을 내는 방법이라고 생각한다면 밀어주고 싶다고 얘기해주셨고요.

내가 지금 해야 하는 일과 내가 가장 잘할 수 있는 일이 일치한 운명 같은 상황. 그 무엇보다도 더 나은 타이거즈를 만들기 위한 하나된 마음이 그렇게 통하고 있었다. 생각보다 더 어렵고 복잡했던 검증의 과정이었다. 그만큼 심사숙고의 과정을 거쳐야만 하는 것이 프로야구 감독의 자리인 것도 맞지만 더욱 그럴 수밖에 없는 상황이었다. 예상치 못한 감독 이탈로 너무 많은 사람에게 너무나도 큰 혼란을 불러일으켰다. 변함없는 응원에 보답하기 위해, 실망했을 마음을 달래기 위해, 그리고 의심의 시선을 지워내기 위해 더 강도 높은 검증의 시간이 이어졌다.

반드시 필요한 시간이다. 너무 큰 홍역을 치렀기에 보다 완벽한 뒤처리가 필요했던 것도 사실이고, 앞서 언급한 대로 '바깥 분위기'가 너무 좋지 않았기에 더 깔끔한 정리가 요구됐다. 그리고 이 모든 상황을 '앞장서' 수습해야 하는 사람, 바로 감독이었다. 그런 감독을 선임하는 과정이기에 더 엄격한 시간이 있어야만 했다.

그런데 달리 생각해보면 안 그래도 너무 많은 것을 책임져야만 하는 감독의 자리인데, 더 큰 위험 부담까지 감수해야 하는 상황이었다. 아무리 감독이라는 자리가 지도자의 정점으로 불리는 영역이라고는 하지만 누구든 부담을 느낄 상황이었다. 지도자의 길을 걸어가는 모두에게 단 한 번 올지 오지 않을지 모르는 순간. 그래서 어떤 기회라도 뜻깊은 일일 수도 있겠지만, 그래도 이왕이면 좋은 상황, 좋은 분위기 안에서 시작을 원하는 건 누구나 가질 만한 바람. 그런데 이런 악조건 속에서, 그것도 감독으로서 첫 출발이라니. 걱정이 앞서는 건 당연한 일이었다.

고민이 많이 됐던 것도 사실입니다. 상황도 많이 부담스러웠고요. 그렇기에 급한 감도 없지 않아 있었던 것 같아요. 더

붙어 감독으로 첫 출발인데 이렇게 시작하는 게 맞나 하는 생
각도 들었습니다.

누구라도 그렇게 느꼈을 겁니다. 그럼에도 불구하고 나를
다잡은 힘은 어디에 있었습니까?

우리 선수들을 믿었어요. 계약 기간 안에 기대하는 성적
을 내는 것도 중요하죠. 근데 타이거즈의 중심을 잡아주는 우
리 베테랑들이 있고 새로 올라올 선수들도 잘할 거라는 확신이
있었습니다. 이 모두가 함께 우리의 목표를 이뤄야 하는 거잖
아요. 상상만으로도 너무 멋진 그림이죠. 그렇다면 제가 있을
때 해볼 수 있다면 너무 좋겠다는 생각이 들었습니다. 우리 선
수들 모두 능력이 있는 친구들이니까요.

좋은 선수들이 있는 게 가장 중요하지만, 그만큼 중요한
게 좋은 기운이지 않을까 생각도 해봅니다. 우승을 직접 경험
하셨잖아요. 그런 기운이 느껴지셨습니까?

분명히 선수들이 도와줄 거라고 믿었어요. 여기에 내가
해야 한다는 책임감도 들었죠. 갑작스러운 상황으로 인해 어려
움도 예상됐습니다. 그렇지만 그런 것과 관계없이 감독이라면
모든 사람을 이끌고, 모두가 원하는 바를 이뤄야만 하잖아요.
그리고 그래야 그동안 힘들었던 걸 다 털어내고 많은 사람이
편해지지 않을까 생각했습니다.

그 이상의 책임감을 안으신 거군요.

그래야 할 것 같았어요. 스스로한테도 말했죠. '넌 항상
힘들 때 뭔가를 맡아서 해왔잖아. 이번에도 해보자. 초보지만

나를 믿고 맡겨준 그 마음에 보답하자. 그래, 해보자.' 그렇게 하게 됐습니다.

팀의 수장. 그 이상의 역할과 책임감을 떠안아야 했다. 그러나 타이거즈 유니폼을 입고 함께한 13년이라는 시간 속에 담긴 사랑을, 추억을, 환희를, 그리고 뜨거운 눈물을 떠올리면 충분히 감내할 수 있었다. 그래서 생각지도 못한 상황, 예상치도 못한 순간이었지만 더 솔직하게 외쳐야 했다. 더 나은 타이거즈를 위한 변화의 필요성을.

그리고 선수들은 이미, 변화의 움직임을 한 발씩 내딛고 있었다. 그렇게 운명적인 오프닝이 시작됐다. 모험인 듯 승부인 듯. 2024년 2월 13일. 2024시즌 타이거즈의 신임 감독이 선임됐다.

제11대 KIA 타이거즈 감독. 이범호.

2

Just 1 More!

정신없는 순간의 연속이었다. 자신의 본분인 타격 코치 역할을 최우선으로 생각하면서, 선수단을 비롯한 외부에는 철저히 비밀에 부치며 강도 높은 면접 과정에 임해야 했다. 눈앞에 벌어진 모든 상황, 마주하고 있는 모든 순간이 처음이었기에 더욱 어려웠고, 조언을 구하거나 터놓을 곳도 없었기에 더욱 힘겨운 시간이었다. 그러나 대부분의 기회는 예고 없이 찾아온다는 것은 선수 생활을 통해서도, 그리고 인생 안에서도 수없이 겪어본 일이었다.

정말 갑작스럽게 감독 면접을 보게 됐고, 마찬가지로 갑작스럽게 감독이 되셨습니다. 사실 준비라는 게 어떤 의미일까 싶기도 합니다만, 그래도 시간이 조금 더 있었더라면 하는 아쉬움 같은 건 없으셨나요?

제가 참 웃긴 게 뭔지 아세요? 인생을 살면서 뭔가 작정하고 마음을 먹으면 오히려 생각대로 안 되는 경우가 많더라고요. 제가 성장해온 길이 그래요. 근데 반대로 말도 안 되는 상황이 왔을 때 말도 안 되는 걸 알면서도 일단 받아들이고 시작하면 오히려 생각보다 잘 풀려요. 그래서 저는 일단 시작해요. 그럼 되더라고요.

때로는 치밀한 준비보다 무모한 도전이 더 좋은 결과를 불러올 때가 있다. 그러나 제대로 들여다보면 대책 없이 부딪히고 나서 얻게 되는 뜻밖의 결과는 대개 그토록 원했던 목표까지는 아니다. 말 그대로 예상외의 덤이나 행운 같은 느낌 정도다. 그런데 무작정 달려들었다고 생각했지만, 내가 그동안 꿈꿔왔던 무언가가 이뤄졌을 때, 다시 그 시간을 돌이켜보면 나도 모르게 내 안에 차곡차곡 축적된 정성과 애정이 있었다는 걸 발견할 수 있다.

다시 말하면 뭔가 우연인 듯 보여도, 말도 안 되는 일 같아도, 그 결과가 좋다는 것은, 때로는 그 이상의 행운을 낳는다는 것은 알게 모르게 쌓여온 과정이 있었다는 뜻이다. 역시 일단 시작한다는 이범호 감독의 자신감 안에도 그저 스스로의 다짐이 아닌 철저한 준비가 담겨 있었다.

선수 은퇴하고 난 후에도 갑자기 코치 연수를 갈 수 있게 됐어요. 갔다 오니까 또 갑작스럽게 퓨처스 총괄 코치를 하게 된 거죠. 다음에 1군 타격 코치, 그리고 이렇게 1군에서 감독을 할 수 있는 기회가 찾아온 겁니다. 제 예상이나 계획을 벗어나 이뤄지는 일이 이렇게나 많죠. 그래서 저는 오히려 이런 생각이 항상 머릿속에 있어요. 말도 안 되는 상황이 언제, 어떻게 올지 모르니 조금씩 조금씩 대비해두자.

그 대비라는 건 어떤 걸까요?

생활 속에서 틈틈이 생각을 정리해두는 편인 것 같아요. 문득 이런 건 선수들에게 좋겠다거나 내지는 좋지 않겠다는 것들을 소소하게 메모해뒀다가 실행에 옮길 상황이 되면 적용을 해 보는 거죠. 내가 꾸준히 쌓아온 철학과 내가 생각하는 야구가 선수들에게 잘 전달되고 공감이 이루어졌을 때 지도자로서 좋은 방향이 만들어지는 거잖아요. 그게 준비가 아닐까 생각해요. 뭔가 작정하고서, '지금부터 준비'하는 게 아닌 거죠.

이렇게 '준비'된 사람의 진심은 벌써 통하고 있었다. 이범호 감독 부임 후 스프링캠프가 한창이던 시기. 각종 미디어 역시 시즌을 앞둔 팀의 분위기를 취재하고 선수들의 이야기를 직접 들어보며 다가올 시즌을 전망해본다. 여기, 비시즌 박찬호의 인터뷰가 화제였다. 이범호 감독이 새로 부임한 게 어땠냐는 질문에 박찬호는 사실 반기지 않았다고, 달갑지 않았다고 답했다. 그 안에는 이런 마음이 담겨 있었다.

언젠가 감독이 되실 거라고 막연하게 생각했지만 이렇게 빨리 되실 줄은 사실 몰랐어요. 그런데 아주 만약에 원하는 성적이 나지 않으면 그만큼 떠나는 상황도 빨리 나올 수 있는 거잖아요. 성적이라는 게 내야겠다고 다짐한다고 맘대로 할 수 있는 것도 아니고요. 만에 하나. 제가 좋아하는 선배님이자 제가 좋아하는 코치님을 오래 보지 못하면 어떡하나, 너무 빠르게 잃으면 어떡하나 하는 생각에 마음이 조금 무거웠습니다.

어디에나 영원한 건 없다. 만남이 있다면 헤어짐도 있는 법. 프로 무대에서 이 법칙은 더 냉정하게 적용된다. 모두를 만족시킬 수 없고, 모든 걸 충족시킬 수 없음에도, 다수의 욕구를 채우지 못한다면 가차 없이 작별을 마주하게 된다. 함께 시간을 보낸 만큼 누군가는 아쉽고, 누군가는 가슴이 아프지만, 이 당연한 섭리는 수없이 반복되어왔기에 그만큼 자연스럽게 받아들여진다.

그런데 박찬호는 그 이별이 시작부터 두렵다는 느낌을 받았다. 그건 상대에 대한 마음이 애틋할 만큼 귀하고 소중하다는 뜻이다. 어느덧 오랜 시간 프로 무대를 경험했지만, 그동안 느껴왔던 것과는 또 다른 새로운 감정이 든 이유. 함께 그라운드를 누볐던 선후배 사이를 넘어, 함께 머리를 맞댄 코치와 선수 사이를 넘어, 사람 대 사람으로. 말로 표현하기 힘든 존중과 존경, 의리와 우정 같은 수많은 마음이 떠오르기에 그랬던 것 아니었을까.

그래도 막상 되시니까 좋더라고요. 확실히 편하게 대해주시고, 이전과 같이 선수들을 잘 믿어주시죠. 완전 다른 분위기인 것 같아요. 그래서 제가 처음에 인터뷰했을 때 한 이야기가 있습니다. 감독님 지켜드려야 한다고요. 저희가 지켜야죠.

사실 새로운 감독이 부임하자마자 선수단과의 분위기가 좋지 않은 경우는 거의 없다. 선수단은 신임 감독의 성향을 맞춰가며 목표를 이루기 위해 노력하고, 감독 역시 선수단의 분위기를 익히며 함께 원하는 성적을 내고자 긍정적인 감정을 공유하기 마련이다. 일종의 허니문 효과. 일단 전반적인 공기가 바뀌었으니 새로운 활기가 생기고, 새롭게 부임했기에 어느 정도는 이해하고 용인하는 분위기가 생기는 것이다.

다만 이 모든 건 전략적이다. 새로운 출발을 앞두고 잘하고 싶은 마음은 모두가 같으니까. 여기서 잘하고 싶은 마음은 곧 팀의 좋은 성적이자 나의 좋은 기록이다. 팀에게 좋은 방향이 나에게도 좋은 방향이 될 수 있도록 그렇게 마음을 모아보자는 분위기.

그래서 박찬호의 이런 표현이 다소 새롭게 느껴진다. 전략적인 마음보다 인간적인 마음이 더 돋보이기 때문이다. 말의 무거움을 알 만한 그가 시즌을 앞두고 이런 표현을 공식적인 자리에서 했다는 것은 그 이상의 다짐과 결의를 담았다는 뜻이기도 할 것이다. 감독을 지키고 싶다는, 지키겠다는 선수. 감독의 존재가 자신의 그리고 우리 팀의 상승 에너지가 되는 셈. 아무리 극 초반일지라도 그동안 봐왔던 것 이상의 공감과 신뢰가 이어지고 있다는 것을 확인할 수 있었다.

이범호 감독 역시 박찬호의 인터뷰를 봤다. 아끼는 후배, 사랑하는 제자가 나에게 이런 마음을 품고 있다는 것이, 이런 식으로 나에게 힘을 실어준다는 것이, 그리고 이렇게 새로운 동기부여를 가지고 의지를 다진다는 것이, 기특하고 대견하고 또 뭉클했다. 말로 표현하기 어려운 감정을 느꼈다. 그래서인지 이범호 감독 역시 부임 직후였던 2월, 가장 고마운 선수를 떠올리며 박찬호를 꼽기도 했다. 신임 감독으로 모든 게 처음이라 다소 낯설고 때로는 두렵게도 느껴졌을 이 시기. 박찬호는 진심을 담은 마음으로 이범호 감독에게 보람과 용기, 그리고 안심을 줬다.

사실 이범호 감독과 박찬호의 인연은 남다르다. 이범호 감독이 선수 은퇴를 결정한 2019시즌부터 본격적인 주전으로 발돋움한 박찬호는 이범호 감독의 은퇴식에서 그에게 등번호 25번을 물려받았다. 이범호 은퇴식의 또 다른 주인공이었던 셈. 그의 '후계자'가 되어 달라는 바람이었다. 지금은 등번호 1번을 달고, 3루수가 아닌 유격수 자리에서 골든글러브까지 노리는 어엿한 주전 선수로 성장했지만, 그 특

별한 감정은 잊을 수도, 잊힐 리도 없다. 이렇게 둘의 연결고리는 떼

려야 뗄 수 없게 되었다.

　이후에도 둘의 특별한 인연은 계속됐다. 풀타임 경기를 뛰는 주전

선수가 됐지만 화려한 수비와 빼어난 주루에 비해 늘 공격이 아쉬움

으로 남았던 박찬호. 본인 역시 이를 잘 알고 있었다. 장점을 살리는

데에 집중하는 것이 더 낫겠다고 생각하면서도 타격에 대한 욕심도

지울 수는 없었다. 하지만 아직은 타격에서 보여준 것이 없으니 자신

감이 조금 부족했다. 그렇게 혼자 머리를 싸매고 있던 그를 보며 당시

이범호 코치는 타격에서도 더 잘할 수 있는 역량을 분명히 가지고 있

다고 확신했고, '방법'을 제안했다.

제가 퓨쳐스에서 총괄 코치를 하고 있을 때였어요. 찬호가 잘하고 싶은 욕심은 이만큼인데 마음처럼 되지 않는 거죠. 뭔가 생각을 복잡하게 하는 것 같아서 목표를 딱 설정해줬습니다. '타율 2할 7푼.' 이렇게 얘기하니까 자기가 지금 타율이 2할 2푼인데 어떻게 그만큼을 올리냐고 하는 거예요. 그래서 타율 2할 2푼이랑 2할 7푼, 안타 몇 개 차이 날 것 같냐고 물었어요. '한 30~40개 차이 나지 않을까요?' 이렇게 답하는 거예요. 그래서 아니라고, 열 개 정도 차이 난다고 말했습니다. 그러니까 한 달에 두 개씩만 더 치면 되는 거라고요.

이렇게 들으니 접근이 굉장히 쉬워지는 느낌입니다.

맞아요. 찬호도 그렇게 답했어요. '너무 쉬운데요?'라는 거죠. 이어 말했습니다. '너 맨날 안타 두세 개씩 치고 싶지? 그 생각 때문에 안 되는 거야. 한 경기에 하나만 쳐. 그러면 안타가 몇 개야? 144개야. 그럼 9번 타자로 나가면 3할, 1번 타자로 나가면 2할 8푼. 144경기 다 뛰면 돼.' 그러니까 찬호가 체력은 자신 있다는 거예요. 144경기 다 나갈 수 있다는 거죠. 그리고 2할 7푼 2리를 쳤어요.

성장은 이렇게 계단식으로 이루어지는 경우가 많으나, 갑자기 더 높이 오르게 하는 계단이 나타나기도 한다. 이를 위해 감내해야 하는 인내와 고통은 더 크지만, 눈에 띄게 성장한 결과를 마주하게 되면 그 기쁨 역시 배가 되는 법이다. 힘들었던 그간의 과정이 눈앞을 스쳐 지나가지만, 괄목할 만한 성과를 직접 눈으로 확인한 순간 앞선 고통보다는 보람이, 그리고 앞으로의 두려움 대신 희망이 더 커진다. 그렇게 아픈 기억은 미화되고, 새로운 목표를 떠올리게 된다.

그리고 이 감정은 몸소 느껴봐야만 알 수 있다. 그래서 이범호 당시 코치는 이 '보람의 희열'을 직접 느끼게 하는 것이 일단 중요하다고 생각했다. 그 '맛'을 알아야 다음 목표에 대한 동기부여를 키울 수 있으니까. 그리고 박찬호는 '제가 어떻게'라고 얘기했던 목표를 달성했다. 이제는 한 단계 더 올라설 차례.

다시 찬호랑 얘기했어요. '너무 쉽지?' 할 만하다는 거예요. 그럼 다음에는 3할을 치자고 했습니다. 또 화들짝 놀라요. 똑같이 얘기했습니다. 2할 7푼 칠 때보다 또 열 개만 더 치면 3할이라고요. 누구나 할 수 있는데 욕심이 앞서서 그렇다고. 똑같이 하루에 하나만 치고, 가끔 무안타로 끝나는 날이면 다음 날 서너 개 친다고 욕심내지 말고 두 개만 칠 생각하라고요. 볼 넷 하나 나가고 3타수 2안타 못 치냐고 물어보니까, 투수 잘 걸리는 날이면 쉽다는 거죠. 그래서 그런 날 두세 경기 잘 치고, 가끔 어려운 투수가 걸려도 행운의 안타, 번트 안타, 그렇게 하나씩만 편하게 생각하면 된다고 얘기해줬죠. 그리고 다음에 찬호가 3할 1리를 쳤어요.

아득하게 보였을 목표를 한 걸음씩 척척 이룰 수 있다는 게 정말 신기합니다. 이렇게 할 수 있는 선수라는 걸 알려주신 것도, 그리고 실제로 해낼 수 있게 하신 것도요. 가만 보면 결국 생각의 차이라는 걸 느끼게 하네요.

저는 이렇게 얘기하는 편이에요. 하루에 하나만. 욕심내지 말자. 144안타 어려워? 어렵대요. 하루에 하나 치는 건 어때? 해볼 만한데요? 해보겠습니다. 생각이 단순해지는 거죠.

생각을 단순하게. 맞춤형 지도법이었다. 주전으로 도약했지만, 타격은 조금 아쉬웠고 그래서 타격은 도저히 어렵다고 느끼는 선수에게, 잘하려는 욕심이 너무 커 복잡해진 생각이 발전을 가로막고 있는 상황에 놓인 선수에게 이런 해답을 내놓았다. 모두에게 적용할 수 있는 방법은 아니다. 그러나 박찬호에게는 이런 접근이 필요하다고 생각했다. 그렇게 만든 데뷔 첫 3할 타율. 그리고 올해는 한층 더 업그레이드된 모습으로 또 한 번 자신의 최고 타율을 경신하며 2년 연속 3할 타율을 달성했다.

이범호 감독은 이렇게 선수마다 어떤 방식이 맞는지를 잘 파악하는 지도자다. 놔둘 때는 놔둘 줄 알고, 잡을 때는 또 잡을 줄 안다. 그 사이에서 신뢰가 피어난다. 조언이 때로는 침묵이 어떤 의미인지, 선수들은 직감적으로 알 수 있다.

우리 팀 선수들을 보시면 전반적으로 다 차분해요. 막내 도영이까지 조용한 스타일이죠. 전체가 다 그러면 안정적일 것 같지만, 탄력을 받아야 하는 타이밍에 팀이 치고 나가질 못해요. 중요한 순간에는 힘을 확 낼 수 있어야 해요. 그러려면 그런 분위기를 만들 선수가 필요합니다. 그걸 해줄 수 있는 선수가 찬호예요. 그렇게 가끔은 까부는 찬호가 옆에 있어야 도영이도 흥이 나죠.

　젊은 선수들에게 그런 역할도 필요한 법이니까요.

　그럼요. 그러면 제 역할은 그 흥을 낼 수 있는 선수가 더 흥이 올라오도록 만드는 거예요. 그래야 팀 전체의 흥이 사니까요. 제가 생각하는 야구가 이런 겁니다. 결국에 경기는 선수들이 뛰는 거예요. 제가 뛰는 게 아니죠. 그럼 그 선수들이 더 의욕이 나게끔 만들어야죠. 그런데 자꾸 뒤에서 잡으면 못 뛰잖아요. 선수들한테 주문사항만 계속해서 집어넣으면 어딘가 짐을 하나씩 달고 뛰는 느낌일 텐데 그러면 얼마나 더 힘들고 지치겠습니까.

　그러지 않아도 힘겨운 싸움이죠.

　아무것도 없이 가뿐하게 뛰어도 이길까 말까 하는 게 우리가 치르는 경기라고 생각합니다. 그런데 자꾸 뒤에서 뭘 하지 말라고 하면 선수들도 수동적으로 바뀌고 팀은 결국 머물게 되더라고요. 그래서 코치들에게도 웬만하면 혼내는 방식은 피하라고 해요. 일단 제가 그러지 않으니까요.

누구나 알고 있다. 참는 게 더 어렵다는 것을. 그리고 알게 된다. 결국엔 참는 자가 진짜 강자라는 것을. 관심이 없어서 혼을 내지 않는 게 아니고, 마음이 괜찮아서 화를 내지 않는 게 아니다. 표출하지 않는 만큼 그 사람의 속은 더 타들어간다. 그러나 나의 스트레스보다 선수의 자신감이 더 우선이라는 마음, 그리고 크고 작은 실수에도 질책이나 실망이 아닌 믿음과 기대를 여전히 전하고 있다는 마음이 닿길 바라며, 쓰린 속을 애써 혼자 달래보는 것이다.

선수들은 감독의 외로운 마음고생을 눈치로 알아차린다. 그 마음을 짐작으로 헤아려야 하기에 미안함은 더 커진다. 그렇게 선수들은 침묵에 담긴 무게감을 느낀다. 그리고 그 인내에 담긴 강한 목소리를 듣는다. 그때부터는 더 큰 책임감을 느끼면서 자발적으로 움직인다. 프로답게.

찬호는 개성도 강하지만 때로는 실수도 합니다. 그렇지만 저는 선수들의 이런 외향적인 성향을 더 살리고 싶어요.

개성과 실수 중 개성을 더 크게 보시는 거군요.

그뿐 아니라 찬호는 좋은 걸 훨씬 많이 가지고 있는 선수입니다. 제가 선수 시절부터 해온 생각인데요. 좋은 선수는 경기에 빠지지 않는 선수라는 거예요. '힘들지? 오늘 쉬게 해줄까?' 이야기하면 '괜찮습니다. 경기는 해야죠.' 이렇게 답하는 선수들이 더 예쁜 선수거든요. 찬호가 바로 그런 선수예요.

확실히 그런 에너지가 느껴집니다. 그게 팀에 전하는 영향은 더 클 것 같고요.

이런 선수의 기를 꺾는 건 도움이 되지 않죠. 하고 싶은 대로 하게 해줘요. 그렇지만 본헤드 플레이가 나오면 확실하게 이야기하죠. 그럼 본인도 인정하고 다시 잘하겠다고 합니다. 이런 마음가짐을 가진 선수가 먼저라고 생각해요.

누구보다 선수를 잘 알고, 잘 이해하기에 가능한 일. 있는 그대로의 모습을 드러낼 수 있도록 기회를 열어주고 분위기를 만들어주는 감독 덕분에 박찬호는 자신의 매력을 더 유감없이 발휘할 수 있다. 더불어 팀 내에서 본인이 해야 하는 역할이 더 확실해지는 시기에 이런 분위기가 만들어져 그 시너지는 배가될 수 있었다.

사실 개인적으로 크게 변한 건 없어요. 가끔은 후배처럼 까불면서 분위기를 바꾸기도 하고, 가끔은 선배로서 저보다 어린 선수들을 이끌어야 하는 역할을 할 때가 됐잖아요. 이 시기에 마침 제 성향을 존중해주는 감독님을 만나서 모든 것들이 더 수월해지지 않았나 싶어요. 감독님 덕분에 가장 나다운 모습을 보여줄 수 있고, 그게 후배 선수들에게 긍정적인 영향을 미칠 수 있다는 건 참 좋은 일이잖아요. 저를 숨길 필요는 없으니까요.

누군가에겐 특별한 장점으로 보이는 것이 또 다른 누군가에겐 불편한 단점으로 보일 수도 있다. 같은 한 사람일지라도 모두에게 똑같은 평가를 받을 수 없는 이유다. 같은 행동과 태도를 두고 이 사람은 긍정적인 면을 높이 사는 반면 저 사람은 부정적인 면만 눈에 들어올 수 있기 때문이다. 생각하기 나름이다. 이범호 감독은 좋은 부분을 발견하려 애쓴다.

누구를 미워하지 않으면 큰 게 보여요. 반대로 누구를 미워하면 작은 것만 보입니다.

3

가장 강력한 '무색'

세상이 점점 더 빠르게 변한다. 그에 따라 달라져야 할 것들이 너무 나도 많다. 너무 많은 것이 새롭게 생겨나고, 모든 것을 이해할 수는 없다. 변화에 유연하게 대응하면서 나의 중심을 잃지 않고 살아가는 것. 요즘 세상을 살아가는 모든 이들의 숙제다. 어렵게 느껴지는 것 같기도 하지만, 한편으론 단순하다. 변화에 따라 달라지는 것들을 우리 모두 처음 경험하고 있기에. 모두가 동등한 출발선에서 시작하는 점들이 많아진다.

요즘 선수들은 제 선수 시절 때의 그 선수들과 마음가짐 자체가 확실히 다르다는 걸 체감합니다. 퓨처스 총괄 코치를 하면서도 많이 느낀 점이죠.

그래서 이런 부분에서는 감독 경험이 크게 중요하게 작용하지 않는 것 같다는 생각도 듭니다. 이전에 선수들을 대하는 것과 또 많은 것이 달라졌을 테니까요.

한국프로야구 역사도 어느덧 만 40년이 지났다. 이에 따라 감독의 성향도 유형도 시대에 맞춰 계속해서 변한다. 더불어 야구의 흐름도 바뀌고, 선수들의 성향도 이전과 같지 않다. 주류, 대세로 불리는 커다란 줄기가 있었던 이전과는 다르게 다양한 색깔이 공존한다. 원하는 결과로 이어진다면 이것도, 저것도 모두 정답이 될 수 있다. 방식에 대한 선택만 존재할 뿐.

감독이 되고 가장 먼저, 그리고 가장 많이 고민한 부분이 있습니다. 내가 어떤 감독이 되어야 할지, 그리고 어떤 길을 찾아가는 것이 감독으로서 좋을지 말이에요. 왜냐하면 우리가 20년 전에 했던 야구와 지금의 야구가 다르고, 지금 선수들이 가진 생각과 제가 선수였을 때 가졌던 생각이 다릅니다. 저의 경험 역시 소중하지만, 그때와 많은 것이 달라졌으니까요. 제 선수 시절의 경험과 생각을 가지고 선수들에게 접근해야 하는지, 아니면 그런 건 지우고 오롯이 지금 선수들을 바라보는 마음과 생각을 가지고 선수들을 대해야 하는지 스프링캠프에서 고민을 많이 해봤습니다.

어떤 답을 내리셨습니까?

답은 후자였어요. 사실 정답은 없겠죠. 그런데 가장 중요한 건 제가 함께할 선수들이 어떤 생각을 하고 있는지가 첫 번째라고 생각했어요. 야구라는 게 저 혼자 하는 게 아니잖아요.

'내가' 그려온 좋은 감독이 되느냐, '선수들이' 그리고 있는 좋은 감독이 되느냐. 둘 다 장단점이 명확히 있을 것 같다. 전자는 오랫동안 확고하게 굳혀온 나만의 중심이 있으니 흔들리진 않겠으나 유연함이 부족할 수 있다. 반대로 후자는 선수들의 이해나 달라지는 분위기에 빠르게 반응할 수는 있겠지만, 강단이 요구되는 순간에 어려움을 겪을 수 있다.

나의 중심을 고수하는 것과 다수의 이해를 헤아리는 것. 두 선택지 사이에서의 고민.

새로 팀에 부임하는 감독들이 선수들을 '자기화'시키려고 하는 경우가 종종 있어요. 이렇게 해라, 또는 하지 마라. 그렇게 해서 내가 가지고 있는 생각대로 이 선수가 움직여야 잘하는 선수라고 결론 내리는 거죠. 근데 제가 지도자를 하면서 느낀 건 반대였어요. 그 선수를 제가 원하는 대로 움직이게 하는 것이 아니라, 제가 그 선수의 플레이에 들어가야 해요. 그 선수의 뇌 속에 제가 들어가는 거죠.

그렇게 생각하게 된 이유가 있습니까?

선수가 감독의 뇌로 들어오게 하면 그 선수는 좋은 성적을 만들지도 못하고, 성장도 하지 못하는 경우를 자주 봤어요. 왜냐하면 선수마다 가진 장점이 각기 다르잖아요. 그런데 어떻게 모든 선수를 한 명의 감독이 원하는 방향으로 움직이게 할 수 있겠습니까. 그리고 지도자가 바뀌게 되면 또 변화를 줘야 하고요. 혼란이 오고 장점을 잃게 되는 거죠. 그래서 '이 선수는 이런 생각으로 이런 플레이를 하는구나.', '이 선수는 성격이 이렇고 이런 뇌를 가지고 있구나.' 이렇게 선수 한 명, 한 명 모두에게 찾아 들어가야 한다고 생각했어요. 선수들이 내가 생각하는 야구 안으로 들어오게 하면 안 되는 것 같습니다.

이범호 감독은 '선수 위주로' 생각하는 방향을 택했다. 그러기 위해서는 일정 부분 자신을 내려놓는 것이 필요하다. 선수들이 각자 가진 장점이 살아날 수 있도록 하기 위해서는 감독의 개입은 최소화해야 한다. 성취를 돕기보다 극복을 돕는 어른의 자세. 쓰러졌을 때 재기를 지지하고 잘못된 방향으로 가지 않게끔 길잡이 역할을 하되, 목표 달성 과정에서 일일이 간섭하며 직접 이끌어가는 것은 지양해야 한다. 때로는 인내하고 때로는 격려하며 자발적인 노력에 추진력을 낼 수 있도록 하는 것이다.

자신을 내려놓는 지도자. 원래도 쉬운 일이 아니지만, 이것이 더욱 어려운 이유는 '낯섦'이 아닐까 생각해본다. 그간 우리가 리그에서 본 감독들이 대부분 갖췄던, 어쩌면 가장 중요하게 여겼던 요소는 바로 카리스마였다. 확실히 휘어잡는 무언가가 있어야만 할 것 같은 느낌. 무의식 속에 쌓인 이 이미지는 감독의 전형처럼 느껴지기도 했다.

그래서 의도적으로 더 강한 성향을 내비치는 경우 역시도 자주 볼 수 있었다. 그만의 색깔, 그만의 야구. 한 단어로 강력하게 정의되는 무언가를 남겨야만 한다는 강박. 이를 위해서는 선수단이든, 코치진이든, 프런트든 확실한 장악력을 보여줘야 했다. 그래야만 감독으로서 권위가 살고 오래 생존할 수 있다는 정설 같은 것이었다.

저는 프로 감독이라는 자리를 그렇게 만들고 싶지 않았어요. 웃으면서 선수들이랑 장난치고 하는 모습을 두고 '감독이 왜 저러나' 하는 이야기도 들었죠. 그런데 감독이라고 해서 굳이 무게감을 잡을 필요가 있나요? 저는 이렇게 좋은 분위기를 만들기 위해서 선수들에게 더 살갑게 다가가고, 그렇게 해서 또 팀에 새로운 문화가 생겼으면 하는 바람입니다.

무게감. 권위라는 걸 애써 만들 필요가 있을까, 아니 만든다고 만들 수는 있는 걸까 하는 생각이 들었다. 동시에 그런 게 꼭 필요한 걸까 하는 근본적인 의문이 함께 들었다. 가장 높은 자리에 있는 지도자니까. 많은 사람을 통솔해야 하니까. 감독은 이래야만 한다는 일종의 편견. 다소 수직적이었던 스포츠계의 조직 분위기도 이전과 같지 않다. 이렇게 세상이 달라지고 있으니 인식도 이전과 달라져야 하는 것 아닌가.

감독이 되고 나서 그 감독만의 색깔이 없으면 안 된다는 조언을 많이 들었어요. 근데 저는 무슨 색깔이 필요할까 싶더라고요. 작전 야구? 불펜 야구? 공격 야구? 사실 이런 건 다 있어야 하는 거 아닌가요? 그렇다고 예를 들어 작전 야구를 하면

다 이기나? 그건 아니거든요. 확률이 높아지는 건 있겠죠. 근데 어느 하나만 생각하고 내세울 수 없는 게 야구잖아요.

그렇죠. 팀 상황이나 여러 가지를 생각해보면 모든 게 마음먹은 대로 다 되는 것도 아니고요.

그래서 저는 '무색'을 외칩니다. 어떤 색깔의 선수가 오더라도 내 안에서는 자기만의 색깔을 발휘할 수 있도록 하고 싶어요. 선수가 하고 싶은 것, 할 수 있는 것을 다 펼칠 수 있는 그런 야구요. 그게 저의 색깔이에요.

감독은 철저히 조연이 되는 그런 야구. 우리 선수들이 자신의 매력을 유감없이 발휘하면서 많은 사람의 관심과 응원을 받을 수 있도록 감독은 뒤에서 조용히 그들을 지원하는 것이다. 나를 위한, 내가 돋보이기 위한 자리가 아닌, 선수를 위한, 선수를 돋보이게 하는 자리. 그게 감독이자 리더의 본분이라고 생각한 것이다.

어느 채널에서 김성근 감독님께서 저에게 조언해주시는 장면이 있었는데 지인이 캡처를 해서 보내주더라고요. 처음 시작하는 이범호 감독에게 하고 싶은 이야기가 있느냐는 질문이었죠. 첫마디로 '감독 2년 하고 그만둔다는 생각으로 하라'고 말씀하시더라고요.

무슨 의미였을까요?

곰곰이 생각해 보니까 딱 2년 동안 온전히 네가 생각한 야구를 해 보라는 뜻이 아닐까 싶더라고요. 무언가에 쫓기거나, 하고 싶은 걸 하지 못하면 그렇게 아쉽게만 끝날 거라는 말씀으로 들렸습니다. 일본 소프트뱅크에서 김성근 감독님을 따라다니면서 감독님의 감독 철학이나 성향을 느낄 수 있었는데 그걸 바탕으로 짐작해봤을 때 그런 이야기가 아니었나 싶어요. 그때 많은 것을 배웠거든요.

미련 없이 다 해보라는 그런 의미군요. 어차피 2년 하고 끝난다고 생각하면 뒤를 걱정하고 이것저것 잴 필요가 없으니까요.

시대가 흐르면서 바뀐 것도 많지만 결국 감독으로서 해야 하는 기본은 같은 것 같아요. 하고 싶은 걸 해봐라. 해보고 그게 맞으면 그게 나만의 색깔이 될 것이고, 그게 아니면 다시는 못한다는 각오로 해야 더 좋은 방법이 보인다는 것. 너무 와닿더라고요. 감독을 그만하신 젊은 감독님도 뵈었는데 그분 역시 하고 싶은 걸 했으면 좋겠다고 말씀하시더라고요.

같은 말씀이시네요.

맞아요. 감독이라는 자리를 해본 사람은 같은 말을 합니다. 욕심내지 말고, 그만할 때 미련 없이 나오는 게 감독이라는 거예요. 외부에 맞춰가고 따라가기만 하면 안 된다는 거죠.

누군가가 강조했던 색깔을 입혀야 한다는 이야기도 2년 후를 생각한 조언이 아니었을까요. 나중에 또다시 감독이 되려면 색깔이 있어야 한다고 말씀하신 것 같은데요.

그런 것 같아요. 훗날 그만두게 되었을 때 다음에 다른 데서 감독을 하려면 뭔가 필요하다는 이야기인 것 같은데 저는

가장 강력한 '무색'

그렇게까지 생각하고 싶지 않아요. 그래서 저는 무색입니다.

신임 감독이라는 이유로, 젊은 감독이라는 이유로. 수많은 말들이 그를 흔든다. 여전히 서툴고 부족함도 많은, 그야말로 초보인 것은 사실이다. 이제 막 첫발을 뗀 만큼 감독으로 완벽한 통찰력을 가지고 있는 것도 아니다. 그러나 그에게는 지금까지 감독으로 누구도 보여주지 못한 가장 큰 강점이자 무기가 있다. 모든 것을 품고 안을 수 있는 포용력. 넓은 마음으로 여유를 잃지 않는 그는 어떤 시련도, 고난도 유연하게 넘길 줄 안다. 그렇게 초보의 한계를 보완하며, 흔들릴지언정 무너지지 않으며 성장하는 젊은 감독.

지금은 흐리멍덩해 보일지는 모르겠지만 언젠간 이 무색의 강력함을, 무서움을 아는 날이 오지 않을까요?

화려하지 않아 보일 수 있다. 강해 보이지 않을 수도 있다. 그러나 소리 없이 빠르게, 누구보다 단단하게 앞으로 나아가고 있다. 무색도 색깔이다. 어쩌면 수백, 수천 개의 색을 담고 있을지 모를 일이다.

4

클러치 히터

이범호 감독 리더십의 핵심은 자율이다. 감독 면접부터 그는 일관되게 이 부분을 강조했다. 감독이 되고 나서 처음으로 가진 선수단 미팅에서도 첫마디로 뗀 이야기가 "하고 싶은 게 있다면 다 하라"는 거였다. 그 정도로 이를 가장 중요하게 생각했다. 스스로 하고자 하는 의욕을 고취하는 것이 가장 필요하다고 느꼈다. 프로선수라면 누구나 욕심이 있고, 잘하고 싶어 한다는 마음을 누구보다 잘 알기 때문이다.

그리고 이 자율을 뒷받침하는 것이 바로 격려다. 선수들에게 하고 싶은 걸 하라고 하면서 지도자의 마음에 들지 않는다는 이유로 개입하거나 제동을 걸면 안 되는 것이다. 단, 그것이 실수일 경우에만 이 원칙이 성립된다. 집중하지 못하고 있는 듯한 느낌을 주거나 생각이 없는 플레이가 나오면 가차 없이 강력한 메시지를 전한다. 하지만 잘하고 싶은 의욕이 실수로 이어지거나 최선을 다했음에도 원치 않는 결과가 나왔을 때는 그 과정을 존중하고, 다음을 격려하며, 원하는 내일을 기다려주는 것이다.

실수하면서 뭔가를 배우고 그 안에서 또 다른 능력이 발휘되면서 선수도 한 단계 올라서게 된다고 생각해요. 그런데 여기서 한 단계 올라갈 수 있는 선수들을 오히려 지도자가 중간에 가로막는 경우가 있죠. 제가 지도자가 되면 저건 꼭 바꿔야겠다는 생각으로 감독을 했습니다.

우리도 살면서 한 번쯤, 아니 그 이상 경험했다. 할 만큼의 노력을 다했다고 생각했는데 원하는 결과를 얻지 못했을 때 그 누구보다 속상한 사람은 바로 나 자신이다. 그런데 이 결과만 가지고 혼이 나거나 꾸지람을 들을 때 마음이 오히려 엇나가게 되는 경우가 있다. 자책, 체념, 때로는 반항까지. 가뜩이나 아쉬운 마음에 또 다른 누군가가 불을 지르면 이는 대체로 부정적인 감정으로 이어지게 마련이다. 그리고 이 감정이 행동으로 이어질 때 상황은 더 안 좋아진다. 자책이 스스로에 대한 불신을 낳고, 체념이 미래에 대한 포기를 부르고, 반항이 관계에 대한 악화를 초래했을 때. 더 큰 무언가를 잃게 되는 것이다.

이범호 감독은 이 지점을 경계했다. 실수를 바라보는 마음이 편치 않은 것은 누구나 마찬가지다. 그러나 그 불편한 기색을 드러냈을 때 그것으로 끝나지 않는다는 것을 안 것이다.

실은 예전부터 암묵적으로 이런 분위기가 있잖아요. '실수를 한다는 건 정신을 안 차린 거다, 그러니 1군에서 말소시켜야 한다.' 그런데 저는 그게 진짜 정신을 못 차린 걸까, 또 그 열흘을 퓨처스에 보내는 게 무슨 의미일까 싶었어요. 잘 얘기를 나누면 내일 다시 집중력이 생길 텐데, 퓨처스에 간다고 한들 그 열흘 간 다시 집중력이 생길까, 오히려 나쁜 감정이 들지는 않을까. 이런 의문이 드는 거예요. 그리고 다시 올라와서 또 실수하면, 그때부터는 더 초조해집니다. 그렇게 선수는 자기 능력을 100% 발휘하지 못하게 돼요.

그야말로 부작용이다. 엔트리 말소와 같은 극약처방을 내렸을 때 효과를 보는 경우가 아예 없다고 할 수는 없겠지만, 오히려 역효과가 나는 경우를 선수 시절부터 많이 볼 수 있었다. 자신감 하락이 슬럼프로 이어지고, 이는 안타까운 선수 생활 마감으로까지 이어질 수 있다. 그렇기에 결코 가볍게 볼 일이 아니다.

그렇다면 어떻게 생각하는 게 좋은 방향일까. 실수하고 싶은 사람은 없다. 그러나 실수는 누구나 할 수 있다. 그렇게 원치 않지만 벌어진 상황을 어떻게 대처할 것인가. 이를 잘 활용해서 도리어 전화위복이 되는 경우. 이범호 감독은 이를 실제로 본인이 직접 경험했기에 그 효과를 더욱 신뢰한다.

제가 실수를 많이 해봤잖아요. 그 실수를 통해서 좋아진 게 바로 클러치 능력입니다.

만루홈런의 비결, 클러치 상황의 비결. 선수 시절부터 너무나도 궁금했던 이야기입니다. 사실 특별한 비결이 있겠나 싶기도 했어요. 그런데 그게 실수 덕분이라니요. 자세히 설명해 주시죠.

야수들은 공격과 수비를 모두 하죠. 다 잘하면 가장 좋지만, 그렇지 못할 때는 또 다른 데서 만회할 기회가 있다는 겁니다. 수비에서 실수했다면, 타석에서 만회해야 하잖아요. 그러면 그 타석에서의 집중도는 훨씬 더 커집니다. 원래는 이만큼의 집중력을 발휘하던 선수가 만회를 목표로 책임감이 올라가면 다음 타석에는 집중력도 전보다 이만큼 올라가요. 이게 쌓이면서 조금씩 집중도는 계속 올라가는 거고요. 그렇게 더 좋은 선수가 되는 겁니다.

사실 실수도 하지 않고 집중력도 계속 올릴 수 있다면 가장 좋겠지만, 마음대로 할 수 있는 영역이 아니죠.

맞아요. 사실 그런 극한의 경험이 없는 선수들은 그 정도의 집중력을 가지기 어려울 거예요. 그만큼 절박함의 힘이 큰 겁니다. 그런데 많은 지도자가 실수하면 그 선수를 혼내고 경기에서 빼라고 하죠. 그런데 저는 실책을 서른 개 해본 사람으로서 오히려 그 상황을 이겨내면 또 다른 능력이 좋아진다는 걸 제 경험을 통해 배웠습니다. 실수했는데 감독님이 계속 믿어주면 이 믿음에 보답해야 한다는 마음까지 더해지죠. 그럼 정말 다음 타석에서도 못하면 안 된다는 생각으로 그 이상의 집중력이 나와요. 한번 지켜보세요. 클러치 능력을 가진 선수 중에 어릴 때 고난과 역경이 없었던 선수가 없어요. 어려운 상황을 겪어본 선수가 결국은 해내요.

시련 없이 능력을 발휘하는 걸 모두가 꿈꾼다. 불가능해 보여도 아주 극소수의 누군가는 이 어려운 걸 해내는 사람도 존재하긴 한다. 그러나 이범호 감독이 강조하는 이 지론의 포인트는 그래서 실수가 무조건 있어야 한다는 게 아니다. 아쉬움 속에서도 희망을 보자는 이야기다.

우리 선수들이 실수를 많이 합니다. 그렇지만 동시에 선수들의 클러치 능력도 늘어났을 거라 믿습니다. 제 경험이 그랬으니까요.

5

뭔가 다른
MZ 감독

이범호 감독의 등장은 여러모로 화제였다. 상황에 대한 부분도 있었지만, KBO리그에 처음으로 1980년대생 감독이 나타났다는 건 KBO 감독 역사를 새로 새기는 파격적인 뉴스였다. 2024시즌 최연소 감독이자, 역대 최초 80년대생 감독. 소위 말하는 'MZ'로 분류되는 세대가 감독이 된 것이다. 유년 시절 프로 출범과 함께 KBO리그 역사를 모두 지켜본 나이대의 팬이 "이젠 나보다 어린 감독이 나타났다"는 흥미로운 이야기를 들을 수 있었던 건 덤. '감독계'에서도 새로운 세대의 시작을 알린 기념비적인 일이기도 했다.

선수들에게도 새로울 수밖에 없다. 불과 얼마 전까지 나와 함께 선수 생활을 이어가다 코치가 되고 머지않아 감독 대 선수로 마주하게 된 상황. 야구계에선 흔치 않은 일이었기에 오랜 기간 관련 업계에 종사한 사람들에게도 생소한 일이 아닐 수 없었다. 형-선배에서 코치님, 그리고 감독님. 호칭의 무게만큼 거리감이 생길 수도 있다. 그런 만큼 선수단과의 관계가 달라지지 않았느냐는 물음에 그는 그것도 다 편견이라고 대답했다.

현역 시절 함께 친하게 지냈던 선수들이 여전히 선수로 뛰고 있습니다. 같은 시선으로 야구장을 바라보다가 이제는 많은 것들이 바뀔 수밖에 없는데요. 자리가 바뀌고 나서 어색해지거나 그런 건 없었습니까?

그럴 게 있을까요? 감독이 되고 나서 특별하게 달라진 건 없는 것 같습니다. 뭔가 달라질 거라는 생각도 일종의 편견이 아닐까요?

그래도 감독이라는 건, 동료 선수처럼 편하게 대할 수는 없지 않습니까?

감독으로서 권위를 만들려고 한다면 뭔가 달라지는 것이 필요할지도 모르죠. 근데 그건 저랑 맞지 않아요. 그대로 편하게 지냅니다. 오히려 선수들이 저를 좀 함부로 대하는 것 같은데요. 저는 똑같습니다.

근데 감독님은 그런 거 신경 안 쓰셨을 것 같기는 합니다.

맞아요. 저는 그대로예요.

사실 상대적으로 나이가 젊은 감독이나 경험이 부족한 감독이 일부러 더 무게감 있는 모습을 보이려 이미지 메이킹을 하는 경우도 더러 있다. 만만해 보인다거나 어리숙해 보이지는 않을까 우려하고, 선수들과 나이 차이가 크게 나지 않는 만큼 감독과 선수 사이에 필요한 '선'이 무너질까 경계하는 것이다.

그러나 이범호 감독은 이런 부분에 대해 전혀 신경 쓰지 않는다. 서로에 대한 굳은 믿음이 자리 잡고 있기에 가능한 일이다. 굳이 권위라는 걸 만들지 않아도 선수들은 이제 감독이라는 존재 자체로 그를 존중하고 존경한다. 감독님이 우리를 이렇게 편하게 대한다는 것은 선을 넘어도 된다는 뜻이 아니라는 걸 말하지 않아도 알고, 감독 역시 이렇게 하더라도 선수들이 느슨해지지 않을 것이라 믿는다.

결국엔 다 사람이고 관계다. 오랫동안 함께 시간을 보내온 만큼 서로를 잘 안다. 그런데 축적된 머릿속의 인지와 실제로 마주하는 모습 간에 괴리가 생길 때 그렇게 관계가 달라질 수 있다. 이는 여러 가지

부작용을 낳기도 한다. 그러나 서로가 한결같은 모습으로 관계가 이어졌기에, 그렇게 불필요한 감정 소모나 시간 낭비를 막을 수 있었다.

걱정되는 건 있었습니다. 팀을 위해서 선수를 교체해야 하는데 기록이 걸려 있을 수도 있고, 선수의 자존심이 상하는 경우가 생길 수도 있고요. 그런 걸 신경 쓰지 말아야 한다는 걸 알면서도 괜히 마음에 걸릴 때가 있죠. 일단 서로 기분이 상하면 좋은 건 없으니까요. 그래도 가장 중요한 건 경기고 팀이 이기는 거니까 그걸 최우선으로 생각하고요. 그 안에서 선수 개인이 서운한 게 생기게 되면 그건 야구장 밖에서 잘 풀어주려고 합니다.

경기 안에선 감독의 모습으로, 경기 밖에선 형님의 모습으로. '모드 전환'을 통해 혹여나 서먹해질 수 있는 상황을 빠르게 잠재운다. 그러니 크게 달라지는 건 없는 것이었다. 야구장 밖에서의 모습은 그대로니까. 그만큼 에너지는 두 배로 소진되겠지만, 모두가 좋은 기분으로 좋은 방향으로 가는 방법이라면 이 정도 노력쯤 감수할 수 있었다.

그렇게 선수 시절 늘 유쾌하고 밝은 에너지로 팀을 이끌던 주장의 모습으로, 후배들을 다독이며 힘을 실어주던 따뜻한 선배의 모습으로, 그 자체로 후배들에게 좋은 귀감이 되었던 좋은 사람으로. 변함없는 모습으로 감독의 옷을 입은 것뿐이었다. 여기에 선수들을 생각하며 실행한 야심 찬 이벤트가 있다. 지금까지 봐왔던 감독의 모습과는 사뭇 다른, 특유의 편안함과 세심함이 돋보이는 대목이었다.

지인 중에 사업체를 운영하시는 대표님이 있는데요. 제가
감독이 된 이후에 그분이 이런 조언을 해주신 적이 있습니다.
바로 선수 아내의 생일을 챙기는 감독이 되라는 말씀이었죠.

듣고 어떤 생각이 드셨습니까?

글쎄요. 사실 제가 그동안 들어왔던 감독에 대한, 리더에
대한 조언과는 너무 다른 이야기였어요. 그런데 머릿속에 계속
맴돌더라고요. 그래서 실제로 해봤습니다.

후기. 궁금한데요.

생각하고 한 사흘 정도 지났을까요. 처음으로 선수 아내
생일이 있었던 거죠. 그날 그 선수가 저한테 오더니 제 손을 딱
잡는 거예요. 그러더니 너무 감사하다고, 아내가 아침에 일어
나자마자 감독님 꽃다발이랑 케이크를 받고 너무 좋아했다는
겁니다. 그게 우성이였습니다.

사소한 듯 보이지만, 꽤 큰 부분인 것도 같습니다.

다음은 형우 아내 생일이었나 봐요. 형우한테 메시지가
오더라고요. 감사하다고요. 그래서 제가 이렇게 답장했습니다.
'넌 야구만 신경 써. 집안일은 내가 챙겨.'

감독님 답장도 너무 재밌네요. 그냥 친한 형이 보낸 메시
지 같은데요?

그때부터 우연이지만 페이스가 확 올라왔습니다. 괜히 기
분이 더 좋더라고요.

그러면 보통 애사심이 커지죠. 가족이 그런 마음을 함께
가지는 것도 생각 이상으로 중요해 보입니다.

그런가 봐요. 우리 선수들이 시즌을 치르면서 아내 생일을 못 챙기는 경우가 있잖아요. 원정 일정이 겹칠 수도 있고요. 아니더라도 시즌 때면 항시 잠도 잘 자고 컨디션 관리를 잘해야 하는데 이것저것 챙기다 보면 영향이 있을 수도 있어요. 그래서 제 마음은 그걸 조금이라도 덜어주면 좋겠다는 생각으로 했습니다.

반응이 어떻습니까?

지금 저희 팀을 대표하는 선수들이 대체로 기혼자예요. 생각보다 반응이 더 좋은 것 같아 다행입니다.

그런데 아내를 챙기겠다는 생각. 지인의 조언이 있었다고는 해도, 공감이 있어야 행동으로 이어지는 거잖아요. 어떤 생각이셨습니까?

사실 선수만큼 힘든 사람이 아내예요. 아이도 키워야 하고, 남편 없는 시간을 보내야 하는데 그게 정말 힘들 겁니다. 그런데 사소하지만 이렇게 아내들을 잘 챙기면 아내의 기분이 좋아지고, 그럼 그 기분이 남편, 그러니까 우리 선수들에게 영향을 미치잖아요. 그럼 우리 선수들도 기분 좋게 출근하고 더 편하게 운동할 수 있지 않을까 싶었어요. 이제 미혼인 선수들도 어떻게 챙겨줄 방법이 있는지 고민해봐야죠.

그동안 봐왔던 프로야구 감독의 이미지와 조금 낯선 느낌이긴 한 것 같습니다.

감독이 그런 것까지 챙겨야 하냐고 할 수도 있어요. 근데 저는 이렇게 하면 선수들이 아침에 나올 때 웃으면서 나올 수

있겠구나. 이 생각만 들었습니다.

따뜻하고 세심하게 선수들의 기분을 좋게 하는 방법. 그리고 부담 없이 편하게 선수들의 의욕을 높이는 방법. 이는 그 이상의 시너지 효과를 불러오기에 충분했다. 나만큼, 어쩌면 나보다 더 소중한 가족을 챙기는 섬세한 배려에 좋은 경기력으로, 원하는 성적으로 보답하겠다는 책임감. 그리고 이런 조직이라면 기꺼이 충성하고 희생할 수 있겠다는 사명감. 감독에 대한 감동과 함께 팀에 대한 자부심을 샘솟게 하는 작지만 큰 선물.

이건 다 경험과 공감에서 우러나온 행동이었다. 선수만큼 고생하는 가족의 마음을 알기에, 그리고 그 가족의 기분이 선수에게 얼마나 큰 영향을 주는지 겪어봤기에 할 수 있었던 생각. 그러나 이 역시도 실행하지 않는다면 아무 소용이 없다. 그 마음을 직접 표현하고 몸소 행동으로 옮긴 덕분에 감독과 선수는 서로의 진심을 더 느낄 수 있었다.

여기에 작은 것 하나에 더 큰 힘을 낼 수 있는 선수의 심정을 알기에, 반대로 사소한 것 하나에 돌이킬 수 없는 강을 건널 수도 있는 게 관계라는 것을 경험해봤기에 이 작고 사소한 것의 거대함을 잊지 않으려 했다. 내가 좋았던 것은 하나라도 더 전하고 싶은 마음, 내가 아쉬웠던 것은 하나라도 겪지 않았으면 하는 마음.

시즌을 치르면서 선수들에게 휴식을 주는 건 경기 운영 못지않게 중요한 부분이죠. 그런데 저는 더 중요하게 생각하는 게 있어요.

어떤 겁니까?

같은 경기를 뛰어도 선수마다 지침의 강도는 모두 달라요. 그 부분을 신경 쓰는 게 더 중요합니다. 그 지치는, 피로의 강도에 따라 선수들의 기분이 달라지고, 이게 바로 경기력에 영향을 미치거든요.

외부에서 생각하는 나의 상태와 내가 느끼는 나의 상태가 다를 때가 있다. 내 상태는 나만 아는 거니까. 알아주지 않는다고 서운할 것도, 알아달라고 굳이 외칠 것도 아니다. 그렇지만 사람인지라 때로는 알아주길 바라고, 알아달라고 소리치고 싶을 때가 있다. 나를 위한 일이지만 동시에 우리를 위한 일을 하는 것이기도 하니까. 그게 뭐라고 싶지만, 별거 아닌 듯 보이는 그 하나에 우리의 마음은 크게 좌우되기도 한다.

제가 현역 시절에 전 경기를 4~5년 뛰었잖아요. 그때 가장 힘들었던 게 뭔지 아세요?

뭐였습니까?

무관심이었어요. 당연히 전 경기를 뛸 거라는 그 생각이 사람을 더 지치게 만들더라고요.

체력적으로도 힘드셨을 텐데요.

젊은 나이였지만 그래도 힘든 건 힘들었어요. 근데 그보다 그때 감독이나 코치가 '미안하다. 고생했다. 힘들었지?' 이 한마디를 건네면 다시 내일 경기도 뛸 수 있겠다는 생각이 들었습니다. 하루 이틀 휴식을 받는 것보다 고생했다는 그 한마디가 전 경기를 뛰는데 더 위안이었어요. 덜 힘들다고 느껴지는 거죠.

이 말 한마디가 주는 힘을 무엇보다 위대하게 여겼다. 말하지 않아도 아는 것들이지만, 그 말 한마디를 건네는 것과 건네지 않는 것의 차이. 그 차이는 매우 크다고 느낀 것이다. 어물쩍 넘어갈 수도 있는 부분이지만 이 사소한 하나가 생각보다 더 많은 것들에 영향을 미친다는 것을 경험으로 배웠기 때문에 이런 사소함까지도 놓치지 않으려고 한다.

그래서 저는 선수들이 그 무관심을 느끼지 않게 하려고 노력합니다. 주변에선 감독이 선수들한테 고맙다, 미안하다는 말을 꼭 해야 하냐고도 해요. 근데 선수도 사람이에요. 말 한마디의 힘을 느끼죠. 이것만큼은 예전이나 지금이나 변함이 없다고 생각해요. 이 칭찬이 도가 지나치면 선수들이 다른 생각을 가질 수도 있을 거라고 우려할 수도 있죠. 그런데 저희 타이거즈 선수들은 칭찬하고 다독이면 더 열심히 나가려고 하지, 요령을 부리지 않아요. 그래서 저는 더 표현하려고 합니다.

6

시범경기는
시범경기일 뿐?

시범경기. 본격적인 레이스의 서막이자 감독들의 스트레스가 시작되는 시기다. 사실 스프링캠프는 모두가 '천국'이라고 말한다. 모두가 잘하고 싶고, 잘할 거고, 잘할 것만 같은 희망으로 가득한 시기. 지난 시즌의 좋은 기억은 좋은 기운으로 이어가고, 안 좋았던 기억은 확실하게 선을 그으며 각자만의 방식으로 낙관적인 미래를 전망한다. 그때부터 페이스가 예사롭지 않다면 올해 뭔가 일을 낼 것만 같고, 조금 아쉬운 부분이 나와도 다듬을 시간은 충분하니까. 조금은 마음의 여유를 가지고 더 괜찮은 내일을 기대하며 시즌을 준비하는 것이다.

그런데 시범경기도 같은 '비시즌'에 불과하지만 느낌이 다르다. 우선 시즌이 코앞으로 다가왔다는 뜻이기도 하고, 실전과 다르지 않게 상대 팀과 미리 겨뤄볼 수 있는 시간이기 때문이다. 여기서 그간 시범경기 성적이 정규시즌 성적으로 연결되는 경우는 그렇게 많지 않았다. 하지만 이걸 알면서도 왠지 모르게 의미를 담게 되는 것도 사실이다. 잘하면 벌써 힘을 너무 쏟는 건 아닐지, 못하면 이게 현실인 건 아닐지, 전력을 다하면 다하는 대로, 주전이 안 나오면 안 나오는 대로, 괜히 기대도 되고 불안하기도 한 이런 복합적인 감정. 다 정규시즌에 대한 기대감 때문에 생기는 것이다. 그래서 이때부터 본격적인 '입김'이 시작되기도 한다.

그래서 이때부터는 감독들의 진짜 스트레스가 시작된다. 성적에 생존이 걸려 있는 감독이기에 누구보다 신경이 곤두설 수밖에 없다. 그래서 불안 요소가 더 눈에 들어오는 것도 사실이다. 모든 것을 다 알고 있는 자리이기에 부상이나 부진이 사소한 듯 보여도 더 큰 위험 요소를 내포하고 있는 건 아닌지 경계 태세를 높이게 되는 것이다. 여기에 외부에서 들려오는 조언의 양 자체가 상당한 만큼 혼란이 가중될 수 있다.

타이거즈는 2024시즌 시범경기에서 4승 6패를 기록했다. 아쉽다면 아쉽고 또 괜찮다면 괜찮은 중간 정도의 성적. 그만큼 기대감과 아쉬움을 동시에 보여줬다. 물음표였던 외국인 선수들의 활약에, 잠재력을 폭발시킬 준비를 마친 듯한 유망주들의 약동은 그 자체로 설렘 포인트였다. 그러나 주축 선수의 부상으로 인한 이탈로 걱정이 높아졌고, 굳은 믿음에 걸맞지 않은 성적의 일부 선수에게는 더 짙은 실망의 목소리가 전해졌다.

이 마음은 곧 신임 감독에게 향했다. 긍정 요소에 대한 주목보다는 위험 요인을 어떻게 극복할 것인지에 관한 관심이 더 높아졌다. 기대만큼의 성적을 보이지 못한 선수에게 그대로 기회를 보장해도 되느냐는 이야기부터 부상 이탈에 대한 공백을 어떤 방법으로 메울 것인지에 관한 이야기까지. '초보 감독'이기에 서툴 것만 같은 지략에 대해 걱정 어린 마음에서 비롯된 것이었다.

시범경기부터 사실상 본격적인 레이스가 시작되는 겁니다. 그런데 그때부터 큰 부상도 나오고 기용에 대한 지적도 있었습니다. 어려움이 많았는데요. 가뜩이나 초보 감독인데 이런 시련을 마주하게 돼서 더 당황스럽거나 하지는 않았습니까?

사실 저는 시범경기에 큰 의미를 두지 않습니다. 스프링캠프에서도 저희가 연습 경기를 그렇게 많이 하지 않았어요. 시범경기 때는 선수들을 두루 기용했고요.

잘해서 나쁠 건 없으니까 못했을 때의 아쉬움도 없을 수는 없다. 누군가의 기대에 충족하지 못한 부분에 책임을 통감하고 우려 섞인 시선 역시 잠재워야 하는 것이 감독의 의무이기에 주변의 이야기에 귀를 기울여야 하는 것도 맞다. 하지만 더 큰 그림을 바라보고, 모두를 살리는 방향을 생각해야 하는 것도 감독이 해야 할 일이다. 어쩌면 더 중요한 일이다. 그래서 때로는 흔들리고, 때로는 감정이나 충동이 앞서려고 하지만, 냉정하게 상황을 진단할 줄 알아야 한다. 우리는 더 멀리 가야하고, 더 높은 곳을 바라봐야 하니까.

특별한 이유가 있습니까?

페이스를 천천히 올리는 게 맞는 거라고 생각해요. 제가 타격 코치를 하면서 분석한 게 있습니다. 우리 팀의 몇 년간의 성적을 분석해보면요. 4월, 5월, 7월, 8월 괜찮아요. 6월에 갑자기 떨어집니다. 왜 우리가 매년 6월마다 어려움을 겪을까 고민해보니까, 스프링캠프부터 시범경기까지 쭉 달려요. 연습도 많이 시키고 경기도 많이 하니까 초반이 좋더라고요. 근데 조금씩 선수들이 처지기 시작해서 6월에 훅 떨어집니다. 그때 너무 많은 마이너스를 기록하는 거죠.

그게 너무 커서 나중에 회복이 안 되는 거군요.

맞아요. 7월, 8월에 아무리 좋은 성적을 거둬도 회복이 안 되는 거예요.

통합우승을 차지한 2017시즌 이후 타이거즈의 월별 성적을 실제로

분석해보니 그랬다. 코로나19 영향으로 일정이 원활하게 진행이 되지 않았던 2020시즌을 제외하고, 6월 성적은 늘 마이너스였다. 가장 심할 때는 2021시즌의 승패 마진 -11. 그리고 바로 직전 시즌은 -8. 그중에서도 직전 시즌을 보면 7월부터 무섭게 치고 나갔지만 최종 성적은 6위. 그만큼 6월의 아쉬움을 결국엔 메울 수는 없었던 것이었다.

시범경기부터, 그리고 시즌 초반부터 잘하는 것이 꼭 좋은 신호가 아닐 수 있다는 것을 파악하게 됐다. 시작부터 끝까지 쭉 잘할 수도 있다. 그러나 쉽지 않은 일이다. 여기에 우리 팀의 최근 흐름을 되돌아보면 의심과 경계가 필요하다고 생각한 것이다. 그리고 이게 실제 분석으로도 어느 정도 증명이 됐다. 이 데이터를 믿어보기로 한 이상 더 확실히 자신의 중심을 잡아야만 했다.

승부욕이라는 것이 그렇다. 아무리 내용과 과정이 중요하다고 해도 패배에서 만족과 위안을 찾을 수는 없다. 또 어떤 누군가는 그 패배라는 결과에만 초점을 맞추기도 한다. 그렇기에 아쉬운 결과 앞에 그저 낙관하고 내일을 바라보는 것이 결코 쉬운 일이 아니다. 게다가 초반에 힘 조절을 하는 것이 승부처에서 힘을 낼 수 있다는 결과를 무조건 보장하는 것도 아니다. 그때가 되면 또 어떤 변수가 우리를 가로막을지 아무도 알 수 없다.

하지만, 맞는 것인지 틀린 것인지 가장 정확히 알 방법은 실제로 해보는 것뿐이다. 여기에 누적된 데이터가 뒷받침된 만큼 위험 요소가 크지 않은 모험이다. 여기에 최근 포스트시즌에 진출하는 다른 팀의 사례를 봤을 때도 성공률이 높다. 그동안 '바꿔보지' 못해서 증명해낼 수 없었던 좋지 않은 흐름의 원인. 빠르게 시도해야 우리의 길 역시 빠르게 찾을 수 있다. 굳은 심지로 승부처를 설정했다.

저는 늘 풀타임 시즌에 집중하자는 생각이에요. 근데 다들 개막전에 컨디션을 맞추려고 해요. 그게 이해가 되지 않습니다. 시즌은 144경기인데 그러면 어떤 타이밍에 컨디션을 맞추는 게 가장 좋은 건가 생각해야죠. 여름에 승부를 내는 게 야구입니다. 초반에 주춤해도 여름에 어느 정도 성적을 올리는 팀이 대체로 포스트시즌에 가거든요. 여름에 처지면 아무리 초반에 좋아봤자 다시 치고 올라가기가 힘들어요. 이게 제가 메인 타격 코치일 때 워크숍에서 대표님과 단장님 앞에서 발표한 내용이에요. 우리가 하지 말아야 할 것. 4월~5월 버티고 6월에 확 무너지는 거죠.

  오랜 기간 타이거즈의 일원이기에 알 수 있었던 최근 타이거즈의 악습이었다. 분석을 통해 알게 된 흐름, 그렇게 분석해본 아쉬웠던 지난날의 원인. 해결책은 승부처에 대한 재설정이었다. 우리가 진짜 힘을 내야 할 때가 언제인지 정확하게 인지하는 것. 야구인 이범호는 감독으로서는 초보이지만, 타이거즈의 일원으로서는 초보가 아니었다. 그렇게 큰 그림을 바라보며 흔들리지 않고 묵묵히 앞으로 나설 준비만 할 뿐이었다.

7

초보인 듯,
초보 아닌

정확하게 정의할 수는 없지만, 어느 정도 답이 있는 '우승 공식'을 알고도 아무나 우승을 이루지 못하는 이유. 오랜 기간, 수많은 변수가, 어떤 영향을 미칠지 그 누구도 알 수 없기 때문이다. 이범호 감독이 새로 부임한 2024시즌의 타이거즈 역시 그랬다. 평균 이상의 전력으로 평가받았지만, 비슷한 전력으로 최근에 그렇게 좋은 성적을 내지 못했다는 점이 의문 부호로 남았다. 여기에 혼란한 상황이 지나갔다고 해도 그 영향이 쉽게 사그라들지에 대한 의심, 그리고 초유의 상황 속에 출발한 초보 감독이 얼마나 팀을 잘 이끌겠느냐 하는 의구심도 지울 수 없었다.

그래서 타이거즈에 대한 기대감은 더 물음표였다. '잘할 것 같다.' '잘할 수도 있다.' 막연한 기대감일 뿐이었다. 그래서 더욱이 그때까지만 해도 '우승'을 쉽게 언급하는 사람은 없었다. '외국인 투수가 잘하면', '유망주가 터지면', '이범호 감독이 기대보다 잘하면'과 같은 전제가 붙었는데 그걸 알 길이 없었다. 많은 것이 '처음'이었기 때문에, 처음 가는 길은 누구도 예상할 수 없으니까 말이다.

감독이 되고 나서의 평가에는 기대와 의심이 공존했던 것 같습니다. 개인적으로는 뭔가 승부를 봐야 한다거나 보여주고 싶다는 그런 생각도 하셨습니까?

저는 그런 부담은 없었어요. 사실 우리 팀에서도 그럴 것 같았고, 다른 팀에서도 저를 보면서 얼마나 큰 기대를 했겠습니까. '40대 초반 1년 차 감독이 이 정도 하겠지.' 특별히 경계하지 않는다고 생각하니까 더 마음이 편하던데요.

　그렇다. 가장 어린, 초보 감독의 등장을 누가 그렇게 경계했을까. 선수 시절 골든글러브를 수상하고 일본프로야구에도 진출하게 해준 야구 실력과 경기장 안팎에서 주장을 맡으며 후배들의 정신적 지주로 팀을 지탱했던 인품은 지도자의 능력과는 완전히 별개일 수 있다. 자신이 가장 잘해왔던 야구와는 전혀 다른 야구를 구사할 수도 있고, 이전의 보여줬던 성격과는 완전 딴판의 리더십을 발휘할 수도 있는 것이다. 그래서 그가 지도자로 어떤 모습을 보여줄지, 어떤 성과를 만들어낼지는 아무도 알 수 없었다.

　그리고 감독이라는 자리는 보면 볼수록 어렵다. 모든 순간이 선택의 연속이다. 그리고 그 순간은 너무나도 많고, 아주 작은 순간 하나가 승패와 직결된다. 때로는 기록을, 때로는 직감을 믿어야 하는 이 선택의 길목에서 정답은 없지만 오로지 결과로만 평가받는 외로운 싸움을 이어가야 한다. 여기에 선수단과 관계자를 비롯한 수많은 사람의 요구사항을 헤아리며, 팀 스포츠인 듯 개인 스포츠이기도 한 야구를 하면서 하나의 목표를 바라보게 하는 건 가장 기본이면서 가장 힘든 부분. 이외에도 수없이 많은 이유가 있지만, 어쨌든 결론은 감독은 너무 많은 일을 해야 하기에 어려운 자리라는 것이다.

　그래서 초보 감독들의 시행착오 역시 불가피하다. 산전수전 다 겪은 베테랑 감독도 결정적인 순간에 판단 실수를 한다. 겪어볼 건 다 겪어본 것 같은데도 또 새로운 순간이 닥친다. 그만큼 수많은 상황이 발생하고, 데이터로는 알 수 없는 변수가 생기는 것이 야구이기 때문이다. 그래서 안 그래도 경험이 없는 초보 감독에게는 모든 것이 어려운 상황의 연속일 것이란 예상은 당연해 보이기도 한다. 그러나 이범호 감독은 자신만의 자신감의 근거가 있었다. 알게 모르게 감독이 되는 과정에서 생각보다 크고 소중한 준비가 있었기 때문이다.

　　제가 퓨쳐스 총괄 코치를 하면서 특히 배운 게 많은 것 같아요. 감독의 자리에서 직접 경기를 운영해보니까 투수교체나 대타 기용, 작전 타이밍 같은 것들에 관한 공부를 많이 할 수 있었죠. 그리고 어떻게 했을 때 선수들의 사기를 떨어트리지 않고 분위기를 이어갈 수 있는지도 알 수 있었고요. 그래서 저는 지도자 경험의 기간보다 더 중요한 건 이 모든 걸 직접 해보느냐 해보지 않느냐라는 생각을 하게 됐습니다.

　　그렇죠. 코치 경험이 많고 감독 보좌를 오래 했다고 하더라도 직접 경기를 운영하는 건 아니니까요. 아무리 가까이 있더라도 옆에서 지켜보는 것과 내가 직접 해보는 건 다르죠.

　　그래서 저는 제가 감독 1년 차가 아니라고 생각했어요. 감독의 자리를 직접 느껴봤고, 그 시간이 있었던 덕분에 1군 타격 코치를 하면서도 또 다른 시선으로 감독의 역할을 지켜볼 수 있었거든요.

그래도 딱 1년뿐이었다. 남들과 다른 경험이라고 해도 길지 않은 시간이었고, 엄연히 말하면 1군 감독과 퓨쳐스 감독은 또 다른 자리인 것도 사실이다. 물론 이범호 감독 역시 이 '무대'의 차이를 모르는 것이 아니다. 다른 감독들에 비해 지도자 경험이 상대적으로 적다는 것도 알고 있다. 그러나 표면적인 경험의 길이와 실질적인 의미의 깊이가 비례하는 것은 아니다. 같은 경험일지라도, 어쩌면 더 부족한 시간이었을지라도, 그 안에서 무엇을, 얼마나, 어떻게 느꼈는지는 천차만별이다. 그래서 짧지만 굵은 경험의 소중함과 의미의 효험을 더 크게 새긴 것이다.

그래서 자신감을 가질 수 있었다. 모두가 나를 초보라고 생각하고, 실제로 초보인 것도 맞지만, 마음가짐만큼은 다른 감독들과도 대등하게 싸워 이길 수 있다고 주문을 거는 것이다. 실제로도 그렇다. 초보 감독이라고 해서 경기에서 페널티나 어드밴티지를 따로 주는 건 아니니까. 경기가 시작되는 순간 모두가 동등한 위치에서 서로를 이기기 위해 치열하게 맞서 싸워야 한다. 주눅들거나 자세를 낮출 이유가 없다. 이런 내 마음은 철저히 내 안에서만 표출되는 것이기에 이런 식으로 여유를 찾고 충분히 할 수 있다는 마음을 끌어올리는 것이다. 그리고 이런 심리적인 부분뿐 아니라 실질적으로 도움이 되는 것들도 많았다.

퓨쳐스 총괄 코치를 했을 때 봤던 선수들이 지금 1군에 많이 있어요. 그때 선수들의 장단점부터 성향, 어떤 생각을 가진 선수인지 다 알 수 있었습니다. 우리 팀뿐만 아니라 상대 팀도 마찬가지죠. 맞대결하면서 직접 다 지켜봤으니까요. 그래서 그때의 기억을 되살리면서 작전을 내기도 하고 상대에 대응하기도 하죠. 그리고 1군에서 타격 코치를 하면서 선수들에게 어떻게 하면 도움이 되고, 반대로 이렇게 하면 힘들 수 있겠다는 것도 배웠죠. 참 많은 공부가 된 시간이었습니다.

그 시간이 다 감독이 되기 위한 준비 과정이라고 보면 되 겠네요.

내가 활용할 수 있는 요소들을 적극적으로 찾아내 다양한 상황에 적용해보기. 퓨처스는 퓨처스고 1군은 1군이라고 구분 지어 생각하는 게 아니라 모든 경험을 융합해 적절하게 응용하는 것이다. 때로는 초 보라는 마음으로 겸손하게 배우고, 때로는 초보가 아니라는 마음으로 자신 있게 맞선다. 때로는 처음의 패기를 들이밀고, 때로는 경험의 힘 을 믿어본다.

결국엔 다 야구라는 것도, 결국엔 다 사람이 하는 일이라는 것도 다 르지 않은 것이었다. 상황에 따라 열린 마음으로, 유연하게 상황에 대 처하면서 어려움이나 한계를 하나씩 극복해 나간다.

경기 운영에 있어서 육감적인 것도 꽤 중요한 부분인 것 같습니다.

그럼요. 실제로 경험해보니까 감각적인 건 분명히 필요 한 것 같아요. 어느 정도의 데이터도 중요하지만, 그런 촉도 필 요하다는 거죠. 어느 베테랑 감독님께서 제가 감독이 되고 이 야기해주신 게 있어요. 데이터가 전부가 아니라는 말씀이었죠. 감독이 느끼는 직감이 있는데 그걸 잘 판단하라는 말씀이 기억 에 남아요.

말 그대로 촉. 타고난 부분도 있을 겁니다. 그런데 은연중 에 쌓이는 부분이기도 하겠죠. 나도 모르는 사이 학습된 감이

라고 할까요?

그렇죠. 경력이 생길수록 확신도 더 커지겠죠.

물리적인 시간이 반드시 요구되는 영역도 분명히 있다. 경험이라는 걸 결코 무시할 수 없는 이유가 여기에 있다. 그러나 시간은 유한하다. 가능하면 필요한 물리적인 시간을 단축하는 게 현명한 방법이다. 언젠가 쌓일 거라 믿으며 마냥 기다리기만 할 수는 없다. 시간으로 채워야 하는 부분은 시간으로 채우되, 어떤 방법으로 그 시간의 한계를 조금이라도 보완할 수 있을지 연구하고 고민해야 한다.

이범호 감독은 시즌 초반 연속 대타 작전 성공으로 재미를 보기도 했다. 초보 감독답지 않은 승부수이기도 했고, 한편으론 초보 감독이기에 당차게 밀어붙일 수 있는 모험이기도 했다. 모든 건 다 결과론.

성공 또는 실패라는 결과만 돋보이는 냉정한 순간이다. 그 순간 특정 선수를 대타로 낸 감독의 공이 큰지, 어쨌든 그 상황을 해결한 선수의 공이 큰지도 잴 수 없다. 감이 좋을 수도 있고, 운이 따랐을 수도 있다. 그런데 좋은 감과 행운이 계속해서 발생하면 그 안엔 뭔가 비결이 있는 것이다.

감독님은 아직 그 시간이 충분히 쌓이기는 어려운 시기인 것이 사실인데요. 그런데도 작전이 적중할 수 있었던 이유는 어디에 있다고 보십니까?

제가 선수들과 많은 경험을 해봐서 잘 알고 있는 부분이 큰 것 같아요. 이 선수는 상대적으로 누구에게 강하고 약하고, 또는 멘탈적으로 어떤 상황에 강점을 보이고 약점을 보이는지 이런 세세한 부분을 잘 알 수 있죠. 그래서 더 시간을 단축할 수 있었던 것도 큰 것 같습니다. 직접 살을 맞대고 함께 해봤으니까요.

선수단에 대한 이해도. 그것도 밖에서 바라본 모습이거나 지도자의 시선으로만 바라본 것이 아니라, 다양한 각도로 바라볼 수 있었던 게 더 도움이 됐을 것 같네요.

저에게 초보 감독이라고 하잖아요. 맞죠. 초보 감독입니다. 그런데 그것과 별개로 다른 팀과 직접 그라운드에서 싸우는 건 우리 선수들이거든요.

선수들은 초보가 아니죠.

맞아요. 그리고 저는 직접 맞서 싸우는 선수들이 자신이 가진 것을 더 발휘할 수 있도록 상황을 만들어주는 사람이에 요. 어떤 상황에서 잘할 수 있는 확률을 높일 수 있는 건 데이터 분석과 함께 선수들의 성향을 잘 아는 것 아닐까 싶습니다.

선수 시절부터 코치 경험까지 생각하면 정말 꽤나 긴 시간입니다.

그렇죠. 모든 시간을 겪고 이렇게 감독이 되니까 이 부분에 대한 고민은 덜 수 있는 것 같습니다. 여전히 어려운 게 많지만요.

덕분이었을까. 이범호 감독은 초보 감독임에도 올 시즌 리그에서 가장 높은 대타 성공률을 자랑했다. KBS N 스포츠의 장성호 해설위원은 이렇게 설명했다. "타이거즈의 우승에는 여러 가지 요인이 있었지만 이범호 감독의 선수 기용과 용병술을 빼놓을 수 없다."

좌투수를 상대하기 위해 적재적소에 이창진과 변우혁을 활용한 점, 그리고 부상 이탈로 인해, 때로는 체력 안배를 위해 서건창을 1루수로 기용한 점도 인상적이었고, 김태군과 한준수의 더블 마스크 체제로 한준수를 주전급 선수로 성장시킨 것 역시도 고무적이었다. 선수 개개인의 능력은 의심의 여지가 없을 정도로 뛰어났던 것도 맞지만, 이 자원을 어떻게 활용하느냐, 감독의 역량이 중요했던 시즌이었는데 그 역할을 잘 해냈다는 것.

초보의 한계를 메우는 다양한 방편들을 가지고 있다. 스스로의 용기와 자신감을 앞세우기도 하고, 선수들과의 경험과 믿음을 내세우기도 한다. 가지고 있는 무기가 많으니 상황에 따라 대응할 수 있는 방

식도 여러 가지다. 시행착오도 겪고, 잘못된 결정에 밤잠 설치는 나날
도 많다. 그러나 다른 데서 다시 일어날 힘을 찾으며 금방 회복한다.
그렇게 감독이 무너지지 않으면 선수들도 무너지지 않는다. 선수들이
포기하지 않으면 팬들 역시 포기하지 않는다.

슬럼프가 없었다. 6월 말, 불의의 부상으로 엔트리에서 말소되기 전까지 한결같이, 꾸준히, 계속, 잘한 선수가 바로 이우성이다. 궂은 역할에 핵심 역할까지, 사실상 전반기 MVP라고 해도 손색없는 활약. 새로 변신을 꾀한 1루수로 첫해임에도 안정적인 모습을 보여줬고, 시즌 돌입 후에는 주축 선수의 부상으로 인한 이탈로 외야까지 오가며 필요한 곳마다 어려움을 메워야 했다. 타선에서도 분전했다. 하위 타선으로 구상했지만, 이 역시 이런저런 변수로 인해 중심 타선을 뒷받침해야 했는데 어느 자리에서든 꾸준히 3할 이상의 타율로 제 역할 이상을 해냈다. 전반기 타이거즈 타선의 상위권 유지의 1등 공신이라고 해도 과언이 아니었다.

이범호 감독 역시 지금은 단종된 옛날 자동차 모델명과 광고 카피를 예로 들며 이우성을 극찬했다. '소리 없이 강하다.' 스타일 자체가 화려한 편은 아니다. 필요한 곳마다 자리를 옮겨야 했으니 타선의 중심으로, 수비의 주축으로 스포트라이트를 받을 수 있었던 것도 아니었다. 그러나 빛났다. 어디서든 묵묵히 자신이 해야 할 것들을 한 결과였다. 지금까지 한 시즌도 규정타석을 충족해본 적 없는 이 선수가, 과거 더 많은 시간을 2군 무대에서 보냈고, 1군 주전과는 거리가 멀었던 이 선수가 팀을 이끌었기에 더 의미가 클 수밖에 없었다. 덕분에 어려움 속에서도 가장 높은 자리를 이어갈 수 있었다고 해도 틀린 말이 아니다.

'만약 올 시즌 타이거즈에 이 선수가 없었더라면' 상상하고 싶지 않은 그림이다. 그만큼 최고의 활약을 선보이며 팀의 정상 유지를 이끈 이 선수가 야구를 그만두려 했었다.

퓨처스에 오래 머물러 있을 때였어요. 문득 더 이상 희망
이 없다는 생각이 들었던 순간이 있었습니다.

상위 지명으로 프로 무대에 입성했고, 군 문제도 빠르게 해결했다.
이후 1군에서 많은 기회를 받지 못했지만, 두 번이나 트레이드를 통
해 팀을 옮겼다는 건 그 가능성만으로 그를 탐내는 팀이 많았다는 뜻
이다. 하지만 팀을 옮긴 이후에도 그 가능성을 입증할 충분한 기회를
보장받지 못했고, 확실히 자리를 잡을 수 없었다.

1군 무대를 바라보며 퓨처스에 굵은 땀방울을 흘리는 나날. 젊을 때
는 성장 과정으로 받아들이고 언젠가 찾아올 때를 기다리며 미래를
낙관할 수 있다. 하지만 연차가 쌓이고 나이가 들어갈수록 생각이 달
라진다. 이렇게까지 안 풀리는 건 나의 길이 아니라서 그런 건 아닐지
의심이 들고, 하루라도 빠르게 내가 더 잘할 수 있는 걸 찾아야 하지
않을까 괜한 걱정이 꼬리에 꼬리를 문다.

2023시즌을 앞두고 스프링캠프에서 탈락한 이후에는 정
말 야구를 그만두려고 했어요. 그런데 당시 이범호 코치님이
저에게 할 수 있다고 계속해서 말씀해주시는 게 너무나도 감
사했습니다. 사실상 포기를 생각하고 있는 저를 당시 코치님은
포기하지 않으셨습니다. 그때 다시 마음을 다잡을 수 있었던
것 같아요.

이범호 감독에게 물었다. 야구를 관두려고 했던 이우성을 다시 잡

왔다는 이야기가 사실이냐고. 하지만 그는 그 정도는 아니었다고 아무렇지 않은 듯 말했다. 그저 야구가 잘 안 풀리는 선수에게 코치로서 해줄 수 있는 조언을 건넸던 것뿐이었다는 것이다. 이렇게 덤덤하게 이야기를 전하는 속내에는 이런 마음이 담겨 있는 듯 보였다. 내 덕에 우성이의 선수 생활이 더 이어질 수 있었다거나 더 야구를 잘할 수 있게 된 것이 아니라, 원래 우성이는 야구를 잘할 수 있는 선수였고 그래서 선수를 그만뒀을 리도 없는 일이었다고.

우성이가 저를 찾아온 적이 있습니다. 입지는 불확실하고 생각하는 대로 야구가 안 되니까 불안함이 커졌던 것 같습니다. 요즘 야구가 너무 어려운데 정말 잘해보고 싶다는 거였죠.

이유가 보이셨습니까?

제가 지켜보니까 그동안 기술적으로 배웠던 야구와 다르게 하고 있다는 느낌이었어요. 그래서 다시 타격 기술을 바꿔보자고 제안했습니다. 지금 공을 찍어 치는 기술을 구사하고 있는데, 요즘 우리나라 투수들의 유형을 봤을 때 그런 공략법이라면 잘 맞아도 야수 정면으로 가거나 땅볼 밖에 나오지 않을 거라고요. 그래서 바꿔보자고 했죠.

이우성 선수가 어떻게 받아들였을지 궁금한데요.

알겠다고 하면서 못 바꾸는 거예요. 안 된다는 거죠.

그래서 어떻게 하셨습니까?

안 되는 건 없다고 말했죠. 퓨처스 총괄 코치를 하면서 1년 동안 계속 얘기했던 것 같습니다. 그리고 1군에 올라갔는데

결과가 생각만큼 안 나왔어요. 그렇지만 준비를 계속해나갔고, 제가 1군 타격 코치로 간 이후에는 우성이가 1군에 올라올 때마다 시켰죠. 조금씩 되더라고요. 그해 후반부터 조금씩 자리를 잡고 제가 타격 코치 2년 차 때 잘됐죠. 그리고 제가 감독이 됐고 1루를 함께 보면서 올 시즌 완전히 자리를 잡게 된 겁니다. 자꾸 안 된다는 우성이에게 헛소리하지 말라고까지 강하게 얘기했습니다. 안 되는 사람은 없다고, 계속 밀어붙였어요.

그때 어떤 생각이었는지 직접 이우성에게 물었다. 당시 이범호 코치가 제안한 타격 방식은 기존의 틀을 완전하게 바꾸는 작업이었다고 한다. 소위 말해 사람을 완전히 바꿔놓는 수준이었다고. 게다가 평소의 성향 자체가 고집이 센 편이고 의심이 많아서 변화를 잘 주지 않으려고 하는 편이라 당시 제안을 흔쾌히 받아들이기가 어려웠다는 것이다. 이렇게 해서 좋은 결과가 나올 수 있을까 걱정도 내심 들었다.

하지만 당시 이범호 코치는 계속해서 이우성에게 다가가 희망을 심어줬다. 본인을 믿고 다시 해보자는 이야기를 전했다. 자신을 위해 이렇게까지 마음을 쓰는 코치님의 제안에 마음을 열지 않을 수가 없었다. 여기에 모든 걸 내려놓을 각오까지 한 이상 뭐라도 해볼 수 있겠다는 생각이 들었다. 결과는 대성공이었다.

의심과 두려움에 사로잡혀 있는 자신을 끝까지 포기하지 않았던 상대의 진심, 그렇게 처음으로 누려보는 주전 선수이자 주축 타자의 내모습. 감독은 선수를 믿었고, 선수는 마침내 감독의 믿음에 응답했다. 그렇게 원하는 결과를 만들어냈다. 선수도, 감독도, 우리가 함께 원했던 결과를.

> 지금 감독님의 이야기를 듣고 나서 확실하게 야구가 잘되기 시작했으니까요. 이제는 오히려 그 말씀을 조금만 일찍들었으면 좋았겠다는 아쉬움이 남을 정도입니다.

'인생은 타이밍'이라는 말을 항상 가슴에 새겨왔다는 이우성. 그에게 이범호라는 지도자를 만난 '타이밍'은 인생에 있어서 최고의 터닝포인트가 되었다. 야구를 내려놓으려 했던 그를 일으켜 세웠고, 이렇게 어엿한 주전 선수를 넘어 팀에 없어서는 안 될 핵심 선수로 활약할수 있도록 지탱해줬으니 말이다. 그런데 이범호 감독은 도리어 이우성에게 고맙다.

우성이와는 항상 이야기를 많이 해왔습니다. 그런데 이번 시즌 팀을 맡게 되고, 시즌 구상을 해보니까 1루를 우성이가 볼 때 가장 좋은 그림이 나오더라고요. 그렇게 해야 다른 포지션까지 구성을 완벽하게 만들 수 있었거든요. 근데 본인 생각은 또 다를 수 있잖아요.

그렇죠. 더 자신 있는 자리에서 잘하고 싶은 마음이 잘못된 건 아니니까요.

그런데 우성이는 '제가 할 수 있습니다', '제가 하겠습니다'라고 흔쾌히 말해줬어요. 마음만으로도, 그렇게 말해주는 것만으로도 정말 고마운 일이었죠.

그러니까 감독님 생각에는 이우성 선수가 1루수로 나름의 희생을 해준 덕분에 다른 포지션 운용까지 유연해졌다고 생각하시는 거군요.

그렇다고 생각하죠. 일단 절실한 상황이었으니 캠프 때는 받아들였다고 해보죠. 그때부터 준비하긴 했지만 해보고 나서 우성이가 안 될 것 같다고, 외야가 낫겠다고 할 수도 있는 거잖아요. 그럼 그때는 정말 난감한 상황이 오는 거였거든요. 원준이를 빼야 했을 수도 있고, 대인이가 1루를 보고 우성이가 외야를 보면 장담하기 어려운 상황이 올 수도 있었고요. 근데 기꺼이 낯설 수 있는 자리도 하겠다고, 그렇게 끝까지 책임져준 게 참 고마운 거죠. 근데 감독으로서는 이게 다가 아닙니다.

어떤 거죠?

본인은 하겠다고 하지만 또 1루수로서 모두가 원하는 경기력을 보여주지 못한다면 그것도 난감한 상황이잖아요. 마음은 고맙지만, 평균 이상의 경기력을 보여주지 못한다면 계속 기용할 수 없는 거니까요. 그런데 이렇게 전문 1루수 못지않은 활약을 할 수 있다는 건 충분한 연습과 준비가 되어 있었다는 이야기입니다. 그래서 저도 이렇게 유연하게 운영을 할 수 있었던 겁니다. 우성이가 자리를 잡아준 덕분에 버틸 수 있다고도 볼 수 있죠.

이렇게나 잘해줬던 이우성이 불의의 부상을 당하고 말았다. 지도자로서는 더 아쉬울 수밖에 없었다. 특히나 무명의 설움을 오래 겪은 선수일수록 한 경기, 한 타석의 소중함을 누구보다 절절하게 아는 만큼 장기 레이스가 더 귀중하다는 걸 알았으면 했기에 더 마음이 아팠다. 우리가 안타 하나를 목표로 하지만, 이에 목숨을 걸다가 부상을 입고 한 달을 결장하면 안타 서른 개가 사라진다는 것. '무리하다 한 달 쉬지 말고, 오늘 하나를 버리고 내일 두 개를 칠 것'을 특히 더 강조해왔기에 더 안타까운 마음이 컸다.

그러나 이마저도 과정이었다. 이미 돌이킬 수 없는 일. 이우성 역시 더 중요한 것이 무엇인지 다시금 깨달을 수 있었고, 부상 복귀에 있어서 뭘 신경 써야 하는지 새로 배울 수 있었다. 그리고 이 안에서 또 한번 사제 간의 남다른 우정을 확인한 건 보너스였다.

제가 다치고 퓨처스에 있을 때 얼른 올라가서 다시 잘해보고 싶은 마음에 저도 모르게 안 좋은 부분이 생겨난 게 있었

어요. 그런데 감독님께서 그새 제가 또 뭐가 달라졌는지 유심
하게 봐주셨어요. 그 덕에 다시 제 리듬을 찾을 수 있었습니다.

그렇게 이우성은 8월 건강하게 돌아왔다. 때마침 타이거즈의 해결
사이자 정신적 지주인 최형우가 부상으로 이탈하게 된 것이 아쉬웠지
만, 한편으론 그 공백을 메울 이우성이 돌아왔다는 게 다행이자 위안
이었다. 돌아온 이우성은 복귀하자마자 연속 안타를 이어가며 조금씩
감을 끌어 올렸다. 그리고 이 안에서도, 이우성은 감독님께 또 한 번
고마운 마음을 잊지 않았다.

감독님과는 시즌 중에도 참 많은 이야기를 나눠요. 지금
타격 코치님께서 좋은 말씀을 많이 해주시는 데다 감독님의 코
칭이 더해지면서 제 야구가 확 바뀔 수 있었습니다. 올 시즌 제
가 부상을 당한 이후에도 지금처럼 이렇게 변함없이 저를 믿
어주신다는 게 감사할 따름이에요. 이범호 감독님은 제 인생의
최고의 은사님이라고 표현할 수 있을 것 같네요.

서로에게 연신, 고맙다는 말을 아끼지 않는 감독과 선수 사이. 25번
이라는 같은 번호를 등에 새겼던 감독과 새로 새긴 선수는 이렇게 같
은 자부심을 등에 얹고, 같은 마음을 나누며, 새로운 자리에서 함께
앞으로 나아간다. 때로는 감독이 선수를 돕고, 때로는 선수가 감독을
도우며, 같은 목표를 향해가는 두 사람의 모습이 곧 2024시즌 타이거
즈의 모습이다.

9

부상

부상 악몽은 시범경기에서 그치지 않았다. 시즌에 돌입한 직후에도 부상 선수는 계속해서 나왔고, 시즌 막바지까지도 타이거즈를 괴롭혔다. 주축 야수 중에서는 사실상 최원준, 김도영과 포수 김태군, 그리고 외국인 선수 소크라테스 정도를 제외하고 모두가 한 번 이상 부상자 명단에 오르며 자리를 비웠다.

특히나 시즌 초반에 나온 연이은 부상은 모두를 시험대에 오르게 했다. 중심타자의 이탈과 초보 감독의 첫걸음이라는 점을 고려했을 때 생각 이상으로 순항하며 출발했던 4월 초. 그러나 선발 투수와 핵심 불펜의 이탈, 그리고 내야 한 자리에서의 잇따른 부상은 활기찬 봄에 어두운 그림자를 드리우는 듯했다. 어떤 선수가 그 자리를 메우는 주인공이 될지, 그리고 초보 감독은 이 상황을 어떻게 극복해 나갈지 주목됐다.

감독이라면 누구나 마주할 수 있고, 모두에게 어려운 상황인 것도 사실이지만, 경험이 부족한 신임 감독으로서는 이렇게 예상을 벗어나는 순간에 대한 대처가 더 어렵기 마련이다. 특히나 시즌 초반부터 이런 상황이 발생한다는 건 더 당황스러울 수밖에 없다. 경기 운영만으로도 쉽지 않은 가운데 새로운 자원을 확인해야 하고, 퓨처스팀과 소통하며 상황을 보고받아야 하고, 어느 때 누구를 어떻게 기용할지, 이후에 그를 믿고 바라보는 것까지. 어렵고 복잡한 시간의 연속이기 때문이다.

사실 새로운 자원은 늘 있다. 그러나 검증되지 않았다. 그리고 전략과 전술 변화를 통해 상황을 타개하는 방법도 있다. 하지만 이마저도 결과론, 그전까진 모험이다. 그래서 고민이 많아지는 상황을 타이거즈는 특유의 두터운 뎁스를 활용해 극복해 나갔다. 어려운 시간 속에서도 육성에 심혈을 기울이며 잠재력 있는 유망주들을 잘 성장시켜 준비해둔 덕이었다. 여기에 시즌을 앞둔 야심 찬 영입도 쏠쏠한 도움을 받을 수 있었다.

새로 올라오는 선수들마다 다 잘해줬죠. 백업으로 분류됐던 선수들도 충분히 할 수 있다는 걸 보여준 겁니다. 선수들도 퓨쳐스에서 차근차근 준비한 것들이 결과로 나오니까 '나도 할 수 있다'는 자신감을 얻게 되는 것 같아요. 저 역시도 부상 덕분에 백업 자원을 확인할 수 있었습니다. 언제고 믿고 기용할 수 있겠다는 자신감이 제게도 생겼고, 운용 폭도 넓힐 수 있었죠.

경기 전 취재진과의 인터뷰 속에서 들을 수 있었던 흥미로운 표현이었다. '부상 덕분에.' 당연하게도 이왕이면 없으면 좋은 게 부상이지만 조심한다고 무조건 막을 수 있는 것도 아니다. 이미 벌어진 일. 상황을 원망하기보다 또 다른 공부와 교훈의 계기로 삼았다. 초보니까. 이 상황을 극복하면서 감독도 한 단계 성장할 수 있는 시간으로 삼은 것이다. 다음에 같은 상황이 또 벌어진다면 그때는 또 다른 내공으로 그 순간을 대처할 수 있을 테니까 말이다. 선수와 함께 감독도 난관에 봉착했을 때 기회를 찾았다.

기존 선수가 가진 장점도 좋지만, 새로운 선수의 장점도 충분히 있다고 생각해요. 그래서 저는 망설임 없이 새로운 선수도 기용해봅니다.

성장

착실히 준비한 구단과 완벽히 준비된 선수의 힘이 모여 '뎁스'라는 게 완성됐다. 덕분에 상황을 하나씩 헤쳐갈 수 있었지만, 이 모든 과정의 결과를 당연한 것으로 생각할 순 없는 이유가 있다. 구슬이 서 말이라도 꿰어야 보배라고 했다. 좋은 자원이 준비돼 있다고 하더라도 믿음과 강단이 없다면 퓨쳐스 내지는 덕아웃에만 머무를 수도 있기 때문이다.

선수는 실전 경기에 나설수록 더 성장한다는 건 당연한 이치. 여기에 퓨쳐스리그와 1군 무대의 실전 경기는 또 다른 차원이다. 새로 올라온 선수들이 안정적으로 또 다른 무대에 적응하고 잘해준다면 더할 나위 없이 좋겠지만, 시행착오는 있기 마련이다. 그리고 그 시련을 통해 선수는 한 단계 올라선다. 단, 그 시간을 기다려주고 믿어주는 것이 필요하다.

하지만 지도자마다 성향은 다르다. 실패의 가능성을 높이 두고 도전을 꺼리는 경우가 있는가 하면, 성공의 가능성을 높이 두고 모험을 주저하지 않는 경우가 있다. 여기서 이범호 감독은 새로운 선수들을 적극적으로 기용했다. 초보 감독인지라 망설일 수 있는 상황이었지만, 한편으론 초보 감독이기에 보일 수 있는 '패기'를 발휘해 본 것. 선수단에 대한 믿음도 작용했지만, 퓨쳐스 총괄 코치를 하면서 선수들의 잠재력을 직접 눈으로 확인한 것도 확신에 큰 도움이 됐다.

젊은 선수들이 퓨쳐스에서 1군에 올라왔을 때 벤치에 놔두는 것보다 경기에 조금씩 출전시키면 확실히 성장이 빨라지죠. 그 선수들도 충분히 잘할 수 있는 선수들이고요. 그래서 새로운 선수가 괜찮다는 보고가 들어오면, 기존에 주전 선수가 있지만 기회를 만들어서 써보는 거예요. 그건 감독의 선택이니까요.

여기에 부상과 같이 불가피하게 기용해야만 하는 상황뿐 아니라, 여러 선수를 다양하게 운용해보는 데도 적극적이었다. 아직 검증된 게 없는 선수들인 만큼 기용 자체에 위험 부담이 따르는 것도 사실이다. 대부분은 결과에 주목하기 마련이고, 그 결과가 좋지 않으면 그 책임은 감독이 떠안아야 하기 때문이다. 감독의 선택을 두고 많은 말이 뒤따른다. 그래서 망설여지고 고민도 커진다. 하지만 그 순간 확실한 결단을 내리지 않으면 팀의 발전도, 선수의 성장도 가로막을 수 있다. 그래서 결정을 내린다. '결과론' 그리고 믿고 기다릴 뿐이다.

이 믿음에 선수단은 응답했다. 어떤 상황이든 자신의 매력을 유감없이 뽐낸 홍종표. 기회를 받고 얼마 지나지 않아 불의의 부상으로 많은 이들의 마음을 안타깝게 했지만, 그 순간을 잘 채워줬고 이후 한 단계 더 성장해서 돌아온 박민. 무궁무진한 잠재력을 하나씩 표출하기 시작한 박정우. 기다림에 응답하기 시작한 거포 유망주 변우혁.

위기의 순기능이었다. 나에게도 기회가 올 수 있다는 희망이 생기고, 이탈한 사람은 잊히지 않기 위해 복귀에 매진했다. 그렇게 선의의 경쟁이 시작된다. 해볼 만하다는 자신감과 자리를 지켜야겠다는 의지. 새로운 선수들의 동기부여를 끌어내고, 기존의 선수들의 긴장감을 불러일으킨다. 이는 팀에도 긍정적인 시너지 효과를 불러온다. 덕분에 새로운 활력이 돈다.

이렇게 다채로운 선수 기용은 깜짝 스타의 등장, 덕분에 만든 승리, 시즌의 뎁스 강화에서 그치지 않는다. 향후 몇 년을 책임질 주전 선수를 탄생시키는 계기가 되기도 한다. 그리고 그 포지션이 포수라면 반가움은 더 배가될 수밖에. 그 주인공은 바로 한준수. 대형 포수로 성장 가능성을 높이 평가받으며 2018 신인드래프트에서 타이거즈의 1차 지명으로 입단했다. 군 복무를 해결하기 전까지 1군 출장 경기는 7경기에 그쳤지만, 이후 지난 시즌 47경기에 출장하며 조금씩 기대했던 잠재력을 보여주기 시작했다.

포지션 특성상 주전 포수 한 명이 등장하기까지 오랜 시간이 걸린다는 것을 알기에 지난 시즌 잠재력을 드러낸 것처럼, 올 시즌 역시 백업 포수로 가능성을 하나씩 보여주며 차근차근 성장해나갈 것을 기대했다. 그런데 조금씩 부여받은 기회를 완전히 자신의 것으로 만들어냈다. 덕분에 체력소모가 큰 포수 포지션에서 김태군의 휴식도 보장할 수 있었다. 이렇게 기대 이상의 활약을 보여주며 거의 주전급으로 도약할 수 있게 된 것은 비단 올 시즌뿐 아니라 장기적인 관점에서도 타이거즈의 커다란 수확이었다.

캠프 때부터 계획대로 진행을 잘 해왔어요. 태군이를 주전으로 기용하면서 준수의 컨디션이 좋을 때 한두 번씩 역할을 나눠주면 좋겠다 싶었죠. 그런데 생각 이상으로 잘해주고 있어요. 외국인 선수들과도 호흡이 좋아서 누가 나오냐에 따라 기용을 구분할 필요가 없어졌죠. 덕분에 운영에 큰 여유가 생겼습니다.

어떤 장점을 발견하셨습니까?

일단 똑똑한 선수입니다. 마운드에 올라야 하는 타이밍도 잘 포착하고요. 모든 걸 맡길 수 있는 포수입니다.

여기에는 김태군이라는 베테랑이 중심을 잘 잡아준 걸 빼놓을 수 없다. 어딜 가나 분위기 메이커가 되는 그는 살가운 동생이자, 유쾌한 형이다. 외국인 선수들과도 적극적으로 소통하며 마운드에서 편하게 자신의 공을 던질 수 있도록 돕는다. 여기에 중요한 순간 한방씩 터뜨리는 장타로 분위기를 반전시키는 것 역시 그의 커다란 매력. 늘 씩씩하고 기운찬 그의 존재는 그 자체로 많은 이들의 마음을 든든하게 만든다.

더불어 새로 합류한 베테랑의 활약 역시 반가웠고, 또 의미 있었다. 이범호 감독의 표현대로 올 시즌 '경험의 가치'를 보여준 서건창. 가지고 있는 기량이야 두말하면 잔소리다. 누가 뭐래도, KBO 최초 200안타의 주인공. 한 시즌 최다 안타 기록은 2024시즌 롯데 빅터 레이예스에 의해 경신되었지만, 최초의 기록은 영원하다. 육성선수로 프로 무대에 입성했고, 입단 첫해 기량을 발휘해 보기도 전에 방출당하는 시련 속에서도 포기하지 않고 묵묵히 흘린 땀방울은 그를 배신하지 않았다. 그리고 그가 야구를 대하는 진지한 태도와 성실한 자세에서 나오는 포기하지 않는 집념. 이것은 과연 '육성선수 신화'를 쓰기에 충분했다.

　그렇게 신인왕과 골든글러브 수상, 그리고 정규시즌 MVP까지 거머쥐며 많은 이들에게 귀감을 전하고, 히어로즈의 주축 선수로 전성기를 구가했던 그에게도 시련이 찾아왔다. 치명적인 부상이 그를 괴롭혔고, 돌파구를 만들고자 했던 노력이 원하는 방향으로 이어지지 않으며 반등의 계기를 찾지 못했다. 2보 전진을 위한 1보 후퇴도 하며 절치부심했지만 이마저도 여의치 않았다. 그렇게 긴 터널을 지나, 30대 중반의 나이에 고향 팀에서 새로운 출발선에 선 그는 다시금 '증명'을 다짐했다.

　다만 어느 정도를 기대했는지는 모른다. 본인의 의지가 강력하다는 건 모르는 사람이 없었지만 그게 실력으로 이어질지는 의문이었던 게 사실. 이전의 명성이 박수받아 마땅하지만, 결국 '지금' 경쟁력을 보여

주기 위해서는 동등한 대결에서 우위를 보이는 게 더 중요하기 때문
이다. 그렇기에 모든 건 본인에게 달려 있었다.

타이거즈 합류 후 그의 표현대로, '모든 걸 내려놓고' 처음부터 시작한다는 각오였다. 덤덤한 듯 이전과 크게 다르지 않아 보였던 그였지만, 그 이상의 노력이 필요했을 터다. 치고 올라오는 젊은 선수들과 대등하게 겨뤄야 했고, 이젠 끝났을 거라는 시선과 싸워 이겨야 했다. 그리고 보란 듯이 해냈다. 그의 목표처럼, 건강한 몸으로, 팀이 높은 곳까지 올라가는데 보탬이 될 수 있었다.

4월, 숱한 부상 속에서도 흔들리기는커녕 더 굳건해졌다. 시작부터 주축 선수들이 이탈했고, 생각지도 못한 줄부상이 이어졌다. 불안하지 않을 리 없다. 위기 안에는 두려움이 담겨 있기 때문이다. 그리고 그 두려움이 위기 극복에 가장 큰 걸림돌이 된다. 그러나 그라운드에 들어선 순간부터 '압도하라'는 팀의 캐치프레이즈처럼 두려움마저 압도했던 타이거즈. 두렵지 않다면 위기도 사라지는 법. 그렇게 위기 속에서도 정상의 자리를 지켜갔다.

젊은 감독과 함께 달라진 타이거즈는 모든 이슈의 중심이었다. 연고지 광주를 넘어 전국에서 두터운 팬층을 자랑하는 '원조 인기 구단'의 호성적은 리그 전체의 흥행에 앞장설 만큼 커다란 관심을 불러 모으기에 충분했고, 소속팀에서 은퇴식까지 치른 스타 플레이어 출신의 최연소 감독이 선수단과 보여주는 케미스트리는 이전의 보여줬던 것과는 또 다른 분위기를 연출해내며 새로움을 더했다.

더불어 시작부터 새로운 기록까지 써나갔다. 4월 25일. 김도영이 달성한 KBO 최초 월간 10홈런 10도루 달성과 함께, 대투수 양현종은 리그에서 두 번째로 170승을 완성한 선수가 됐고, 팀의 상징적인 두 선수의 활약을 비롯해 이날 팀은 구단 역사상 최소 경기 20승에 선착하며 기쁨은 최고조에 달했다. 이는 27경기 만에 만든 20승이었다.

가장 최근 통합우승을 이룬 2017시즌의 28경기 기록보다 한 경기 빠르게 만들어낸 이 기록에 팬들은 의미를 담지 않을 수 없었다. 최근 10년 안에 타이거즈 팬들이 가장 행복했던 그때와 제일 유사한, 아니 더 좋은 이 분위기 속에, 그때와 같은 '우승'을 그리는 건 괜한 설렘이 아니었다. 떠올리는 것만으로도 행복했던 그때의 기운을 이렇게 현실로 재현한다는 것만으로도 더 큰 기대감을 품게 하기에 충분했다.

이렇게 유쾌한 분위기 속에 정상을 이어가는 과정에는 뜨거운 이목만큼이나 수많은 이야기가 잇따랐다. 초보 감독이 이런 시작을 가져가다니, 아니 시작은 누구나 좋지, 한편으론 전력이 좋으니 이 정도야. 정상의 과정에 대한 평가는 분분했다. 누군가는 냉소적으로 바라봤고 누군가는 긴장하며 경계했던 이 시기. 시샘이 담겨 있든 견제가 담겨 있든, 다른 이들의 생각은 우리가 헤쳐가는 과정에 그렇게 중요하지 않았다. 외부 평가보다도 더 집중해야 하는 건 내부 평가. 신임 감독은 최대한 평정심을 유지하려 노력했다.

사실 숫자라는 게 큰 의미가 없는 것 같습니다. 경쟁팀이 80승을 하더라도 우리가 81승을 하면 우승은 우리가 거머쥐는 게 리그잖아요. 더불어 20승 페이스가 빨랐다고 해서 30승 페이스 역시 그러리라는 보장도 없는 겁니다. 최종 성적이 결정 날 때까지는 누구도 안심할 수 없죠.

그래도 좋은 흐름인 건 사실인데요. 이 정도 할 거라는 예상이라든지, 아니면 어느 정도 페이스로 가면 승산이 있겠다고 생각하신 것도 있었을까요?

구체적인 계획이라는 걸 세울 수는 없었어요. 저는 그저 오늘에 집중하고 내일을 준비할 뿐입니다. 그렇게 하루하루 이겨내는 거죠.

시작해 불과할지라도 들뜰 만도 했다. 수많은 대기록이 팀의 좋은 성적과 함께했다. 의미를 부여할 만했던 순간의 연속. 괜히 '우주의 기운'을 떠올려 보기에도 그렇게 이상하지 않았다. 그러나 냉정하게 상황을 바라봤다. 그도 그럴 것이 팀은 좋은 결과를 만들어내지만, 그 안에서는 부상 선수가 연이어 나오며 자칫 긴장감을 놓쳤다가는 크게 미끄러질 수도 있는 상황이었다. 그래서 더 고무적이었던 건 중심을 잡아주는 선수들의 존재감이었다. 이는 새로 합류한 외국인 투수 원투 펀치, 제임스 네일과 윌 크로우의 역할이었다.

부상 선수도 나오고 힘든 순간도 있었지만, 외국인 투수 둘이 중심을 잘 잡아준 덕분에 버틸 수 있었다고 생각해요. 사실 외국인 선수들에게 기대하는 바가 크니까 그들도 힘들 거예요. 그런데도 쉬려고 하지 않고 괜찮다는 이야기를 해줘요. 그런 부분이 참 고맙죠.

시즌을 앞두고 외국인 투수 둘을 모두 교체했다. '어떻게 이런 선수들을 KBO리그에 데려올 수 있었나' 하는 평가가 나올 만큼 최근의 화려한 이력만으로도 수많은 사람의 이목을 사로잡았다. 이른바 현역 빅리거 원투펀치를 완성한 것. 그러나 리그에 얼마나 적응할지, 또 다른 무대에서는 어떤 성과를 이뤄낼지가 관건이었다. 기대와 걱정이 공존했지만, 개막 후 두 선수는 리그에 성공적으로 안착하며 우려를 지워낼 수 있었다.

사실 이력만 두고 봤을 때 더 관심을 모았던 건 크로우였지만, 뚜껑을 열어보니 진짜 '에이스' 역할을 해낸 건 네일이었다. 그의 스위퍼는 늘 화제였고, 적은 실점에 긴 이닝까지 책임져주며 올 시즌 '꿈의 평균자책점'이라 불리는 1점대 ERA를 달성하는 선수가 등장할 수도 있겠다는 기대감까지 높았다.

여기 크로우도 제 몫을 했다. 개막 직후에는 다소 흔들리는 모습을 보이기도 했지만, 4월 들어 네 경기 연속 무실점 행진을 이어갔고 든든한 득점 지원까지 이어지며 승리 요정 역할을 톡톡히 해냈다. 하지만 예상치 못한 팔꿈치 통증으로 부상자 명단에 올랐고, 타이거즈는 신중하게 상황을 지켜보며 기다렸지만 결국 이별을 결정할 수밖에 없

었다.

지금은 한국을 떠난 크로우지만 짧은 시간 동안이나마 팬들에게 좋은 기억을 선물했다. 그리고 이후에도 여전히, 함께 했던 동료들의 SNS 계정에 남다른 애정을 드러내며 타이거즈 팬들의 마음을 뭉클하게 했다. 이렇게 시즌 전 구상했던 원투펀치가 함께 완주를 이뤄내지는 못했지만, 이 둘이 함께 이끈 4월의 상승세는 여전히 이범호 감독 마음속에 짙게 남아있다.

네일, 크로우랑 스프링캠프에서 따로 식사 자리를 가졌어요. 그때 그 두 선수가 하는 이야기가 본인이 승리를 올릴 때마다 소고기를 사달라는 거예요. 승을 엄청나게 할 테니까 그때

마다 사달라는 거죠.

너무 귀여운데요. 그래서 사주셨나요?

다 사줬죠. 이기면 '소고기, 소고기' 이래요. 그럼 밥 먹으
러 가자고 합니다.

우리나라에서 국내 선수들은 성적만큼이나 성장도 중요하게 생각
한다. 팀의 미래를 책임져야 하고, 리그의 발전을 도모해야 하며, 한국
야구의 앞날을 위해서도 필요한 부분이기 때문이다. 하지만 외국인
선수들에게는 '성적'만이 최우선 가치로 요구되는 게 사실이다. 동업
자 정신으로, 인간적인 도리로 배려하는 부분도 많지만, 그보다 앞서
필요한 건 팀의 승리를 이끄는 것을 가장 중요하게 여긴다.

이를 외국인 선수들 역시 모를 리 없다. 그래서 그들도 살아남는 게
가장 중요하기에, 성적이나 기록만을 앞세우며 때로는 팀 케미스트리
를 흐리기도 하고 이기적으로 행동하기도 한다. 일단 여기서는 성적
을 내는 게 필수적이고, 혹여나 한국 리그를 떠나더라도 그들의 선수
생활은 계속 이어져야 하기 때문이다. 하지만 이범호 감독이 말하는
네일과 크로우는 여느 '외국인 선수'들과 달랐다.

외국인 선수는 한 해 농사의 절반이라고 말할 만큼 절대적인 비중
을 차지하는 가운데, 이들의 성적에 팀의 성적이 달려 있다고 해도 과
언이 아니기 때문에 감독을 비롯한 구성원들은 내심 눈치를 보게 되
기도 한다. 그러나 이들은 그런 부담을 지워주고자 본인들이 잘하겠
다는 표현을 이렇게 친근하고 살갑게 내비쳤다.

여기에 선발 등판하지 않을 때도 젊은 선수들에게 경험이나 조언을

아끼지 않았고, 오랜 팀원처럼 하나가 되어 친근하게 지내는 모습은 팀에 활기찬 분위기를 불어넣었다. 원팀으로, 상승세를 이끌며 팀의 좋은 분위기를 '함께' 만들어 갔던 네일과 크로우. 덕분에 타이거즈의 산뜻한 봄이 완성될 수 있었다.

11

THE YOUNG KING

전반기 마지막 대구 3연전이었죠. 도영이를 경기 중 교체할 때도 정말 수만 번 생각했어요. 도영이가 지금 뭘 잘못하고 있는 건지 냉정하게 생각하려고 했죠. 실수하는 부분은 괜찮지만, 집중하지 않는 부분에 대해서는 확실한 뭔가가 있어야겠다고 판단했습니다.

실수를 통해 배우는 게 있다고 늘 생각해온 만큼 선수들의 실책에 대해 질책보단 격려를 건넸던 그였다. 이런 모습에 대해 때로는 외부의 비판 섞인 시선도 있었지만, 혼자서 떠안고 선수들을 감싸는 길을 택했다. 하지만 그날만큼은 평소의 모습과 사뭇 달랐다. 이유는 '실수'와 '잘못'은 엄연히 다르다고 생각했기 때문이었다. 팀의 주축 선수를 경기중 교체하는 것이 평소 자신의 신념과도 맞지 않았고, 팀의 승리를 위해서도 쉽지 않은 결정이었음에도 결단을 내릴 수밖에 없었던 분명한 이유가 있었다.

이후에 따로 이야기를 나눴어요. '넌 우리 팀에서 그냥 22살 어린 선수가 아니다. 타이거즈에서 유니폼이 가장 많이 팔리고, 가장 인기 있는 간판 선수다. 많은 사람이 너를 보고 있는데 그런 플레이를 하면 팬들이 어떤 생각을 가지겠냐. 한국 야구를 대표해야 하고, 해외 진출도 해야 하는데, 더 집중해야 한다.'고 얘기했죠.

그렇게까지 의미를 깊게 담아 메시지를 전해야겠다고 생각한 특별한 이유도 있었을까요?

도영이가 앞으로 더 좋은 선수가 되려면 제가 겪었던 것을 겪지 않게 하는 게 필요하다고 생각했어요. 코치들은 빼면 안 될 것 같다고 말리기도 했죠. 근데 저는 그날만큼은 분명한 메시지가 있어야겠다고 생각했습니다. 저 역시도 속으로 이러면 안 될 것 같았죠. 왜냐면 야구라는 게 어떤 선수를 교체하면 또 그 선수 타석에 무슨 일이 벌어집니다. 후반부에 좋은 기회가 도영이한테 분명 걸릴 거라는 걸 알면서도, 더 중요한 게 있다고 생각하고 과감히 선택을 내린 거죠.

이범호 감독의 이야기대로 교체하지 않았더라면 김도영 타석이었을 순간에, 그것도 9회에, 역전 기회가 걸렸다. 아쉽게도 교체로 들어온 선수는 그 상황을 해결하지 못했고 승부는 연장으로 이어졌다. 교체하지 않았다고 해도 그 순간을 해결했으리라는 보장은 없지만, 확률적으로 아쉬움이 내심 남을 수밖에 없었다. 하지만 이어지는 기회에서는 득점을 만들어내면서 마침내 그 경기는 짜릿한 역전승으로 모두가 행복한 결말을 맞았다. 다행이었다. 하지만 단호하게 교체를 결정했던 그 순간에는 얼마나 마음이 복잡했을까.

과거 자신이 겪었던 아쉬움을, 아끼는 어린 선수는 겪지 않게 하고 싶은 마음. 그래서 비단 실책 하나라고 여기지 않았고, 단 한 경기보다 더 중요한 게 있다고 생각한 것이다. 오늘 경기는 어떻게든 끝나겠지만, 이 젊은 선수의 야구 인생은 앞으로 오래오래 계속될 테니까. 이 순간을 소중한 자양분 삼아 더 큰 선수, 더 좋은 선수가 되는 것이 중요하니까. 오늘의 한 경기보다 더 소중하고 가치 있는 게 있다고 생각했기에 어려운 결정을 내릴 수밖에 없었다.

어느덧 이렇게 교체마저도 깊은 고민을 남기게 하는 그런 선수로 성장했다. 2022시즌 타이거즈 1차 지명. 이 자체만으로 얼마나 큰 잠재력을 가지고 있는 선수인지, 이 선수에 대한 기대감이 얼마나 큰지 알게 한다. 그리고 당시 이 선택에는 그 이상의 의미가 담겨 있었다. 여전히, 그리고 앞으로도 계속해서 야구팬들 사이에서 회자될 이른바 '문김대전'. 그만큼 희대의 관심이 쏠렸던 신인드래프트라고 해도 과언이 아니었다.

가히 역대급 기량으로 평가받는 두 선수를 두고, 광주 연고 1차 지명권을 가지고 있는 타이거즈가 어떤 선수를 선택할지 모든 관심이 집중됐다. 선택은 김도영이었다. 투수와 타자라는 포지션 차이에 대한 가치 판단도 다를 것이고, 팀 상황도 반영되는 부분이기에 '더 잘하는 선수'라는 방증이었다고 정의할 수는 없겠지만, 그만큼 김도영에 대한 평가가 얼마나 높았는지 확실히 보여줄 수 있는 대목이었다.

그렇게 비범하게 프로 무대에 등장했다. 하지만 출발은 상대적으로 늦었다. '역대급 기량'을 발휘해 보기도 전에 부상이 그를 자꾸 가로막았다. 공백이 길어지는 만큼 마음이 조급해지기도 했다. 하지만 이범호 감독은 이를 크게 걱정하지 않았다. 가지고 있는 자질 그 자체를 믿었기 때문이다. 그리고 마침내 올 시즌 팬들이 기대했던 잠재력을 폭발시켰다. 그것도 엄청난 수직상승.

김도영 선수가 올 시즌 기대했던 활약을 보여주고 있는 게 고무적입니다.

도영이는 해외 진출을 바라봐야죠. 그러기 위해 제가 있는 동안 할 수 있는 노력을 해야 한다고 생각해요.

그중에서도 가장 눈에 띄는 부분이 홈런이죠. 감독님께서 이 방향을 제시하셨다고 이야기를 들었습니다. 자세한 내막이 궁금한데요.

사실 이전 스태프진은 도영이가 안타를 치고 도루를 해야 하는 선수라고 판단하셨어요. 근데 제가 타격 코치로 함께하면서 도영이의 타구 스피드를 보고 놀랐습니다. 정말 빠르더라고요. 그래서 홈런을 치면서 도루를 하는 게 더 도영이의 매력을 잘 살릴 수 있지 않을까 생각했습니다. 그래서 감독이 된 이후에 도영이에게 멀리 칠 것을 주문했어요. 스윙 결을 짧게 치는 쪽으로 가져가지 말고, 결과가 어떻든 멀리 치라고 했죠. 그러니까 곧잘 보내더라고요. 그러면서도 스윙을 이렇게 가져가면 안 될 것 같다고 하는 거예요.

외야 뜬공으로 너무 쉽게 아웃 될 수 있다는 생각했을까요. 그래도 그라운드볼을 치면 강점으로 메울 수 있는 여지가 있지만...

괜찮다고 말했습니다. 계속 멀리만 치라고요.

홈런을 많이 쳐본 감독이라 그런 조언도 가능했을까요?

그것도 중요한 것 같긴 합니다. 보는 눈이 다를 수 있는 거죠. 홈런을 치라고 했어요. 그래도 되냐고 묻더라고요. 그러라고 했죠. 홈런 30개만 치라고요. 도루는 도영이에게 너무 쉬우니까. 도루 30개만 하고 홈런 치라고 했습니다.

다만 시간이 필요한 문제다. 프로 무대에서 이 시간은 곧 성적과 직결된다. 어느 한 타석, 어느 한순간을 허투루 생각할 수 없는 이유다. 그 타석으로 인해, 그 순간으로 인해 승패가 결정될 수 있기에 그 '시간'을 과정이나 의미에 초점을 둘 수만은 없는 것이다. 그래서 감독으로서는 그 기다림의 시간이 특히 어려울 수밖에 없다. 선수 본인도 초조해지겠지만, 감독으로서는 성장에 시간을 허용하는 만큼 성적에 기울여야 하는 시간이 줄어들기에 더 애가 타게 된다. 하지만 더 중요한 게 있다고 판단했다.

남다른 타구 스피드를 포착했다. 충분히 할 수 있음을 직감했다. 모두에게 장타를 주문할 수는 없다. 하지만 김도영은 해낼 수 있는 자질을 가졌다는 것을 확신했기에 적극적으로 권할 수 있었다. 그러면 이 선수의 가치는 그 이상으로 높아지니까. 그렇게 더 좋은 선수로 성장할 수 있다면 그보다 좋은 건 없으니까.

도영이가 목표로 삼았으면 좋겠다고 생각하는 선수가 랜더스의 최정 선수예요. 최정의 힘에 도영이의 스피드를 가지고 있다면 정말 강하고 좋은 선수가 되지 않을까요?

지도자의 방향성이 중요한 이유다. 잘하는 것을 지키고 잘할 수 있는 것을 더해 매력이 배가 될 수 있도록. 기동력을 가지고 정교한 타격을 하는 선수보다 잘 치면서 장타력까지 갖춘 선수는 그 가치의 차원이 달라지니까. 이범호 감독은 주어진 시간을 기꺼이 선수를 위한 '투자'에 쓰기로 했다.

지명 당시부터 빠른 발은 이미 검증됐다. 관건은 한방. 해볼 만하지만, 한편으론 걱정도 됐을 것이다. 그래서 이러면 안 될 것 같다고, 잠시 고민도 생기지 않았을까 생각해본다. 빠른 발을 가지고 있는 만큼 일단 그라운드로 공을 보내면 어떤 상황이든 발생할 수 있는 게 야구니까. 그러나 뜬공에는 변수가 생길 확률이 상대적으로 높지 않기 때문에 내심 걱정이 됐던 게 아닐까. 하지만 지도자는 믿음을 실어줬다.

그래서 목표를 세웠다. '아웃이 되더라도 뜬공으로 아웃이 되자.' 확실한 목적의식이 있었기에 흔들리지 않았다. 시즌 초반 결과적으로 잠시 부침을 겪을 때도 크게 개의치 않았던 이유다. 타율은 아쉬워도, 땅볼 대신 뜬공으로 아웃이 되는 건 과정에서 충분한 의미가 있는 거니까. 그렇게 정진한 결과가 조금씩, 아니 기하급수적으로 나왔다. 확실한 목표를 가지고, 과정을 믿으면, 결과는 따라온다는 걸 실제로 증명해냈다.

가지고 있는 능력 자체가 좋은 선수입니다. 그래서 변화도 가능했던 거죠. 그런 변화를 통해 빠르게 성장하고 있다는 게 참 대단합니다. 처음에는 부상 등이 겹치면서 스스로 조급해지고, 타격 포인트를 일정하게 가져가지 못했어요. 그러면서 여유가 사라졌는데 이제는 초반부터 결과가 나오니까 여유를 가진 것 같습니다. 어느 정도 스타일을 찾았으니 이제는 큰 변화를 주기보다, 체력이나 부상 방지 등을 고려하면서 일정하게 자신의 타격을 정립해가면 더 좋은 선수가 될 거예요.

자질이 있는 선수니까 언젠가는 기량이 나올 거라는 예

상은 했지만. 이렇게까지 홈런을 칠 줄은 몰랐어요.

저도 사실 올해 이렇게까지 할 줄은 몰랐습니다. 올 시즌은 홈런 20개 정도 목표로 하라고 했어요. 그러면 내년에 30개는 쉬울 거라고요. 그런데 이 정도까지 보여주니 정말 대단한 선수인 거죠.

하지만 앞으로 나아가야 할 길이 무궁무진하다. 이제 풀타임 시즌이 처음이다. 그만큼 여전히 경험이 부족한 젊은 선수다. 자신이 가는 길이 맞는지 확신이 서는 시기도 아니고, 잘하고 있다가도 어느 한순간에 어떤 이유로 흔들릴지도 모른다. 앞으로도 예상하지 못했던 처음의 순간을 수없이 마주할 것이고, 오로지 경험을 통해서만 체득할 수 있는 노하우들이 있는 법이다. 그래서 지도자 역시 이 젊은 선수가 좋은 방향으로 갈 수 있도록 길을 잘 만들어주는 것이 필요하다.

노파심일 수도 있고, 사람 성향에 따라 다를 수도 있지만 젊은 선수일수록 '잘되는 기간'에 대한 관리가 더 중요한 것도 사실이다. 긴 호흡으로 시즌을 치러본 경험이 적은 선수들은 잘되는 시기에 페이스 조절에 실패하는 경우가 많다. 너무 잘되고 있기에 과욕을 부리기도 하고, 눈앞의 결과를 향해서만 달리다 더 큰 낭패를 보기도 한다. 때로는 심리적인 부분을 적절히 통제하지 못해 생각지 못한 난관에 부딪히기도 한다.

사실 야구가 잘되지 않을 때 도와주는 사람은 많다. 방법도 많다. 하지만 오히려 잘될 때는, 그러지 않아도 잘하고 있으니까, 굳이 도움이 필요하지 않을 것이란 생각에 알아서 잘하도록 내버려 두기도 한다.

하지만 그 시간 역시도 어떻게 보내는지에 따라 미래의 방향이 달라질 수 있다. 그런데 경험이 부족하기 때문에 이런 부분에 대해 잘 모르는 젊은 선수에게는 또 다른 조언이나 도움이 필요하기 마련이다.

　　오히려 도루는 자제시키는 편이에요.

　　부상이 걱정되니까요.

　　그렇죠. 초반에도 3루타 욕심내지 말라고 했어요. 2루에서 멈추고, 좀 더 가야겠다 싶으면 도루로 3루를 가라고 했죠.

　　가야겠다 싶으면 가라는 말이 참 흥미롭게 들립니다.

　　마음먹은 대로 도루는 얼마든지 할 수 있는 선수잖아요. 이렇게 자존감을 올려주는 거죠. 그렇게 애쓰지 않아도 3루쯤은 충분히 갈 수 있다고 자신감을 심어주는 거예요. 그러니 무리할 필요가 없다는 걸 이야기하는 겁니다.

잘하고 있는 부분을 잘 살릴 수 있도록 자신감을 북돋으면서 주의해야 할 부분을 세심하게 주지시킨다. 너무 통제해서도, 너무 방관해서도 안 되는 시기. 야구가 잘될수록 가장 간과하기 쉬운 게 건강, 부상이라는 것을 틈틈이 강조하며 이보다 중요한 것은 없다는 걸 알려주는 것이다. 부상으로 인한 공백은 팀에게도, 선수 개인에게도 커다란 손실이기 때문에, 안타 하나, 도루 하나, 호수비 하나보다 더 중요한 게 있다는 걸 잊지 않도록.

　　여전히 젊은 선수인데다 야구가 그렇게 단순한 스포츠가

아닙니다. 앞으로 흔들리는 순간은 또 올 거고, 변화가 필요할 때도 오겠죠. 하지만 스태프들의 지도와 본인의 훈련으로 극복할 수 있을 겁니다. 우선 지금은 성적을 내보겠다는 욕심이 클 텐데 감독으로서는 그런 욕심은 최대한 자제시키면서 차분하게 경기하도록 이끌어야죠.

이렇게 많은 사람의 관리와 관심 속에 폭풍 성장 중인 김도영은 올 시즌 KBO리그 팬들에게 최초의 순간을 선물했다. 그가 존재하기 전까지, 이렇게 활약하기 전까지 단 한 번도 볼 수 없었던 장면. 바로 월간 10홈런 10도루. 지금까지 걸출한 실력을 자랑했던 호타준족 선수들도 한 번도 해내지 못했던 바로 그 기록을 성공시키며 또 한 명의 슈퍼스타가 등장했음을, 나아가 김도영의 시대가 도래했음을 알렸다.

3월 약간의 부침이 있었음에도 이런 압도적인 성적 앞에 그를 MVP로 인정하지 않을 수가 없었다. 그렇게 데뷔 후 처음으로 월간 MVP를 수상하며 데뷔 3년 차에 드디어 '진짜' 풀타임 시즌을 예고했다. 연일 미디어의 관심은 이 새로운 스타의 등장에 쏠렸다. 경기 전 취재 시간에 김도영에 관한 질문은 빠지지 않았다. 지도자로서 흐뭇하고 기분 좋은 순간이었다. 잘해도 너무 잘하고 있는 이 젊은 선수를 감독은 더 높이 치켜세웠다.

물이 올랐다고요? 제가 보기엔 덜 올랐는걸요. 도영이는 더 잘할 수 있는 선수입니다.

이 젊은 나이에, KBO 최초 기록까지 쓰면서 종횡무진 활약하고 있

는데, 물이 덜 올랐다고? 너무 띄워주는 것 아닌가 하는 생각할 틈도

없이. 정말로 그랬다. 이건 시작에 불과하다는 듯 김도영은 자신의 진

가를 유감없이 발휘했다. 4월에만 10홈런 10도루. 그러니 큰 이변만

없다면 시간 문제 정도로 보였던 20홈런 20도루는 전반기가 끝나기

전에 완성해냈다.

KBO 역대 다섯 번째 전반기 20-20클럽 가입이자 타이거즈의 20-

20 역사로 보면 2018시즌 버나디나 이후 6년만, 그 안에서도 국내 선

수로만 한정했을 때는 2003시즌 이종범 이후 21년 만에 나온 기록이

었다. 과연 타이거즈의 상징적인 이름과도 같은, '영구결번' 이종범의

뒤를 잇는 '제2의 바람의 아들'로 불리기에 충분한 행보로 6월에는 이

번 시즌에만 두 번째 월간 MVP를 수상할 수 있었다.

여기에 또 한 번, 그가 아니었다면 볼 수 없던 최초의 기록. 역대 최

초-최소 타석 내추럴 사이클링 히트(Hitting for the cycle in order)를

달성해냈다. 첫 타석 안타, 그다음 2루타, 다음엔 3루타, 바로 이어서

홈런까지. 연이어 베이스를 하나씩 진격해나가며 또 한 번 일을 낸 것

이다. 네 번째 타석이었던 6회 시원한 홈런을 장식하자 덕아웃에 있

던 팀원들 역시 믿을 수 없다는 듯 입을 틀어막았다. 김도영의 만화

같은 활약과 함께 팀은 7연승을 내달리며 선두 타이거즈의 분위기는

한껏 고조됐다.

더불어 최연소-최소 경기 100득점을 달성하며 풀타임이 가능한 김

도영은 뭐든 빠르게 해낼 수 있다는 걸 보여줬다. 출루가 기본으로 되

어야 하고, 이후에는 적극적인 진루로 동료들의 안타에 홈으로 내달

릴 수 있는 능력이 필요한 '득점'. 때로는 시원한 홈런으로 내가 만든 타구에 내가 직접 홈을 밟으면서 기록할 수도 있는 이 득점은 여러모로 김도영이 가장 잘 해낼 수 있는 기록 중 하나임이 틀림없다. 그렇게 가장 어린 나이에, 가장 빠른 페이스로 100득점을 달성하며 그의 진가를 또 한 번 세상에 알릴 수 있었다.

끝이 아니다. 8월 15일. 고척 키움전에서 김도영은 마침내 모두가 기다렸던 30홈런-30도루를 달성해냈다. 역대 최연소, 최소 경기 30-30 기록을 경신하는 순간이었다. 8월 3일 29호 홈런을 때려낸 이후 약 2주도 되지 않은 길지 않은 시간 동안, 매 경기 전 그의 30홈런 달성 여부는 초미의 관심사였다. 남은 경기가 어느 정도 있다는 걸 생각했을 때 30-30 달성 여부 또한 시간 문제라는 걸 알면서도 KBO리그에선 9년 만이자, 타이거즈 소속으로는 25년 만에 마주할 진기록을 기다리는 많은 이들의 마음이 본의 아니게 부담으로 작용하기도 했을 것이다.

여기에 상대 투수들의 견제는 더 심해졌다. KBO 역사에 남을 귀중한 기록을 함께 환영하면서도, 그 상대가 나, 그리고 우리는 아니었으면 하는 생각이 더 클 수밖에 없었기 때문이다. 실투는커녕 정면 승부도 아니고 스트라이크로 들어오지도 않는 볼을 받아쳐 홈런을 만들기란 사실상 불가능한 일이었다.

이에 김도영의 페이스도 조금씩 흐트러졌다. 기록상 크게 나쁘지는 않았지만 스스로는 타격 리듬이 떨어졌다고 판단했고, 분석팀과 원인을 진단해 조금씩 '감을 찾기 시작'했다. 그렇게 언급한 시리즈 첫날, 첫 타석 때려낸 안타에 그 '좋은 감'이 느껴졌다며 기분 좋게 하루를 마무리한 그는 그 시리즈 마지막 날 5회 초, 상대 선발 헤이수스의 초구를 중견수 뒤로 넘기며 모두가 고대하던 그 기록을 작성했다. 1997년 타이거즈 최초 30-30을 달성했던 이종범에 이어 27년 만에, 또 한 번 전설적인 이름, 이종범을 소환해내며 또 한 번 KBO리그에 새로운 바람을 불러일으켰다.

어느 날 KBS N 스포츠 권성욱 캐스터는 중계 중에 '잘한다, 잘한다 하니까 진짜 계속 잘한다'고 김도영을 표현한 적이 있다. 말 그대로 이미 너무 많은 걸 보여줬지만, 앞으로는 또 뭘 보여줄지 더 궁금해지는 선수다. 이렇게 계속해서 새로운 기록을 만들어내고, 기존의 기록을 깨고, 달성해내고 있으니 이런 기대감은 당연한 일이었다.

다만 많은 사람이 '김도영의 시대'를 예언하면서도 덧붙이는 전제가 하나 있다. 바로 '부상만 없다면.' 다치는 일로 공백만 생기지 않는다면 과연 한국 야구의 역사를 새로 쓸 재목이 등장했다는 데는 이견이 없기 때문이다.

선수라면 모두가 부상을 경계하고 조심해야 하지만, 김도영에게 특별히 더 이런 이야기가 따라붙는 이유가 있다. 출루만 하면 호시탐탐 베이스를 훔칠 준비를 하고, 까다로운 타구 처리가 많은 내야 수비에 부상의 위험이 더 크기 때문이다. 여기에 특유의 몸을 사리지 않는 허슬플레이로 많은 팬의 가슴을 쓸어내리게 하는 장면도 종종 있다.

실제로 지난 2년간 부상으로 인해 제 기량을 충분히 발휘하기가 어려웠고, 이번 시즌을 앞두고도 갑작스러운 부상으로 많은 이들의 마음을 철렁하게 했다. 지난 시즌 종료 후 치렀던 2023 APBC 대회에서 1루 헤드퍼스트 슬라이딩을 하다 당한 인대 파열 및 골절 부상을 입

은 것. 이 때문에 비시즌 재활에도 함께 힘을 쏟아야 했다. 그래서 시
즌 준비가 원활하지 않았고 시즌 극 초반에는 약간의 부침이 있기도
했다.

　이렇게 부상 위험이 크다 보니 팀 내규로 1루 헤드퍼스트 슬라이딩
을 할 경우의 벌금을 높게 책정했다. 무려 천만 원. 천만 원을 내라는
뜻이 아니라 이건 그냥 절대 해서는 안 된다는 메시지를 담은 것이었
다. 시기상 김도영의 부상이 큰 매개가 되기도 했을 것이다. 더불어 1
루까지 헤드퍼스트 슬라이딩을 하는 선수는 그렇게 많지 않다. 그러
니까 이는즉 김도영에게 직접적으로 전한 메시지였다고 해도 과언이
아니다.

　김도영 역시도 이 메시지를 잘 이해했다. 부상이라는 게 얼마나 뼈

아픈 건지는 젊지만 이미 사무치게 느껴봤으니까. 그걸 겪어봤기 때문에 다시는 다치고 싶지 않다는 마음만큼은 그 누구에게도 뒤지지 않았을 터다. 순간마다 본능이 치밀어 오르기도 했지만 참고 또 참았다. 그러던 어느, 그런 날이었다. 그 인내가 도저히 허용되지 않는 그런 날. 금기를 알지만 어기더라도 무조건 1루에 살아 나가야겠다는 생각이 드는 그런 날.

팀이 주춤했고, 여전히 정상을 지키고 있음에도 왠지 모를 불안함이 감돌던 그런 시기였다. 한 점 차 뒤진 채로 맞은 9회 말 타이거즈의 공격. 선두타자 2루타로 일단 동점 기회를 잡았고, 후속 타자로 타석에 들어선 김도영은 유격수 앞 짧은 타구에 1루로 전력 질주했다. 상대 유격수는 발 빠른 김도영을 의식해 빠르게 1루로 공을 던졌다. 그 순간 헤드퍼스트 슬라이딩. 결과는 세이프. 김도영은 크게 박수를 치며 안도했지만, 아찔한 장면에 모두의 가슴은 순간 철렁했다.

그만큼 팀이 어려운 상황이었음을 느꼈고, 어떻게 해서든 이 기회를 연결하고, 이 경기에서 꼭 이겨야 한다는 간절함이 담긴 행동이었다. 그 강렬한 의지가 금지를 기어코 꺾은 것이다. 그렇게 기회는 무사 1, 2루로 이어졌고, 다음 타자인 나성범이 동점 적시타, 그리고 서건창의 행운이 섞인 안타와 함께 9 대 8 짜릿한 끝내기 승리를 거둘 수 있었다.

김도영도 다치지 않았고, 팀도 승리한 모두가 기쁜 하루였다. 하지만 내규는 내규다. 규정이 있는 이유는 분명히 있다. 다치지 않은 건 정말이지 천만다행이었지만, 만에 하나 다치기라도 했다면 그 1승보다 더 큰 걸 잃을 뻔한 일이었다. 그래서 더 엄격한 내규를 만든 것이

다. 하지만 김도영은 심재학 단장에게 이런 문자를 보냈다.

천만 원보다 팀의 1승이 더 소중합니다.

이런 선수를 어떻게 아끼지 않을 수 있으랴. 이렇게 막내다운 넉살로, 주전다운 책임감으로, 간판다운 승부욕으로, 자신의 첫 풀타임 시즌을 완벽하게 그려가고 있다. 더불어 자신의 본격적인 활약에 힘입어 팀은 오랜만에 정상을 유지하며 우승을 바라보게 된 행복한 시즌을 완성하면서 말이다.

이와 함께하는 기록 경신의 향연은 그의 진가를 최고조로 끌어올린다. 최초, 최연소 등 앞서 추리고 추려 소개한 대기록만 해도 이만큼인데 끝이 아니다. 33호 홈런으로 21세 이하 기준 최다 홈런 신기록을 경신하며 27년 전 라이온즈의 전설 이승엽을 소환했고, 동시에 타이거즈 역대 한 시즌 최다 119득점 기록을 경신하며, 앞으로 팀의 역사를 새로 써나간다. 그리고 리그에서 단 두 명만이 해냈던 3할-30홈런-30도루-100타점-100득점 기록까지 작성하며 KBO리그 세 번째 진기록을 썼다.

정규시즌 우승을 확정한 후에도 그의 기록 행진은 계속됐다. 우승을 결정지은 후 남은 7경기. 이범호 감독은 남은 경기에서도 팬들이 사랑하는 슈퍼스타 김도영을 한 타석이라도 더 볼 수 있게 하겠다며 그를 1번 타순에 배치해 더 많은 타석에서 부담 없이 자신의 매력을 발휘할 수 있도록 판을 깔아줬다. 그렇게 득점 부문에서 타이거즈 신기록을 넘어 리그 신기록을 경신했다. 종전 서건창이 기록했던 135득점을 넘어서고, 최종적으로 시즌 143득점을 기록하며 KBO리그 역대 최다 득점 신기록의 주인공이 됐다.

그리고 모두의 관심이 쏠렸던 국내 선수 최초 40-40 도전. 올해에만 '최초' 기록을 여러 차례 써냈음에도, 팀은 이미 우승을 확정했음에도, 그는 여전히 자신의 활약을, 그리고 타이거즈 야구를 주목해야 하는 이유를 몸소 증명했다. 개인에게도, 팀에 있어서나 리그에 있어서도 커다란 역사를 새길 위대한 도전. 최종 결과는 38홈런 40도루로 40-40 달성은 아쉽게 무산됐지만, 이미 국내 선수가 40도루를 하면서 38홈런을 칠 수 있다는 사실, 그저 막연한 기대감이 아니라 이 위대한 기록에 실제로 도전할 수 있는 선수가 등장했다는 사실, 마지막까지 기대감을 높일 수 있다는 사실만으로도 고무적이었다.

그리고 이 도전을 통해, 아쉬운 무산을 통해, 김도영은 또 새로운 걸 배웠다고 했다. 만족하지 않고, 학습을 통해 또 다른 발전을 그리는 모습. 이 마음가짐으로 그는 앞으로 또 얼마나 대단한 기록을 써나갈까. 수차례 보여준 위대한 업적. 그러나 이게 시작이라는 게 놀랍기만 할 따름이다.

예사롭지 않은 등장, 남다른 관심. 예상치 못한 시련, 하지만 이내 일어나는 영웅담의 공식과도 같은 그의 스토리. 동화 같은 이야기는 계속된다. 나이나 시간에 구애받지 않는 기록의 향연. 그의 존재가 아니었다면 볼 수 없었던 최초의 순간. 앞으로 그가 써나갈 동화, 그리고 역사는 어떤 모습일까. 다시 한번, 우리는 과연, 김도영의 시대에 살고 있다.

12

강팀의 조건

치열한 오늘이 모여 한 시즌이 완성되듯, 소중한 한 해가 모여 팀의 역사가 만들어진다. 비단 한두 시즌이 전부가 아니다. 간절히 우승을 바라고, 원하는 우승을 이루고 나면 왕조 구축을 그리는 것처럼, 팬들의 마음 역시 내가 응원하는 팀이 '명문구단'으로 자리잡으며, 함께 추억을 공유하고 앞으로도 오래오래 새로운 기억을 함께 만들어 가길 희망한다. 그래서 모든 팀은 어제를 기억하고, 오늘에 최선을 다하며, 내일을 준비해야 한다.

시간은 흐른다. 새로운 스타는 등장하고, 그 안에서 슈퍼스타가 탄생하며, 또 다른 시대가 열린다. 하지만 누구나 나이는 들고 언제까지고 전성기를 구가할 수는 없기에, 시대를 풍미했던 한 세대도 언젠가는 저문다. 그럼에도 팀의 역사는 계속되어야 한다. 이를 위해서 다시, 새로운 세대가 자연스럽게 등장해 그들의 자리를 메우며 구단의 현재이자 미래가 완성되어야 한다. 그래서 이 세대교체는 모든 팀이 풀어가야 하는 평생의 숙제다.

첫 번째 관건은 새로운 선수를 어떻게 키워낼지다. 이 방법에 있어서는 가지각색이다. 팀의 상황에 따라 방향을 설정하기도 한다. 육성군에서 확실히 준비를 마친 후에 본격적으로 1군 무대에 데뷔시킬 것인가. 아니면 처음부터 1군 무대에서 부딪히며 성장하도록 만들 것인가. 그렇다면 그들에게 어느 정도의 기회를 부여할 것인가, 그 기준은 어떻게 설정할 것인가. 많은 고민이 필요한 부분이다.

구단의 미래를 위해, 리그의 발전을 위해, 새로운 선수가 등장하고 성장하는 건 절대적으로 필요한 일이다. 이 중요성을 인정하지 않는 사람은 없다. 하지만 이 방법에 많은 고민이 뒤따르는 이유는 프로 구

단이라면 성적 역시 가장 중요하게 생각하지 않을 수 없는데, 육성과
성적이라는 두 마리 토끼를 동시에 잡는 건 너무나도 어려운 일이기
때문이다. 그래서 두 번째 관건, 성적은 어떻게 '같이' 만들어 나갈 것
인지를 함께 생각해야 한다.

　　세대교체라는 것도 필요하다면 확실히 하는 게 맞아요.
구단이랑 공유가 필요한 부분이죠. 그런데 저는 프로에 리빌딩
은 없다고 생각합니다.
　　프로는 성적을 내는 무대죠.
　　맞아요. 육성과 성장을 등한시할 수 없는 건 맞습니다. 하
지만 성적도 함께 생각해야죠. 그래서 프로에서 리빌딩이라는
건 1년에 한 명의 주축 선수를 육성하는 정도라고 생각해요. 저
희 팀으로 생각해본다면 올 시즌 도영이가 주전으로 거듭났잖
아요. 그럼 성공인 거죠. 이제 잠재력 있는 새로운 선수가 또 등
장하면 그 선수를 주축으로 만들면서 자연스럽게 리빌딩을 만
들어 가는 겁니다.

　　이범호 감독의 표현대로 주축 선수 한 명을 만들어내는 것만으로
성공이라 불릴 정도로, 이 선수 한 명 키우기가 참 어렵다. '한 아이를
키우려면 온 마을이 필요하다'는 아프리카 속담처럼 선수 육성에도
수많은 사람의 노력과 정성이 필요하다. 그 안에는 선수의 굳은 마음
가짐을 기본으로, 구단의 올바른 방향성, 지도자의 세심한 관리, 그리
고 베테랑의 본보기가 있어야 한다.

선수 개인은 누구나 성공하고 싶다. 여기에 구단은 좋은 선수를 잘 발굴하고 육성해 팀의 향후를 책임져주길 바란다. 그렇게 자신을 위한, 팀을 위한 투자를 아끼지 않는다. 하지만 시간이 필요한 문제다. 단숨에 새로운 선수가 등장해 팀의 모든 걸 이끌 수는 없다. 여기서 중요성이 높아지는 것이 바로 베테랑의 존재감. 그들은 후배들이 팀의 주축이 될 때까지 시간을 벌어주며, 지금 팬들이 원하는 승리를 위해 고군분투한다. 자신 역시 많은 이들의 도움으로 이 자리까지 성장했듯, 이제는 본인만이 아닌, 더 많은 걸 생각하며 그라운드를 지킨다.

더불어 후배들에게 직접적인 영향을 주기도 한다. 눈으로 보고 배우는 것만큼 좋은 공부가 없다. 때로는 조언으로, 때로는 솔선수범으로, 방향을 안내하고 제시한다. 먼저 나아간 길이 있어야 그다음이 훨씬 수월해지는 법. 좋은 건 흡수하고 새로운 건 덧붙여 나가는 효율적인 방법으로 성장에 박차를 가할 수 있게 된다.

후배들 역시 이런 선배들에게 고마움을 느끼고 존경심을 품는다. 나도 저런 선배가 되고 싶다는 마음만으로 후배 선수들은 커다란 동기부여를 갖게 된다. 그리고 롤모델의 길을 그대로 따라가는 것만큼 든든하고 큰 힘이 되는 것이 없다. 그렇게 한 걸음씩, 상처를 보듬어주고, 시련을 나누면서, 나의 성장을 선배와 함께 만들어 간다.

그런 마음을 선배들도 느낀다. 나를 자신의 미래로 생각해준다는 마음을 기특해하며, 더 큰 책임감을 품게 된다. 더 모범을 보여야 한다는 사명감은 자신을 다시금 바로잡게 한다. 더불어 후배들에게도 배운다. 그들을 통해 젊은 에너지를 전해 받고, 변화에 유연하게 대처하는 센스를 배운다. 그렇게 나의 선수 생활에도 플러스가 된다.

노장 선수들로만 팀을 꾸릴 수 없고, 젊은 선수들로만 팀을 구성할 수도 없다. 모두가 팀에 필요하며, 적절한 조화가 중요하다. 루키들만의 영역이 있는가 하면 베테랑들만의 영역이 있다. 이를 위해서는 후배도 후배로서 도리를 다해야 하고, 선배도 선배다운 모범을 보여야 한다. 정해진 규율과 그들만의 약속을 지키며 서로가 도움을 주고받으며 개인도, 조직도 성장한다.

더불어 감독의 역할도 중요하다. 조금씩 팀에서 입지가 좁아진다고 느끼는 베테랑의 심리를 잘 헤아려야 한다. 젊은 선수들이 계속해서 치고 올라오고, 나의 자리는 차츰 없어지는 듯한 상황이라면 누구나 소심해진다. 그러나 존재만으로 힘이 되는 그들은 반드시 필요하다. 그 필요성을 주지시키며 의욕을 잃지 않도록 해야 한다. 더불어 루키들의 동기부여도 계속해서 심어줘야 한다. 아무리 해도 지금은 선배들 위주로 팀이 운영된다는 생각에 의지를 상실하게 해서는 안 된다. 나에게도 언제든 기회가 올 수 있다는 희망을 잃지 않은 채, 팀에 활력을 불어넣는 패기를 계속해서 분출할 수 있게끔 해야 한다.

이렇게 상호 간의 노력과 함께, 서로에게 통한 진심은 팀 전체의 긍정적인 분위기를 조성한다. 각자 자신의 자리에서 할 수 있는, 해야 하는 역할을 통해 영향력을 전하며, 팀을 더 단단하게 만든다. 서로 밀어주고 끌어가면서, 같은 목표를 향해 한 걸음씩 나아가는 것이다. 하나라도 더 배우고 싶은 존경심, 하나라도 더 가르쳐주고 싶은 배려심이 모여 강팀이 완성된다.

선수 때나 감독이 되어서도, 가장 중요한 건 선수단이 함께 어울려서 경기를 뛰는 거라고 생각해요. 이걸 우리 선수들이 참 잘합니다. 다른 팀도 그런 선수들이 있지만, 우리 팀을 보면 고참 선수들이 소위 말하는 '레전드'잖아요. 형우는 타자로서 모든 걸 다 가지고 있는 선수죠. 현종이는 투수로서 모든 걸 다 가지고 있는 선수입니다. 성범이랑 선빈이는 리그에서 가장 뛰어난 역량을 자랑하고요. 여기에 도영이 같은 특급 신인 선수들이 자신의 기량을 발휘하고 있고, 우성이, 찬호, 원준이가 중간에서 역할을 정말 잘해주고 있어요. 이게 좋은 후배들이 좋은 선배들을 보고 배우는 긍정적인 시너지가 아닐까요?

아무리 '레전드'라도, 아무리 '특급 루키'라도, 열린 마음이 없다면 좋은 팀워크를 완성할 수 없다. 선배들의 일방적인 헌신만으로도, 후배들의 일방적인 분전만으로도 안 된다. 결국엔 팀 스포츠인 야구. 한두 명의 특급 선수로 긴 장기 레이스에서 모든 경기를 승리로 장식할 수는 없는 것처럼, 모두의 노력이 모여야만 마침내 대업을 이룰 수 있는 것이다. 후배는 모든 걸 흡수하고자 하는 의지가 있어야 하고, 선배 역시 아낌없이 나눠주고자 하는 아량이 필요하다.

그 마음이 잘 전해져 만들어진 '신구조화'가 이범호 감독은 참 고맙다. 선배들은 좋은 걸 전수하고 싶어 하고, 후배들은 좋은 걸 배우고 싶어 하는, 아끼고 존경하는 마음으로 서로를 필요로 하는 분위기.

지금 베테랑 선수들의 활약을 보면 타이거즈 팬들이 사랑하지 않을 수가 없습니다. 그래서 더욱 이 선수들과 함께 우승을 이루면 의미가 클 것 같습니다.

그럼요. 그래야 그 선수들도 더 편하게 선수 생활을 마무리할 수 있겠죠. 좋은 마음을 가지고 이후에 제가 걷고 있는 길을 걸어가야 하고요.

기분 탓인지는 모르겠는데요. 이 베테랑 선수들의 이야기를 들어보면 항상 감독님을 생각하고 있는 것 같은 느낌적인 느낌이 들어요. 감독님의 믿음에 보답하고 싶고, 감독님과 함께 우승을 이뤘으면 하는 마음이 더 크게 느껴진다고 할까요.

그런가요? 듣기만 해도 기분 좋아지는 말이네요. 그보다도 우리 베테랑들이 후배들에게 큰 무대를 경험하게 해주고 싶은 마음이 큰 건 확실한 것 같아요. 저도 경험해봤지만, 정규시즌 경기 중 아무리 긴장감이 높은 경기라고 해도 포스트시즌과는 정말 차원이 다르거든요. 그중에서도 와일드카드, 준플레이오프, 플레이오프, 그리고 한국시리즈까지. 모두 다릅니다.

그 중에서도 정점은 한국시리즈일 수밖에 없고요.

그렇죠. 이전의 플레이오프와도 아예 다른 무대입니다. 선수 생활하면서 이런 긴장감, 희열, 압도하는 분위기, 아무나 느껴볼 수 있는 게 아니잖아요. 은퇴할 때까지 단 한 번도 경험하지 못하는 사람도 있고요. 근데 우리 베테랑들은 그 느낌을 아니까, 그리고 그 느낌을 느껴보고 선수 생활을 마무리하는 것과 그렇지 않은 것의 차이가 얼마나 큰지를 아니까, 본인들이 더 힘써서 후배들에게 그 경험을 선물하고 싶어 하는 것 같습니다.

후배들에게 한국시리즈라는 차원이 다른 무대를 경험하게 해주고 싶은 베테랑의 다짐. 그를 통해 느끼고 배운 것은 이전의 경험과는 확실히 다르다는 걸 직접 겪었기 때문에, 후배들 역시도 그런 '특별한 경험'을 해봤으면 하는 마음이다. 그렇게 성장한 선수들이 훗날 우리 팀의 중심이 될 것이고, 이 특별한 경험은 우리 팀을 더 단단하게 만들어줄 테니까.

시즌 전부터 품었던 마음이었다. 이번 시즌을 앞두고 베테랑들은 '우승'도 충분히 바라볼 수 있다고 생각했다. 사실 시즌을 앞두고 모두가 우승을 목표로 하는 것은 맞다. 다만 그것이 진짜 현실 가능한 목표인지 냉정하게 들여다보면 저마다 솔직한 속내가 있다.

그런데 여기서 타이거즈의 베테랑은 어떤 분위기 속에서 우승 달성이 가능했고 또는 불가능했는지 경험을 통해 느끼고 배워왔다. 각자 팀 상황을 더 정확하게 아는 만큼 현실적인 목표를 세울 수도 있는 법. 그래서 우승도 충분히 노려볼 만하다고 생각했다. '우승 적기'에 대한 감도 '경험해본 선수'들만 알 수 있는 부분이니까.

　　　올 시즌 위기 속에서도 잘 버티고 있는 비결은 스프링캠프부터 선수단이 하나가 된 덕분이 아닐까 싶습니다. 올 시즌은 어떻게든 일을 내보자는 마음으로 열심히 준비했어요. 그래서 시작부터 좋은 결과가 나왔고 이후에도 이어지고 있는 것 같습니다.

　시즌 중 나성범 선수의 이야기였다. 막연한 꿈이 아닌 현실적인 목표였다. 그 어느 때보다 확실했기에 흔들릴지언정 무너지지 않았다. 사실 젊은 선수들은 시즌 중 겪을 수 있는 위기 상황에 대한 경험이 부족하다. 그래서 커다란 고비에 봉착했을 때 이렇게 우리 팀은 끝나는 것인지 냉정한 판단을 세우지 못했을 터. 하지만 베테랑은 확신이 있었기 때문에, 더 단단하게 마음을 잡았다. 그리고 후배들은 그런 선배들을 믿고 충실히 따랐다.

　덕분에 타이거즈는 숱한 위기 속에서도, 계속되는 고비 속에서도, 정상을 지켜갔다. 이범호 감독의 표현대로, 루키의 성장과 베테랑의 유지가 동시에 이루어지면서 말이다. 후배 선수들은 선배를 믿고 종횡무진 그라운드를 누비고, 선배 선수들은 그런 후배를 위해 묵묵히 자리를 지킨다. 그렇게 강팀이 되어간다.

13

대투수

많이 이겼다. 그렇게 상승세의 4월을 보냈다. 그만큼 지켜야 하는 경기가 많았다. 점수를 넉넉하게 만든 날에는 그런대로 괜찮았지만, 3점 차 이내 리드를 지켜야 하는 경기에는 계속해서 필승조가 등판해야 했다. 횟수가 많아질수록 피로도가 높아지는 건 당연한 이야기. 그런 부분이 조금씩 눈에 드러나기 시작하며 팀에도 위기감이 엄습해오는 듯했다.

결과적으로 이후에도 위기는 계속해서 왔지만, 5월이 감독님께는 어쩌면 첫 위기에 부딪힌 순간이 아니었나 싶습니다. 4월은 분위기가 너무 좋았으니까요.

그렇죠. 크로우도 이탈했고, 의리도 불의의 부상으로 선발진에 너무 큰 공백이 생겼죠. 제가 흔들릴 수 있는 상황이었어요. 그런데 고참들이 저를 지탱해주고 힘이 되어준 덕분에 버틸 수 있었습니다.

확실히 어려운 순간에 베테랑들의 해결사 능력이나 책임감이 돋보이더라고요.

그때 고참 선수들이 저한테 이렇게 말을 하더라고요. '감독님, 우리는 절대 안 지니까 걱정하지 마십시오.' 정말 고맙죠. 이 버팀목 덕분에 그 순간을 잘 이겨낼 수 있었습니다.

팀이 어려울 때. 베테랑은 굳이 말하지 않아도 안다. 우리 상황이 어떤지, 그렇다면 우리는 어떻게 해야 하는지. 무엇보다 중요한 건 분위기다. 중심을 잡아야 할 우리가 처지면 팀이 휘청인다. 말로 정신을 무장하며, 행동으로 결과를 보여준다. 우리는 절대 지지 않는다는 말 한마디에는 그 이상의 힘이 담겨 있고, 어떻게든 내가 해결한다는 그 행동 하나에는 그 이상의 혜안이 담겨 있다.

그저 눈에 보이는 기록만으로 설명할 수 없는 해결 능력이 특히나 돋보이는 순간들이 있다. 단 하나의 안타지만, 팀의 연패가 길어질 수 있는 절체절명의 위기 속에 끝내기 안타로 짜릿한 승리와 더불어 팀의 분위기를 단숨에 바꿔낸 경우. 또는 평소와 다르지 않은 선발 등판 경기였지만, 연일 타이트한 경기로 인해 불펜 투수들의 피로도가 한계에 부딪혔을 때 그 경기를 오롯이 혼자서 책임지면서 많은 선수의 휴식까지 보장하는 승리를 가져온 경우.

나이나 경험과 관계없이 누구에게든 얼마든지 끝내기 안타를 칠 수 있고 완투를 할 수 있는 기회는 열려 있다. 다만 베테랑만의 차별점을 찾는다면 '타이밍'에 대한 명확한 인지. 오랜 경험에서 축적된 넓은 시야로 그들은 그 어느 때보다 내가 반드시 해결해야만 하는 상황을 정확히 포착한다.

다소 침체된 분위기 속에 모두가 부담을 느낄만한 득점 기회, 베테랑은 상대 작전 상황까지 짐작해보며 공략법을 찾는다. 또는 우리 팀 구원진의 실질적 피로도나 현재 준비 상태가 어떤지를 스태프를 통해 전해 들으며 자신이 어느 정도까지 해내야 하는 날인지를 계산한다. 더 폭넓게 상황을 바라보고 전략을 세우는 것이다.

베테랑의 진가는 이렇듯 위기 상황에 더 돋보이기 마련이다. 그래서 5월 1일, 양현종의 완투승은 더 빛났다. 앞서 언급한 대로 4월의 상승세 안에는 피치 못할 위기가 함께 자라나고 있었다. 이기고 있는 경

기는 어떻게 해서든 잡아내야 한다. 그 과정에서 필승조의 피로도는 계속해서 불어나고 있었다. 팀은 이기고 있지만 뒤에선 말 못할 어려움이 커지고 있었던 것. 팀의 에이스인 양현종은 이 모든 상황을 그저 바라만 보고 있지 않았다. 내가 할 수 있는 일은 무엇일까. 바로 마운드의 시작과 끝을 모두 자신이 책임지는 것.

완투 경기를 쉽게 볼 수 없고, 나오는 경우가 점점 줄어드는 이유가 있다. 우선 완투 자체가 어려운 일인데다, 도전을 주저하는 이유는 그 피로도가 다음에 영향을 미칠까 우려되기 때문이다. 시즌은 길다. 이범호 감독이 늘 강조하는 대로 오늘 한 경기에 목숨을 거느라 앞으로 남은 수많은 경기를 날리는 것은 어리석은 일이다. 게다가 양현종은 어느덧 30대 중반을 넘어선 베테랑이 된 만큼 체력적인 부분에 대한 걱정의 목소리도 없지 않았다.

하지만 양현종은 '모든 걸' 이겨내고 싶었다. 우선 나이가 들면서 조금씩 구위가 떨어진다는 편견을 깨고 싶었다. 그렇게 긴 이닝을 책임질 때도 끝까지 공에 위력이 있다는 것을 증명해냈고 스스로도 자신감을 높일 수 있었다. 하지만 이보다 더 중요했던 건 바로 '팀'이었다. 연속된 피로의 누적은 기하급수적으로 늘어난다. 그래서 3~4연투를 가능하면 지양하고, 틈을 만들어 휴식을 부여하는 것이다. 오늘까지 구원진의 등판이 있었다면, 비단 오늘의 피로도뿐 아니라 앞으로 치를 경기에도 영향이 있을 수 있는 상황이라는 걸 양현종은 베테랑의 직감으로 파악했다.

> 요즘 중간 투수들이 고생을 너무 많이 하고 있었어요. 제가 부담을 덜어주고 싶었습니다.

사실 베테랑이라도 마음을 먹었다고 해서 누구나, 언제든 할 수 있는 일이 아니다. 스스로 완벽한 준비가 되어있다고 생각하더라도 경기라는 게 어떻게 흘러갈지는 누구도 통제할 수 없는 것이기 때문이다. 양현종 역시 그날의 책임감은 남달랐지만, 시작부터 위기를 맞으며 완투를 예상할 수 있는 상황은 아니었다.

1회부터 연속 안타를 맞으며 실점했다. 하지만 이내 병살타로 그 위기를 곧바로 막아냈고, 이후에도 빠르게 아웃카운트를 잡아가며 매 이닝을 거의 10구 안팎으로 지워나갔다. 그러던 8회 1사 만루 위기에 부딪혔지만, 다음 타자를 초구 병살타로 처리하며 침착하게 상황을 이겨냈다. 당시까지 투구수 87구.

점수 차나 투구 수로 봤을 때 더 던져도, 그만 던져도 이상하지는 않은 상황. 다만 다음 등판, 그리고 이후까지 생각했을 때 여기서 마무리하자는 투수 코치의 제안이 있었다. 그러나 양현종은 더 던지겠다는 뜻을 내비쳤다. 평소 그의 성향을 잘 알고 있던 이범호 감독은 그의 의지를 꺾을 수 없다는 걸 이미 알고 있었다. 그렇게 9회에도 덤덤히, 냉정하게 마운드에 올랐다. 주자 두 명을 내보냈지만 크게 동요하지 않았다. 1사 1, 2루에서 삼진-땅볼로 쓰리아웃을 완성하며 시즌 3승, 통산 171승을 달성했다. 개인적으로 1,694일 만에 만든 이 완투승은 팀이 단 한 명의 투수만으로 경기를 마무리 지을 수 있게 했다. 이에 이범호 감독 역시 '대투수다웠다'면서 '1승 이상의 가치가 있는 경기'라고 높이 평가했다.

하지만 대투수의 매력은 여기서 끝이 아니었다. 혼자서 경기를 모두 책임졌다는 것으로, 개인적으로 5년 만에 완성한 완투승으로, 더불어 오랜만에 나온 국내 선수의 완투승으로, 세간의 관심을 주목시키기에 충분했다. 모든 스포트라이트가 본인에게 향할 때 그는 자신만을 생각하지 않았다. '덕분에'를 떠올리며, 동료들에게 공을 돌렸다.

> 타자들이 점수를 여유 있게 내줬고, 운이 좋아 가능했습니다. 무엇보다 준수의 리드가 정말 좋았어요. 덕분에 적은 투구수로 이닝을 소화할 수 있었습니다.

경기 후 인터뷰까지도 대투수다운 모습이었다. 타선의 든든한 득점 지원과 젊은 포수의 훌륭한 리드까지 팬들의 기억에 되새기며 모두가 함께 빛나는 하루로 장식한 그였다. 이런 마무리까지, 그날의 하루가 마치 지금까지 양현종이 걸어온 길과 같아 보였다. 늘 탄탄대로일 순 없는 삶이지만, 자신을 믿고 자신감을 잃지 않는다면 목표는 반드시 이룰 수 있다는 걸 그는 매번 증명해오고 있다.

많은 기대감을 불러 모은 채 프로에 입성했지만, 첫발부터 순탄했던 것은 아니었다. 이후에 선발로, 주축으로 자리를 잡아갔지만, 매번 좋은 순간만이 계속됐던 것도 아니었다. 그러나 중요한 건 회복탄력성. 실점하더라도 그 순간을 빠르게 이겨내고, 새로운 이닝이 시작되면 새롭게 마음을 가다듬는다. 그렇게 다시 자신의 페이스를 찾아간다. 그러다 만루 위기를 맞더라도 최대한 차분함을 잃지 않으려 한다. 그만의 자신 있는 승부로 결국엔 위기를 극복하며 베테랑으로, 에이스로 거듭났다.

사실 여기까지만 해도 충분히 대단한 성과다. 그러나 자신을 위해 만족하지 않고, 팀을 위해 멈추지 않는다. 9회에도 덤덤히 마운드에 오르던 그 날의 결의처럼 1승 그 이상의 의미를 향한 도전은 계속된다. 그래서 이범호 감독은 양현종이 역대 두 번째이자 최연소 170승을 달성한 날에도 대투수의 대기록을 축하하면서도 크게 의미를 두지 않는 듯한 모습이었다. 새로운 역사를 향한 그의 발걸음은 여전히 현재진행형이니까.

대기록이라는 건 하루아침에 만들어진 것이 아닙니다. 오랜 축적의 결과물이죠. 정말 대단한 기록입니다. 다만 현종이는 여기서 끝이 아니잖아요. 이제 다음을 바라봐야죠. 200승이라는 또 다른 대기록을 향해가는 과정일 뿐입니다.

이미 대기록을 달성했음에도 앞으로를 더 기대하게 만든다는 것. 이게 바로 양현종의 진짜 가치다. 관록이 느껴지는 안정감과 열정이 느껴지는 도전정신이 공존할 수 있다는 것. 그 안에는 남모를 본인만의 마음고생이 있다. 그것도 단 한 순간도 그러지 않았던 적 없이. 계속되는 압박감을 그는 있는 그대로 받아들였고, 피하지 않았다. 그만큼 힘든 과정의 연속이었지만, 이를 나만의 동력으로 바꾼 덕에 지금의 자신이 있다고 말했다.

제가 KBO에서 선발 등판을 가장 많이 한 선수인데도, 경기는 언제나 0 대 0에서 새로 시작한다는 것 자체가 항상 무섭고 두렵게 느껴집니다. 여전히 긴장되고 부담도 커요. 근데 경기를 치르면서 조금씩 풀리는 스타일이에요. 경기를 준비하는 과정에서는 너무 힘들고 예민하고, 고통스럽기도 합니다. 신인 때나 지금이나 똑같은 것 같아요. 그렇기 때문에 제가 스스로 자만하지 않고, 항상 집중하고, 긴장감을 유지하면서 선발에 임할 수 있는 것 같습니다.

그렇다. 그는 KBO에서 최초로, 유일하게 400경기 이상 선발 등판한 투수다. 오랜 기간만큼 팀의 처지나 개인 컨디션에 따라 상황도 달랐고, 결과 또한 매번 달랐다. 하지만 15년이 넘는 기간 동안 400번 이상 같은 선발 마운드에 오른 것만으로, 그에게 선발 투수라는 자리는 편안하고 친근한 자리일 수도 있다. 그러나 처음으로 선발 마운드에 오른 그 날부터, 100번째, 200번째, 300번째, 그리고 400번째, 그 이후에도 여전히 그는 1회 마운드에 오르는 것이 두렵다고 솔직한 속내를 전한다.

물론 이는 신인 선수들이 느끼는 그런 두려움과는 다르다. 매번 처음과 같이 새롭게 선발 마운드를 대하는 그 자세를 통해서 자신을 가다듬고 책임감을 가지는 본인만의 의식 같은 것. 자신의 역할을 편하게 느끼는 순간 긴장감은 흐트러지게 되어있고 이는 목표 달성에 방해가 되기 때문에 익숙함과 편안함을 스스로 거부하는 것이다. 그렇게 마운드의 소중함을 잃지 않으며 10년 넘게 같은 마음으로 팀의 에이스라는 사명감과 함께 마운드에 오른다.

철학자 스피노자의 말대로 두려움은 희망 없이 있을 수 없고, 희망은 두려움 없이 있을 수 없다. 두려움을 품은 채 희망을 향해 앞으로 나아가는 그의 발걸음은 계속된다. 그가 선발 투수로서 가장 중요하게 생각하는 건 바로 이닝. 이는 남다른 책임감과 팀을 위한 헌신을 나타내는 지표다. 철저한 자기 관리로 부상 없이 꾸준하게 활약했다는 것을 의미하기도 한다. 그래서 가장 가치 있다고 생각하는 이 기록에서 그는 새 역사를 만들어 간다. 올 시즌 KBO 역대 2번째 2,500이닝, 좌완 최초 10시즌 연속 150이닝을 달성했고, 지난해 역대 최초로 9시즌 연속 170이닝을 달성한 그는, 그 역사를 1년 더 늘려 10시즌 연속 170이닝을 소화하며 또 한 번 에이스로서 자부심을 뽐냈다.

더불어 역대 3번째 10시즌 연속 100탈삼진 기록을 작성했다. 그리

고 8월 21일 광주 롯데전에서는 또 한 번 KBO 역사를 새로 썼다. 바로 역대 최다 탈삼진 신기록을 경신한 것. 이날 경기 전까지, 종전 송진우가 가지고 있던 역대 최다 2,048 탈삼진까지 두 개, 그리고 신기록까지 세 개를 남겨두고 있던 상황. 1회 첫 타자를 상대로 삼진 처리하며 10년 연속 세 자릿수 탈삼진 달성과 함께 산뜻하게 경기를 시작했다. 머지않아 3회, 헛스윙 삼진으로 그날 경기의 세 번째 삼진을 잡아내며 KBO 역대 최다 탈삼진 신기록을 세울 수 있었다.

이제 리그에서 탈삼진 부문에서는 앞으로 그가 가는 길이 고스란히 새 역사가 되는 셈. 홈 관중들의 열렬한 환호성과 함께, 상대 팀도 진심을 담아 축하의 마음을 전했다. 그날 비록 승리 투수가 되지는 못했지만, 팀의 짜릿한 재역전승과 함께 경기 종료 뒤 동료들의 격한 축하까지 받으며 '리빙 레전드'의 한 획을 후련한 마음으로 장식할 수 있었다.

역대 최다 선발 등판 기록과 함께 '선발 투수'의 상징으로, 역대 최다 탈삼진 기록과 함께 '에이스'의 상징으로 걸어 나가는 전인미답의 길. 그중 탈삼진은 그야말로 에이스의 상징이다. 투수가 오롯이 혼자의 힘으로 아웃카운트를 올리는 방법. 변수나 불운 없이 가장 깔끔하고 확실하게 위기를 극복하는 방법. 바로 삼진이다. 상대의 행운의 안타도, 야수의 아쉬운 수비도 경기의 일부이기에, 그렇게 만들어진 위기라도 스스로 헤쳐가야 하는 것이 에이스의 숙명이다. 그렇게 2,053번의 탈삼진으로, 타자를 압도하고 상대 의지를 꺾으며, 위기를 막아내고 또 하나의 최초의 기록과 함께 전설로 향해간다.

그런데. 여기서도 만족하지 않는 양현종이다.

후련하기도 하지만 한편으로는 야구가 참 어렵다고 느낀 하루였습니다. 뜻깊은 기록이지만 크게 신경 쓰진 않았습니다. 삼진을 무조건 잡아야겠다는 마음은 없고 이닝을 많이 던지다 보니까 따라오는 것으로 생각합니다. 그보다 중요한 건 이닝이죠. 많이 던지고 싶어요. 송진우 선배님의 '말도 안 되는' 기록이 있지만 아프지 않으면 범접할 수 있지 않을까 생각합니다.

에이스의 선발 등판 경기는 무조건 이기는 경기로 계산을 세운다. 연승은 이어주고, 연패는 끊어주는 역할이다. 지게 되면 1패 그 이상의 타격이 있다. 그래서 야수들도 더 집중력을 끌어올린다. 팀의 승리와 더불어 나의 승리를 위해 모두가 경기에 더 몰입한다. 그도 그럴 것이 에이스에게는 '이기는 경기' 외에도 더 많은 것을 요구한다. 그만큼 에이스는 더 큰 책임감을 어깨에 지고 마운드에 오른다.

소위 말하는 계산이 서는 마운드 운영을 가능하게 함으로써 팀의 승리를 이끄는 것은 기본이다. 여기에 가능한 적은 실점으로 야수들의 수비 시간을 줄여주고, 오래 이닝을 끌어주며 불펜 소모를 최소화해야 한다. 그가 그 어떤 기록보다도 이닝을 최우선으로 생각하는 이유가 바로 여기에 있다. 내가 경기를 오래 책임졌다는 건 그만큼 우리 팀이 더 많은 부분에서 편해졌다는 이야기니까.

그가 말하는 송진우의 '말도 안 되는' 기록은 3,003이닝. 올 시즌까지 2503.2이닝을 소화했으니 앞으로도 지금까지 그랬던 것처럼 꾸준한 자기 관리와 함께 정진한다면 충분히 달성할 수 있는 목표치로 보인다. 다만 가장 어려운 것이 바로 끈기. 그 어떤 화려한 기록보다 양현종이 주목받는 이유이기도 한 이 '꾸준함'의 가치는 그래서 더 위대하다. 나이가 들면서 '유지'에 어려움은 더 커질 테지만 양현종이기에 기대해볼 만하다.

그도 그럴 것이 경기장에 나가면 선발 등판이 아닌 날, 날씨가 궂은 날에도 야구장을 열심히 뛰고 있는 그를 종종 발견할 수 있다. 별거 아닌 듯 보일 수 있지만, 사소하기에 더 지키기 힘든 '기본'. 이렇게나 한결같이 자기 관리에 진심인 이 모습이 바로 그가 에이스로, 또 롤모델로 불리는 이유다.

그래서 그의 사소한 행동까지도 후배들에게 귀감이 되고 교훈이 된다. 양현종 역시 이를 알고 있다. 나의 지극히 개인적인 모습까지도 팬들이 바라보고 있고, 후배들이 보고 배울 수 있다는 생각에 더 신중하고 조심하려 애쓴다. 그런 그에게도 그 마음이 통제가 어려웠던 순간이 있었다.

7월 17일 대구 삼성전. 2위와의 맞대결이었다. 타이거즈가 리드하고 있는 4회 2사 상황이었다. 넉 점 차에 주자 1, 2루 상황. 홈런을 맞더라도 경기가 뒤집히지는 않는 점수 차였고, 아웃카운트 하나만 더 잡아내면 선발 투수는 승리 요건을 챙길 수 있었다. 그러나 이범호 감독은 실점 후 볼넷을 허용하자 결단을 내렸다. 에이스 양현종을 빠르게 내리기로.

사실 경기 내용상으로 봤을 때 경기 중 교체가 그렇게 이상하지는 않은 상황이었다. 타이거즈 입장에서 최악의 경우로 홈런이 나오면, 동점이나 역전을 허용하진 않더라도 한 점 차까지 쫓길 수 있었고, 그렇게 흐름을 내주면 이후에 동점이나 역전을 당할 수도 있는 것이었다. 그러나 마운드에 있는 선수는 베테랑이자, 타이거즈의 상징적인 투수였기에 모두가 당시의 선택에 놀랄 수밖에 없었다.

게다가 양현종은 올 시즌 그 경기 전까지 5이닝 미만을 소화한 적이 없었다. 아무리 어려움을 겪더라도 5이닝 이상은 충분히 책임질 수 있다는 뜻. 그래서인지 교체를 위해 투수 코치가 마운드에 방문하자 양현종 역시 당황스러운 표정을 감출 수 없었다. 스스로 용납하기 어려운 일인 것처럼 투수 코치와 마운드에서 잠시 실랑이를 벌이는 듯했다. 그러나 코칭스태프의 결정에 불복할 수는 없기에 강판을 받아들이면서도 불편한 모습은 숨길 수가 없었다.

하지만 감독으로서는 이전에 그야말로 뼈아픈 교훈이 있었기에 단호한 선택을 해야만 했다. '지도자들에게 가장 어려운 선택은 개개인에게 최선이 무엇인가와 팀을 위한 최선이 무엇인가를 저울질하는 것이다'라는 명감독 토미 라소다의 말처럼, 어려운 선택이었지만 팀을 위한 최선의 결정을 내릴 수밖에 없었다. 결과적으로는 성공이었다. 상황을 이어받은 김대유가 상대 타자를 삼진으로 돌려세우며 위기를 잠재웠고, 그렇게 흐름을 내주지 않고 끝까지 리드를 지켜 갈 수 있었다. 이렇게 타이거즈는 그 경기를 잡아내며 상승세를 이어갈 수 있었다. 경기가 끝나고 메시지를 전했다.

아주 강렬한 무색. 잘 봤습니다. 감독님.
아무래도 무색이 제일 좋은 것 같습니다.

강렬한 무색. 마치 찬란한 슬픔처럼 앞뒤가 맞지 않은 듯 보이는 모순적인 표현이었지만, 이범호 감독의 결단을 통해 이 상반된 두 가지를 모두 볼 수 있었던 건 이후의 일까지다. 어쩌면 그날 더 인상적이었던 장면은 덕아웃에서 이범호 감독이 양현종을 뒤에서 꼭 안으며 달래는 순간이었다. 중계 카메라에 이 모습이 잡힐 만큼 모두가 지켜보는 상황이었다. 다만 그 순간만큼은 기분이 풀리지 않은 듯 보였던 양현종 선수는 감독의 백허그에도 쉽게 마음이 열리지 않는 것 같았다. 그럼에도 굴하지 않고, 다분히 애교 섞인 모습으로 마음을 풀어주려는 이범호 감독의 모습은 우리가 보통 생각하는 근엄한 감독의 모습이 아니었다.

경기 중인데도 감독님이 선수를 뒤에서 꼭 안는 장면은 진짜 신선했습니다. 근데 현종 선수 많이 삐진 것 같던데…

안 삐졌어요. 잠깐 화난 거지. 무색으로 잘 치료했으니까 걱정하지 말아요. 또 열심히 던져줄 겁니다. 대투수니까요.

무색을 강조하던 이범호 감독이 독한 색깔을 입힌 순간이었다. 그리고 마무리는 무색으로 치유. 팀을 위한 최선이 더 중요한 순간이었기에 선수를 위한 최선에는 잠시 눈을 감아야 했지만, 다음은 감독의 인간적인 마음으로 지극히 개인적인 마음으로 풀어주면 되는 것이었다. 가장 중요한 건 승리라는 사실은 부정할 수 없지만, 선수의 마음역시 중요한 부분이니까. 그렇게 경기중에는 한없이 냉정하지만, 경기 밖에서는 더없이 따뜻한 모습으로 모두를 이끌어간다.

이날을 계기로 그가 언급한 이 '무색'이란 게 뭘까 계속해서 생각해봤다. 전반적으로 그가 보여주고 있는 특유의 친근한 리더십 역시도 하나의 색깔이니까. 답은 유연함이었다. 필요한 순간에는 그동안의 모습과는 다른 어떤 강렬한 '색깔'을 드러내지만, 그 마지막은 '무색으로 치유'한다는 점. 감독의 권위를 내려놓고, 자신의 자존심도 덮어두고, 때로는 낮은 자세로, 때로는 동등한 시선으로 팀을 이끌고, 사람을 이끄는 그만의 힘.

그 진심을 모를 리 없는 양현종 역시 곧바로 사과의 마음을 전했다. 베테랑으로 그런 모습을 보이면 안 됐는데 상황이 처음인지라 잠시 이성을 잃었던 것 같다고. 선수는 거듭 죄송하다고 했고, 감독 역시 재차 미안하다고 했다. 서로가 서로에게 미안하다는 사제 관계. 타이거즈의 분위기를 고스란히 보여주는 장면이었다.

그리고 이 상호 긍정적인 감정을 감독은 올바른 지도력으로, 선수는 뛰어난 성적으로 증명하는 게 프로의 섭리인 걸까. 양현종은 바로 다음 등판에서 이범호 감독의 표현대로 대투수니까, 열심히 던졌다. 진짜 열심히. 시즌 두 번째 완투승. 이범호 감독은 그들다운 유쾌한 뒷이야기를 전해줬다.

화요일 등판이었기에 일요일까지 주 2회 등판이 예정되어 있었다. 이런 일정에서는 관리를 특히 더 신경 써야 하기에 투수 코치는 7회까지 소화하고 투수를 교체하겠다는 계획을 감독에게 전했다. 이범호 감독은 이렇게 답했다고 한다. "안 내려간다고 할 거예요." 양현종을 누구보다 잘 알기에 할 수 있는 답변이었다. 하지만 투수 코치는 재차 교체가 필요하다고 했고, 감독은 직접 가서 이야기해보라고 한발 물러섰다. 결과는 예상 그대로. "주자 나가면 바꿔 달랍니다." 코치가 양현종의 생각을 전했다.

일단 지켜보기로 했지만, 함께 큰 그림을 봐야 하는 감독 역시도 관리의 중요성을 간과할 수 없었다. 이번엔 직접 양현종을 찾아갔다. 하지만 달라지는 건 없었다. 감독에게도 또 한 번, 출루를 허용하면 그때 마운드에서 내려오겠다고 말했다. 그리고 8회, 9회를 모두 10구 이내 삼자범퇴로 마무리하며 시즌 두 번째이자, 자신의 통산 열다섯 번째 완투승을 완성해냈다.

이제 감독님과 1승 1패입니다.

1승 1패. 직전 등판에서는 감독의 강단에 못 이겨 마운드를 내려왔지만, 이번에는 감독의 의지를 꺾고 9회까지 마운드를 책임지고 마침내 이겨냈다는 뜻. 그만큼 서로가 편하고, 아끼는 마음을 양현종은 이렇게 표현했다. 5회 이전에 마운드를 내려오는 것은 자존심이 허락하지 않고, 기회가 된다면 다음을 걱정하기보다 과감하게 완투에도 도전하는 그의 승부욕 안에는 결코 본인만을 생각하지 않는, 베테랑으로서의 책임감과 타이거즈 일원으로서의 사명감이 있다.

양현종의 선발 등판 경기라면 더 많은 팬이 야구장을 찾는 이유가 있다. 바로 에이스의 선발 등판은 이기는 경기라는 공식과도 같은 믿음, 그리고 그 에이스가 바로 우리 팀의 프랜차이즈 스타라는 사실. 팬들은 우리 팀의 상징과도 같은 프랜차이즈 에이스를 앞세워 타이거즈의 이름으로 다른 팀과 맞서 싸운다. 팀이 잘 나갈 때나, 못 나갈 때나 똑같이 말이다.

아무리 어려운 상황일지라도, 오늘만큼은 양현종이 반드시 우리에게 승리를 안겨줄 거라는 팬들의 기대감은 선수 개인에게도 큰 에너지가 된다. 그러나 때로는 무겁게 느껴지는 순간도 있을 것이다. 그래서 양현종은 그 책임감의 발현 방식의 하나로, 너무 많은 걸 생각하며 마운드에 오르기도 하고, 때로는 자신도 모르게 행동을 더 크게 하기도 했다고 한다. 남모를 그만의 감내를 통해 좋을 때도, 나쁠 때도, 그만의 길을 묵묵히 걸어왔다.

그렇게 그는 리그의 신기록을 경신해가며, 앞으로 넘어야 할 최초의 길을 향해 나아가고 있다. 동시에 타이거즈 선발 투수로서 세울 수 있는 모든 신기록에는 대부분 양현종의 이름이 새겨져 있다. 오직 타이거즈의 이름으로, 타이거즈를 위해 공을 던져왔다는 증거. 그만큼 팬들은 양현종을 사랑했고, 어김없이 사랑하고, 그 힘을 가득 받은 양현종은 지금도, 앞으로도 타이거즈를 위해 공을 던진다.

그가 등판하지 않는 날도 양현종의 이름이 새긴 유니폼을 입고 챔피언스필드를 찾는 팬들의 모습은 여전히 많다. 인기 구단인 만큼 새로운 스타는 계속해서 등장하지만, 양현종을 향한 그 긴 시간 동안의 꾸준한 애정은 그 누구도 넘볼 수 없다.

젊다 못해 어린 시절부터 팀의 역사를 함께 일구어왔다. 팀의 주축 선수를 넘어, 팀의 중심을 넘어, 독보적인 에이스로 우뚝 서기까지. 그만큼 이제는 어리다거나 젊다고 수식하기는 어렵고 선배보다는 후배가 훨씬 더 많은 선수, 완벽한 베테랑으로 자리를 잡았지만, 팬들은 여전히 그를 '막내딸'로 부르며 그와 함께한 오랜 기억과 함께 남다른 애정을 전한다.

타이거즈의 선발진은 올해 어느 한 순간도 쉽지 않았다. 연이은 부상 이탈. 갑작스러운 사고까지 더해지며 안타까움은 더했다. 결과적으로 시즌을 앞두고 꾸린 5인의 선발진 중 유일하게 남았다. 그러나 양현종의 존재감 자체로 큰 위안이다. 어떻게든 내가 맡은 최소한의 역할은 해내겠다는 의지, 때로는 무리한 도전도 불사하겠다는 승부욕, 그리고 자신과도 절대 타협하지 않으며 늘 꾸준했던 그만의 자기관리를 팬들은 수년 동안 봐왔으니까. 그런 그를 믿으니까. 냉정한 현실은 어려울지라도 그 안의 마음은 든든하다.

14

베테랑

베테랑의 중요성에 대한 평가는 저마다 다르다. 절대적으로 필요하다고 가치를 높이 평가하는 주장. 그리고 반대로 필요 없다는 것은 아니지만, 얼마든지 다른 전력으로 대체가 가능하다는 주장이다. 둘 다 일리가 있는 말이다. 예를 들어 팀이 어려움에 봉착했을 때. 이때 베테랑은 노련하게 상황을 극복하고 위기를 헤쳐가며 존재감을 발휘한다. 그런데 한편으로는 젊은 패기로, 전략과 운영으로 그 고비를 이겨낼 수도 있다. 무엇이 더 나은가. 모두 장단점이 있고 상황에 따라 다를, 선택의 문제다.

조언으로, 무언으로, 메시지를 전할 수 있는 존재가 있다는 것만으로도 커다란 힘이다. 베테랑들은 젊은이들보다 무언가를 먼저, 몸소 경험했다. 이를 전해 듣는 간접 경험만으로도 후배들은 시행착오를 줄일 수 있다. 그리고 많은 걸 겪어본 만큼 시야가 넓다. 후배들은 도통 알 수 없는, 그들의 눈에만 들어오는 무언가를 발견하고 알려줌으로써 후배들은 어려움을 헤쳐 나가기도 하고, 잘하는 걸 살려 나갈 수도 있게 된다.

하지만 나이나 경험, 경력과는 관계없이 오직 '실력'으로 보여줘야 하는 프로 무대에서 이런 관록이나 지혜는 눈에 드러나지 않는 경우도 많다. 여기에 상대적으로 체력적인 어려움을 겪을 수밖에 없는 것도 사실이다. 모두가 동등한 '선수'로서 평가받는 것이기에 그들이 베테랑이라고 해서 더 빠르게 달리지 못하거나, 더 오래 경기를 소화하지 못하는 것을 이해하는 사람들은 많지 않다. 눈에 보이는 부분이 전부로 보이기도 하기 때문이다.

베테랑은 살아남기 위해 애를 쓴다. 베테랑이라는 이유로, 존재만으로 존중받기를 원하는 건 곤란하다. 그들도 그들만의 쓰임을 보장받기 위해 각자만의 존재 이유를 드러낼 필요가 있다. 그리고 지도자역시 그들만이 보여줄 수 있는 가치를 충분히 인정해야만 상생할 수있다. 베테랑의 가치와 지도자의 인정이 조화를 이루어야 그들의 쓰임새 역시 빛을 발할 수 있는 것이다.

그런데 그 지도자의 '인정' 안에는 감수해야 할 것들이 있다. 새로운 선수들은 계속해서 등장한다. 그들은 팀에, 리그에 새로운 활력을불어넣는다. 똑같은 안타 한 개를 기록하더라도 신예의 등장이 대중들에게는 더 신선하고 짜릿하다. 그래서 이왕이면 젊은 선수를 기용하는 것을 더 선호하기도 한다. 반대로 베테랑을 기용하려면 더 많은이유를 증명해야 한다. 그러나 눈에 보이지 않는 것들이 많다. 그래서이 복잡한 과정 대신 새로운 데서 대체 방안을 찾는 경우가 생기는 것이다.

그러나 베테랑의 중요성을 아는 지도자는 그 보이지 않는 영향력을더 크게 생각한다. 앞서 언급한 대로 사람들은 눈에 보이는 것만으로평가한다. 안타를 치지 못하거나 수비에서 아쉬움을 보이는 베테랑을왜 기용하는지 의구심을 품는 것은 당연하다. 그러나 감독으로서는기록적으로는 아쉬울지라도, 타선에서 그 자체로 위압감을 주는 베테랑과의 어려운 승부로 인해 후속 타자가 실투를 받아칠 기회가 높아질 수도 있고, 수비에서도 존재만으로 후배들에게 안정감을 전파할수 있다는 그 부가적인 점을 높이 평가하는 것이다.

이 과정을 통해서 후배들은 자연스럽게 성장할 수 있다. 선배들이만들어준 기회를 직접 해결하면서 하나씩 자신의 것으로 만들어 나간다. 어깨너머로 보고 배우고, 의지하며 성장통을 최소화한다. 그렇게 점차 팀의 주축이 되어가며, 길잡이가 되어준 선배들의 역할을 대신할 수 있는 위치에 올라선다. 자연스러운 선순환이 만들어지면서 세대교체도 이루어지는 것이다.

그래서 감독은 베테랑만이 가지는 눈에 보이지 않는 가치를 보전하기 위해, 눈에 보이는 것만 가지고 베테랑을 평가하는 시선의 방패막이 되어주어야 한다. 그렇게 그들이 의욕을 잃지 않도록 힘써야 한다. 그들의 존재로 인해 후배들이 받게 되는 또 다른 시너지효과를 생각하면서, 또 언젠가는 팬들이 기대하는 성과까지 만들어낼 수 있는 충분한 능력을 믿으면서 말이다.

저는 베테랑 선수들과 자주 이야기를 나누는 편입니다. 여기서 가장 중요한 게 뭔지 아세요?

어떤 거죠?

선수가 힘들다고 말하기 전에 먼저 힘드냐고 물어보는 겁니다. 사람 심리가 그래요. 너무 힘든데 먼저 그 기분을 살펴주면 괜찮아져요.

반대로 모른 척하면 더 힘이 빠지죠. 되레 더 안 괜찮아지는 것 같기도 합니다.

그렇다니까요. 그래서 저는 항상 먼저 물어보려고 해요. 베테랑일수록 피로도가 더 높을 수 있는 것도 사실이니까요. 그렇게 베테랑들이랑 관계를 유지하는 것 같습니다.

그리 어려운 일도, 대단한 일도 아닌 것처럼 보일 수 있다. 하지만 이 작은 것의 힘이 얼마나 큰지 안다. 앞서 언급한 대로 전 경기를 뛰는 동안 무엇보다 자신을 힘들게 했던 게 무관심이었다는 걸 직접 느껴봤기에, 더불어 베테랑이라면 그들만이 갖는 설움 역시도 없을 수는 없다는 걸 알기에, 절대 사소한 부분이라 생각할 수 없었다. 그래서 먼저 다가간다. 더 많이 표현하고, 더 많은 걸 듣고자 한다.

이에 베테랑은 감독의 섬세한 배려를 느낀다. 어쩌면 너무 당연하게 느껴져서 더 놓치기 쉬운 게 바로 표현이다. 그러나 표현하지 않으면 아무것도 알지 못한다는 말처럼, 표현해야만 알 수 있고 느낄 수 있는 것이 더 많다. 소소하지만 나를 생각하는 마음이 어떤지 전해주는 감독 덕분에, 그리고 그 당연한 것이 감독의 자리에선 결코 쉬운 일은 아니라는 걸 알기에, 고마움은 더 커진다. 동시에 이 소통의 힘으로 불필요한 오해도 사라지게 만든다.

표현을 통해 알게 된 감독을 향한 긍정적인 마음으로. 베테랑이 경기에서 누구보다 솔선수범하고, 후배들에게 모범이 되며, 감독은 존재하지 않는 그라운드 안에서 리더십을 발휘해준다면, 선수의 가치는 더 올라가게 되고, 감독에게는 더 고마운 일이 된다. 먼저 생각하는 마음과 이에 부응하고 싶은 마음. 서로에게 윈-윈이다.

이렇듯 어디서나 사이를 더 돈독하게 만드는 것이 서로에게 건네는 표현이다. 그들만의 공감으로 인해 비단 두 사람 간의 관계뿐 아니라 팀 전체가 단단해질 수 있다. 사랑을 받아본 사람이 사랑을 줄 줄도 아는 것처럼, 베테랑을 존중하는 마음이 얼마나 소중한지, 선수로서 느껴본 사람은 자신이 베테랑이 되어 그 사랑을 나누고 싶어지게 된다. 좋은 마음을 함께 나누고, 그 광경을 지켜보면서, 팀 전체에 따뜻한 마음이 전파되고 자리 잡는 것이다. 이범호 감독이 그랬다.

선수 생활 마지막쯤이었죠. 갑자기 김기태 감독님이 이제 그만하는 게 어떻겠냐고 하시더라고요. 알겠다고 했습니다.

그렇게 바로 받아들이셨다고요?

서른아홉 살. 참 많이 했다는 생각도 들었고요. 김기태 감독님이 그렇게 말씀하시는 건 받아들일 수 있겠더라고요. 다른 사람이었다면 모르겠지만, 저를 살려주신 분이니까요. 제가 다리도 많이 아프고 정말 힘들 때 선수 생활을 더 길게 연장할 수 있게 해주신 분이 감독님이에요. 아니었다면 이만큼 선수 생활을 이어가지도 못했을 거고, 한국시리즈 우승이라는 소중한 경험도 겪어보지 못했겠죠. 저에게도 필요한 결정이라고 감독님도 판단하신 거라는 생각에 젊은 선수들을 위해서 그만하자고 했을 때 알겠다고 말씀드리고, 그렇게 은퇴를 결정했습니다.

그도 베테랑이었다. 조금씩 남은 선수 생활이 짧아진다는 걸 인지하며 살아왔지만, 막상 눈앞으로 다가오니 아직은 미련이 남았다. 머지않아 마무리할 선수 생활이지만, 그게 지금이라면 아쉬움이 클 것 같다는 생각. '더 할 수 있을 것 같은데. 내 욕심일까.' 후배들의 앞길을 가로막고 싶지 않다고 늘 생각해왔는데 아직은 해볼 만하다는 마음에 객관적인 판단이 서지 않았다.

아직 스스로 이별을 받아들이기 어려운 단계. 그러나 나만의 의지

만을 앞세워 마음대로 선수 생활을 이어갈 수는 없다. 후배 선수들과 맞설 경쟁력을 갖추는 것은 물론, 팀 역시도 나를 필요로 해야 하고, 그 안에 내 자리, 내 영역이 있어야 한다. 이 모든 합이 맞아떨어져야만 커리어 지속이 가능한 것. 이범호 감독으로서는 자신의 의지만이 앞선 일방적인 상태에서 스스로 고민에 빠져 있는 단계였다.

그렇게 선수 생활을 마감하면 아쉬움만 남았을 시기, 김기태 감독이 그에게 시간과 기회를 더 부여했다. 선수 한 명, 심지어 그게 베테랑이라면 1년에 적지 않은 비용이 필요하다. 그렇기에 감독으로서도 그저 개인적인 감정만으로 구단에 그 '비용'을 요구할 수는 없다. 즉 김기태 감독도, 그런 비용을 투자할 만하다고 생각했고, 구단 역시 그만한 가치가 있다고 판단했기에 당시 이범호 선수는 선수 생활을 더 이어갈 수 있었다.

이렇게 선수 생활을 마칠 수도 있는 절체절명의 순간. 사실상 마지막을 바라보고 있던 그때 찾아온 뜻밖의 기회. 평생 없을 수도 있었을 시간이 주어졌다고 생각하면 감독님을 향한, 구단에 대한 고마움은 지금까지 느껴본 것과는 차원이 달라진다. 그 이상의 감사함을 느끼고, 구단을 위해 더 헌신해야겠다는 사명감을 가진다. 아쉽게만 끝날 줄 알았던 선수 생활에 보너스 같은 시간. 나보다도 팀이 더 중요하다는 마음으로 모든 걸 쏟아붓는다.

그간 경험하지 못한 새로운 동기부여를 가질 때, 그간 느껴보지 못한 새로운 각오를 다질 때, 사람은 무언가 초월하는 듯한 힘을 얻게 된다. 이야말로 기록이나 성적에는 드러나지 않는 그들만의 영향력이 된다. 고마운 마음을 품은 베테랑은 팀 전체에 긍정적인 시너지 효과를 전하고, 그 마음이 단단해지면 올바른 팀 문화가 형성된다. 그 문화는 향후 오랜 시간 팀에 정착된다.

'승리하는 팀에는 헌신이 있다. 그리고 본보기를 보여주는 핵심적인 베테랑들이 있다.' 전 미식축구선수 멀린 올슨의 말이다. 결과적으로 구단으로서는 상대적으로 작은 투자에 더 큰 무언가를 얻을 수 있게 되는 것이다. 더불어 상호 좋은 마음으로 완성된 좋은 마무리는 비단 어느 날의 아름다운 작별을 넘어 훗날 더 큰 시너지를 낳는다.

감독님도 베테랑 시절이 있으셨죠. 그 시절에 생각하셨던 것들을 토대로 베테랑 선수 관리는 어떻게 했으면 좋겠다는 다짐이 있으셨나요?

팀을 위해 진심을 다해 헌신한 선수라면 일정 부분 기회를 부여하는 겁니다.

기회라는 건 시간, 그리고 비용이 되겠죠.

그렇죠. 그동안 헌신한 부분에 대한 보상을 어느 정도 해줄 테니 그 시간 동안 은퇴에 대한 준비를 충분히 하라는 거죠. 그렇게 좋은 생각을 만들고 구단에 대한 감사한 마음을 갖게 하면, 구단은 훗날 좋은 지도자를 얻을 수 있어요. 남아있는 선수들에게도 긍정적인 동기부여가 될 수 있고요.

모두가 언젠가는 은퇴를 마주하게 될 테니까요. 나도 팀을 더 우선으로 생각하면서 최선을 다한다면 저렇게 멋진 마무리를 할 수 있을 거라는 걸 후배들도 느끼게 되겠죠. 팀으로서도 좋은 선례를 만들면 팀에 대한 애정이나 충성도도 올라갈 거고요.

조금만 배려하면 서로에게 좋은 마무리를 할 수 있고, 편하게 상황을 마무리 지을 수 있어요. 그런데 강압적으로 끝내버리면 선수도 좋지 않은 감정으로 은퇴하고, 이후에도 사이도 안 좋아지고요. 팀에 대한 애정도 사라지겠죠. 그러면 좋은 지도자 하나를 놓치게 되는 일이 될 수 있어요.

선수의 가치라고 평가받는 연봉은 사실 이전의 고과에 대한 보상은 아니다. 오늘 전력을 다해줄 것에 대한, 내일 더 나아질 것에 대한 일종의 투자다. 그래서 고생한 베테랑에 대한 보상으로 적지 않은 돈을 들이는 부분에 대해 일부 거부감이 있는 것도 사실이다. 그 비용을 다른 데 들이면 더 나은 새로운 결과를 만들 수도 있지 않을까 하는 마음에서다.

이범호 감독 또한 이런 분위기에 대해 분명하게 알고 있을 터다. 그러나 실력으로 보여주지도 못하고 후배들에게 모범이 되지 않는 베테랑이었다면, 그저 그간의 공헌을 앞세워 뭔가를 바라기만 하는 베테랑이었다면, 그 역시도 이런 생각을 하지 않았을 것이다. 그러나 이런 대우를 받아 마땅한 선수들이 바로 우리 타이거즈의 베테랑들이니까, 부여받은 시간과 기회 속에서 그 이상의 성과를 낼 우리 베테랑들을 믿으니까 할 수 있었던 말이다.

대수롭지 않은 듯 보이는 단 한 순간으로 사람의 마음은 180도 달라질 수 있고, 대단하지 않은 듯 보이는 단 하나의 일은 수많은 부가가치를 만들어낸다. 사소한 말 한마디가, 작은 행동 하나가, 어떤 결과를 불러올지 아무도 모른다. 그 안에 담긴 사람의 힘을 믿는 자는 더 많은 사람을 끌어당기고, 그 힘이 모여 대업이 완성된다.

15

해결사

최형우 선수는 진짜 왜 이렇게 잘하는 거예요?
형우요? 최형우잖아요.

 6월쯤이었을까. 모처럼 광주에서 만난 이범호 감독에게 대뜸 이렇게 물었던 기억이 떠오른다. 타율이나 타점으로 보여지는 기록만으로는 설명할 수 없는, 그 타이밍이 신기해서였다. 같은 한 개의 안타. 같은 하나의 타점이 아니다. 분위기 반전이 필요한 그 절묘한 순간에, 경기 결과를 뒤바꿀 수 있는 가장 중요한 승부처에, 최형우는 꼭 필요한 안타를 치고, 가장 중요한 타점을 만들어낸다. 그렇게 팀의 승리를 이끈다.

 2017시즌을 앞두고 역대 최고 대우에 속하는 수준의 FA 계약을 맺고 타이거즈로 이적한 그는 단숨에 팀을 통합우승으로 이끌며 본인의 가치를 보란 듯이 증명했다. 당시 함께 우승의 기쁨을 누린 타이거즈의 프랜차이즈 스타 김선빈이 "통합우승을 달성한 올 시즌 우리 팀의 가장 큰 변화는 형우 형이 합류한 것"이라고 말할 정도로 팀 동료까지 체감한 그의 존재감은 대단했다.

 이후에도 제 몫을 해냈다. 최형우라 쉬워 보였던 것이 함정이라면 함정이었지만, 한창 전성기에 있는 중심 타자들도 달성하기 어려워하는 100타점, 3할 타율을 기록하며 중심타자로서 제 역할을 해냈다. 최근 몇 년간 이런저런 부상이 겹치며 제 기량을 온전히 발휘하기는 어려웠지만, 리그 최고의 타자가 우리 팀에 있다는 것만으로 동료들과 후배들에게 큰 힘이 됐다.

 그리고 올 시즌은 그 어느 때보다도 더 특별했다. 작년에 KBO 통산 최다 2루타 기록을 경신한 그가 타격으로 2루에 안착할 때마다 리그의 새 역사는 계속해서 새로 쓰인다. 5월에는 500번째 2루타를 기록하며 아시아 최초로 500 2루타 기록을 작성했다. 이와 함께 KBO 통산 최다 타점 기록 보유자이기도 한 그는 지난 시즌 리그에서 처음으로 1,500타점 고지를 밟았고, 올해 6월에는 1,600타점을 넘어서면서 계속해서 리그의 신기록을 새로 써 나간다.

여기에 KBO 통산 최다 루타 부문에서도 역대 최고 기록을 경신했다. 이는 종전 이승엽이 가지고 있던 4,077루타를 넘어선 기록. 타구를 그라운드로 보내고, 때로는 담장을 넘기며 그가 베이스를 밟아 나갈 때마다 이 역시도 리그의 의미 있는 발자국이 된다. 그리고 이를 바라보는 이범호 감독은 이런 엄청난 기록도 기록이지만 꾸준한 출전 자체가 고마울 따름이다. 앞서 6월에 만나 나눴던 이야기에서 그가 덧붙인 말이 있었다.

저는 무엇보다 형우가 아프지 않은 게 신기합니다.

이범호 감독 역시도 30대 후반의 나이까지 선수 생활을 해봤다. 그래서 최형우의 활약이 얼마나 대단한 것인지 더욱 느낀다. 변함없는 자기 관리, 언제나 긍정적인 마음가짐, 냉정하고 차분한 상황 판단까지. 팀의 최고참의 위치에서도 전성기 못지않은 활약을 이어가는 그를 두고서 그저 최고라는 말밖에는 더 설명할 방법이 없다는 듯 이범호 감독은 연신 선수를 치켜세웠다.

정말 고마워요. 때로는 선수들의 체력 안배가 필요할 때 형우가 외야 수비도 맡아주죠. 누구 하나라도 빠지면 공격에 마이너스가 될 텐데 최고참, 고참 할 것 없이 서로를 도우면서 경기를 책임져요. 이게 우리 팀이 잘되고 있는 이유 아닐까요.

여전한 활약과 헌신의 노력을 이어가는 그를 감독은 물론 팬들 역시도 사랑하지 않을 수 없었다. 덕분에 나서게 된 올스타전에서 그는 젊은 선수들 사이에서 이 자리에 있어도 되나 하는 생각에 초반에는 머쓱하기도 했다고 한다. 그러나 팬들의 사랑에 보답할 줄 아는 그는 시원한 홈런포를 선사하며 올스타전 MVP로 선정되는 영예를 안았다. 이는 역대 최고령 미스터 올스타. 팬들에게, 그리고 후배들에게, 나이가 들어도 충분히 할 수 있다는 울림 있는 메시지를 전하며 축제의 대미를 장식했다.

이렇게 연신 새 기록을 경신하고, 새 장면을 연출하며, 최고의 활약을 이어가던 차에 불의의 부상을 피할 수 없었다. 8월 초 내복사근 부상으로 엔트리에서 빠지게 된 것. 그러나 최형우는 원정길에 동행하며 선수단과 함께 훈련을 이어갔다. 그의 존재 자체가 얼마나 값진지 느낄 수 있는 대목이었다.

함께 힘을 보태고 싶다고 해서 원정길도 같이 다니기로 했습니다. 경기에 뛰지는 못해도 덕아웃에서 형우가 할 수 있는 일이 있고, 후배들에게 해줄 수 있는 말이 분명히 있어요. 그것만으로도 큰 힘이 될 겁니다. 그렇지만 섣불리 경기에 나서는 일은 없습니다. 지금 팀 상황이 급한 것도 맞지만 앞으로 더 중요한 경기가 남아 있어요. 완벽한 복귀를 기다립니다.

약 20일 정도의 공백 이후에 맏형이 돌아왔다. 건강하게. 광주 홈 경기에서 치르게 된 복귀전. 지명타자로 선발 출전한 그는 첫 타석부터 홈런으로 시원하게 복귀 신고를 알렸다. 중심타자다웠고, 베테랑다웠으며, 최형우다웠다. 그리고 머지않아 그는 100타점을 달성했다. 개인적으로는 2020년 이후 4년 만이었고, KBO리그 역사에서는 역대 최고령 100타점 기록이었다.

다시 느껴보는 100타점에 '아직 내가 죽지 않았구나.'라는 생각이 들었다는 최형우. 그를 상징하는 기록은 단연 타점이다. 비단 시간의 축적이나 경험의 연속으로 만들 수 있는 기록이 아니다. 득점권 상황, 더 큰 압박을 이겨내고 더 심한 견제를 극복하며 주자를 홈으로 불러

들인다는 건 팀 승리에 직결되기도 하고, 그렇지 않더라도 응원을 전하는 팬들에게 위안을 전하는 법이다.

여전히 늙지도 낡지도 않은 변함없는 기량으로 타선을 이끈다. 선구안으로, 정교함으로, 때로는 자신을 희생하고 때로는 직접 홈을 밟으며 만들어내는 타점. 이 타점은 해결사를 외치는 팬들의 함성에 가장 적합한 타자는 바로 최형우라는 사실을 증명하는 지표다. 그리고 그가 타석에 들어설 때마다 한결같은 반응으로 그를 지지하는 한 사람이 있다. 바로 이범호 감독.

예전에 함께 선수 생활할 때랑 똑같아요. 지금도 제가 타석에 들어갈 때마다 '하나 치고 온나'하고 편하게 얘기하시고 '주자 있으니까 이거 꼭 쳐야 된다'라면서 장난도 많이 치시죠.

감독님이랑은 어떤 사이라고 표현할 수 있을까요?

저랑은 거의 뭐 옆집 형 동생 사이죠.

친하게 지내셨던 건 알지만, 그래도 감독이 되신 이후에는 달라진 점도 있지 않나요?

진짜로 없어요. 감독님께서 어떻게 생각하실지는 모르겠는데 제가 느끼는 감독님은 똑같아요.

그러면서 이범호 감독에 대해 예나 지금이나, 선수들뿐 아니라 코칭 스태프까지 다 편하게 해주는 사람이라고 설명했다. 이전에도 인터뷰를 통해 선수단과의 관계에 있어서 전혀 달라진 게 없다는 걸 이범호 감독을 통해 들을 수 있었지만, 선수단의 생각은 어떨지 궁금했다. 그런데 반응은 같았다. 감독도 선수도, 이전과 다르지 않게 서로를 대할 뿐이었다. 그저 호칭만 달라졌을 뿐, 그들의 사이나 관계가 달라지지는 않았다.

감독님께서도 그렇게 말씀하셨습니다. 자신은 크게 달라진 게 정말로 없다고요. 근데 저는 그게 어떻게 가능할지가 너무 궁금했어요. 그래서 최형우 선수에게도 직접 물어보러 온 것이거든요.

저도예요. 저도 진짜, 솔직히 궁금했거든요. 왜냐하면 제가 정말 많은 감독들을 봤잖아요.

그렇죠.

솔직히 말씀드리면, 다 변해요. 정말로 다 변하더라고요. 사람이 권위가 있는 자리에 가면 저렇게 변할 수 있다는 걸 계속 봐왔어요. 그래서 저는 지금까지 23년 동안 야구를 하면서 '나는 저렇게 되지 말아야지'라고 생각하면서 살았거든요. 그런데 우리 감독님은 똑같아요. 그래서 짜증나요. 하하. 제가 원했던 길을 먼저 개척해버렸어요.

선수로, 이제는 지도자로 앞으로 나아갈 길을 직접 열어가며 몸소 보여주고 있는, 변함없는 선배이자 형, 그리고 우리 감독님. 올 시즌 최연소 감독과 팀의 최고참이 함께 보여주는 케미스트리는 곧 팀의 분위기로 이어진다. 편하고, 밝고, 유쾌한 타이거즈. 그 안에는 맏형, 최형우가 있다.

16

실책

어느 시대에도, 어느 종목에도, 쉬운 우승, 편한 우승은 없었다. 예상치 못한 암초에 흔들리고, 뜻하지 않은 난관에 부딪히면서도 그걸 버티고 견뎌내야 우승도 따라오는 법이었다. 많은 사람이 함께 만들어 가는 장기 레이스에서 어느 하나 위기 없이 시즌을 치르는 것은 그야말로 불가능이기 때문이다. 이번 시즌의 타이거즈 역시 쉽지 않고, 편치 않은 정상 유지를 이어가야 했다. 시즌 내내 그들을 괴롭힌, 가장 큰 두 가지 요인. 하나는 부상, 그리고 또 하나는 바로 실책이었다.

부상은 그야말로 불의의 사고다. 아무리 조심해도 어쩔 수 없이, 그야말로 예기치 않게 닥치는 이변이다. 관리 소홀과 부주의로 인한 경우도 없는 것은 아니지만, 프로선수라면 흔치 않다. 보통은 경기중 내지는 훈련 중에 피하지 못한 사고로 부상이 생긴다. 그래서 언제나 부상은 보는 사람까지도 안타깝게 만든다. 특히나 야구와 같이 무거운 배트를 휘두르거나 이에 맞서고, 빠른 공을 던지거나 마주하는 종목의 특성상 위험은 곳곳에 도사리고 있다. 타이거즈의 올 시즌은 그야말로 부상의 연속이었다. 주축 선수 가릴 것 없이 많은 선수가 피하지 못했다.

그런데 실책은 이야기가 조금 다르다. 물론 실책을 하고 싶어 하는 선수는 없다. 모두가 하지 않기 위해 애쓰고, 이를 위한 연습 시간도 충분히 할애하는데도 나도 모르게 나오는 그런 실수들일 것이다. 그런데 이는 더 강도 높은 훈련이나 집중력을 통해 충분히 메울 수 있는 영역으로 보이기도 한다. 그래서 야구를 사랑하는 팬들도 실책에 대해서만큼은 쉽게 받아들이기 어려운 것이다.

분위기는 찬물을 끼얹은 듯 싸늘해진다. 실점으로 이어진다면 상

황은 더 나빠진다. 그렇지 않더라도, 실수 하나로 인해 이닝을 마치지 못해 투수의 투구수가 불필요하게 늘어나고, 야수들의 수비 시간이 길어지고, 상대에게 더 많은 기회를 허용하게 되면 그날 경기 운영 자체에 큰 차질이 생긴다. 이렇듯 실책 하나가 부르는 나비효과는 너무나도 크기에, 더 답답해지고, 때로는 화도 난다.

시즌 초반부터 타이거즈의 실책은 2위와도 꽤 차이를 보이는 압도적인 1위라는 불명예를 안고 있었다. 잊을 만하면 나오는 이 실책으로 쉽게 가는 듯 보이는 경기를 어렵게 끌고 가며 팬들의 애간장을 태웠고, 때로는 한순간에 분위기를 상대에게 빼앗기며 경기를 내주기도 했다. 144경기를 모두 이길 수 없다는 건 알지만, 위와 같은 이유로, 실책으로 내주는 경기는 쉽게 용납하기가 어려웠다.

그리고 이 화살은 경기의 총책임자, 감독에게 향할 수밖에 없었다.

치명적인 실책에 일단은 너무나도 화가 난다. 그러나 이미 되돌릴 수 없는 일. 그러니 이는 지나갔다고 치더라도 이후의 조치를 원하는 것이다. 바로 교체 또는 다음 경기 라인업에서 제외하는 것. 그도 그럴 것이 경기에 집중하지 못하는 선수에게 교체라는 메시지를 통해 책임을 통감하게 하거나, 때로는 자신의 실수로 인해 경기를 두려워하는 선수에게 안정을 주면서 분위기를 바꿔 가는 것도 필요하다고 생각하기 때문이다.

맞는 말이다. 이범호 감독 역시도 시행착오가 있을 땐 빠르게 인정하기도 하고, 때로는 단호한 교체를 통해 확실한 메시지를 전하기도 한다. 그러나 많지는 않았다. 즉 이런 행동이 필요한 순간은 한정적이었다는 것. 매 순간 감독이 반응한다고 해서 선수들에게, 팀에게 좋은 결과를 불러올까? 그렇지 않다고 생각했다. 의욕을 잃을 수도 있고, 경직될 수도 있다. 우리는 오늘만 경기를 치르는 게 아니고, 선수는 오늘만 야구를 할 게 아니니까. 더불어 잦은 울림보다, 단 한 순간 전하는 강력한 메시지 하나가 더 큰 효과를 본다는 건 당연한 이치다.

그런 말도 많았어요. 왜 선수들이 실수하고, 못하는데 경기에서 빼지도 못하냐고요. 부진이 좀 길어질 때, 경기중에 실책을 할 때 과감하게 빼야 하는데 왜 그렇게 강단이 없냐는 거죠. 그런데 저는 선수를 제 맘대로 넣고 빼고 하는 게 감독의 강단인가 싶어요.

단호한 교체. 감독은 강단 있어 보일 수 있다. 그러나 그렇게 경기에서 빠지게 된 선수는 혼자서만 죄인이 된다. 그러나 본헤드 플레이가 아닌, 진짜 의욕이 앞서 저지르게 된 실수라면 같이 감내하자는 뜻으로 믿음을 전하는 것이다. 선수를 교체한다는 것은 그 선수에게만 모든 책임을 묻는 것처럼 보일 수도 있으니까 말이다.

물론 프로선수라면 경기를 지켜보는 팬들을 위해서, 자신에게 주어진 역할을 완벽히 수행하기 위해서, 더욱 경기에 집중하고 실수도 나오지 않도록 해야 한다. 실책이 나오더라도 그 책임이나 비판마저도 감수하는 것이 프로선수의 숙명일 수도 있다. 그러나 이 안에는 선수만의 실수만 들어있는 게 아니라는 것, 이게 바로 이범호 감독의 생각이다.

라인업은 제가 짭니다. 각 파트 코치들과 상의하지만, 결국 최종 결정을 내리는 건 저란 말이죠. 근데 그 라인업에 든 선수가 경기 중 실수하거나 타석에서 기회를 못 살렸어요. 그럼 선수 탓이 아니고 그 라인업을 낸 제 탓인 거예요. 저는 그렇게 생각하고 경기를 내보냅니다.

실수한 선수의 기분을 살핀다거나, 무작정 믿음을 전하는 것이 아니다. 그저 선수 한 명이 저지른 실수 안에 감독인 나의 책임도 함께 있다는 마음. 그래서 이범호 감독은 그 책임의 화살을 선수에게 돌리지 않고, 자신에게 돌리며 어떤 방법으로 이 상황을 이겨낼 것인가를 고민하는 것이다. 그렇기에 그의 선택지에는 교체나 라인업 제외만이 전부가 아닌 것이다.

제가 라인업에 넣지 않았으면 그럴 일이 없었을 텐데, 제가 이름을 넣었기 때문에 벌어진 거잖아요. 그럼 혼자 이렇게 생각합니다. '누구 탓이야? 내 탓이지. 범호야, 네 탓이야.' 더 세심하게 체크를 했어야 하는 거죠. 다만 그 모든 상황을 제가 다 예상할 수는 없잖아요.

그렇죠. 신도 아니고요.

그래도 무사히 이기면 그날은 성공이라고 생각하고 다음 날을 계획합니다. 단, 감독이 선수를 라인업에 넣느냐, 넣지 않느냐에 너무 권위가 들어가 있으면 팀이 잘못되지 않을까, 저는 그렇게 생각합니다.

사실 실책이라는 게 결코 가볍게 생각할 일은 아니다. 투타에서 모두 최상위권에 올라 있을 만큼 역대급 전력을 자랑하며 선두를 질주하고 있음에도, 승부처에서 이 실책이라는 것이 어떤 변수가 될지 모르기 때문에 끝까지 지켜봐야 한다는 시선이 많았다. 더불어 포스트시즌과 같은 단기전에서는 정규시즌과는 또 다른, 그 이상의 위험 요소로 작용할 수 있다는 판단으로 그들의 대권 도전에 비관적인 눈초리를 지워낼 수 없는 것이 현실이었다.

이범호 감독 역시도 누구보다 냉정하게 이 부분을 인지하려 한다. 그래서 초반과 다르게 때로는 단호한 메시지를 선수단에게 전하는 모습도 종종 볼 수 있었다. 그러나 큰 줄기는 다르지 않다. 우리가 나아가야 하는 길은 올해만으로 끝나는 것이 아니기 때문에. 더 긴 호흡으로, 더 많은 것을 챙길 수 있도록 하는 것이 핵심이다.

제가 선수들을 편하게 대하는 게 좋은 점도 있지만 반대
로 부족한 부분도 생깁니다. 단적으로 실책이 많이 늘어났잖아
요. 그런데 이건 내년에 또 다르지 않을까요. 당연히 줄어들 거
라고 저는 믿습니다. 그래서 잠깐 우리가 주춤하더라도 기다려
주는 것도 필요하다고 생각해요. 가끔 실수해도 그걸 가지고
선수들에게 상처를 주기보다 다독여주는 방향으로 가면, 그 상
처가 더 빨리 치유되고 그렇게 우리 팀은 오랫동안 좋은 성적
을 낼 수 있지 않을까요. 지금 우리, 잘하고 있잖아요.

'우리 잘하고 있다.' 그렇다. 타이거즈는 6월 중순 이후 단 한 번도
순위표 가장 높은 자리에서 내려간 적이 없다. 2위와의 승차도 어느
정도 여유가 있었다. 다만 격차가 넉넉해 보이는 듯한 승차에도, 불안
했던 것도 사실이다. 실책으로 인해 한두 경기 내줄 때면 단숨에 따라
잡힐 것만 같은 불길함을 줬다.

그럼에도 불구하고, 타이거즈는 정상을 지켜갔고, 신기하리만큼 2
위와의 정면승부 맞대결에서는 그들을 대차게 밀어내며 오히려 정상
을 공고히 했다. '실책이 없었더라면 더 편하게 정상을 지키지 않았을
까.' '실책이 없었더라면 마지막까지 경기를 편하게 볼 수 있지 않았
을까.' 모두 가정에 불과한 이야기다. 정말 그 가정이 성사됐을 때 실
제로 무슨 일이 일어났을지는 아무도 알 수 없다.

우리가 알고 있고, 알 수 있는 확실한 사실 하나. 타이거즈는 1등이
다. 그 위에 다른 팀은 없다.

17

기다림,
그리고 믿음

지난 시즌 종료 후 타이거즈는 외국인 선수 구성을 순조롭게 마쳤다. 기대감에 미치지 못했던 외국인 투수는 새 얼굴을 찾는 것으로 가닥을 잡아갔고, 외국인 타자는 재계약 여부에 있어서 크게 망설이지 않았다. KBO 데뷔 시즌 불의의 부상 속에서도 0.311의 타율로 성공적으로 한국 무대에 안착한 소크라테스는 두 번째 시즌인 지난해에도 20홈런에 96타점을 기록하며 준수한 활약으로 계속 타이거즈와 함께하게 됐다.

KBO리그에서 외국인 선수에게 기대하는 역할은 늘 확실하다. 성장 아닌 성과에 절대적인 초점이 맞춰져 있기에 당장 오늘, 올 시즌 잘해야만 한다. 따라서 새로운 선수라면 가능한 한 빠르게 적응을 마쳐야 하고, 경험이 있는 선수라면 누적된 데이터에 따른 상대 견제를 어떻게든 이겨내야 한다. 신입이면 신입 나름대로, 경력자면 경력자 나름대로 고민과 기대가 공존하는 이유다.

세 번째 시즌을 맞는 외국인 타자. 리그나 상대 투수에 대한 적응 면에서는 걱정할 일이 없지만 그만큼 상대팀에게도 많은 것이 노출됐다. 그만큼 상대는 더 치밀하고, 완벽하게 타자를 분석해 약점을 파고든다. 소크라테스는 '경력자'로서 이런 부분까지 이겨내면서 지난 2년간 보여줬던 활약을 이어갈 수 있을지가 관건이었다.

그런데 올 시즌 출발에 있어서 그는 빠르게 재계약을 결정할 만큼의 기대감을 충족하지는 못했었다. 사실 그는 잘 알려진 슬로우 스타터다. 초반에 부침을 겪다가 날이 따뜻해지기 시작하면 완벽하게 살아나는 페이스를 지난 2년 동안 보여줬다. 게다가 올 시즌 KBO리그는 평소보다 더 빠르게 개막을 알렸다. 그러니 날이 따뜻해지기까지 시간이 조금은 더 걸릴 수도 있겠다고, 하지만 금방 살아날 거라고 믿으며 환절기가 지나고 기온이 훌쩍 오를 날만을 기다리고 있었다.

하지만 '소크라테스의 계절'은 5월이 지나도 찾아오지 않는 것 같았다. 부진이라고 하기에도 애매하긴 했지만, 왠지 모르게 아쉬운 느낌이었다고 해야 할까. 주축 선수들의 부상 이탈 속에서도 굳건하던 타이거즈 타선에 뭔가 모를 허점이 외국인 타자에게서 느껴지다 보니 그 체감은 더할 수밖에 없었다. 게다가 이례적으로 거의 모든 팀이 이렇게 외국인 타자를 잘 뽑을 수 있나 싶을 정도의 느낌을 주는 시즌 초반이었다. 새로 온 선수든 재계약을 한 선수든, 시작부터 팬들이 외국인 타자에게 기대하는 역할을 해내며 잘했다. 그러니 '상대적' 부진은 더 커 보이는 법이었다.

그래서인지 경기전 타이거즈의 덕아웃에서는 언제부턴가 소크라테스에 관한 이야기 역시 빠지지 않게 됐다. 감독이 보기에 아쉽지는 않은지, 이렇게 출발이 좋은 시즌에 대권에 도전하는 만큼 빠른 결단이 필요한 건 아닌지. 그러나 이범호 감독은 변함없는 믿음을 늘 드러냈다. 시즌 초 어느 날 덕아웃 취재 시간에 전한 그의 이야기다.

지금 보시면 다른 팀 외국인 선수들이 초반에 잘하다가 차츰 내려가는 흐름이에요. 그런데 소크라테스는 차차 올라가고 있습니다. 사실 지금도 아쉬워 보일 수는 있는데 지금까지 소크라테스의 페이스가 그렇게 나쁜 건 아니에요. 여기에 스스로도 잘하고자 하는 의욕이 강하고 신경을 많이 쓰고 있으니 금방 기대했던 모습을 보여주리라 믿습니다. 체력적으로 문제가 없다는 것도 입증됐고요.

다만 그 속내를 들여다보면 총책임자로서는 마음이 복잡할 수 있다. 사실 그도 미래를 정확하게 내다볼 수는 없기에 진짜로 변화가 필요한 건지, 아니면 이전처럼 믿고 두면 되는 건지 판단이 쉽지는 않다. 미디어에서 내놓는 '위기론'이나 '교체설' 역시 아예 일리가 없는 말이라고 할 수는 없기 때문에 신경을 쓰지 않을 수도 없다.

어찌 됐든 현장에서만 결론을 내릴 수 있는 부분도 아니다. 많은 구성원과 조율해야 하고, 현재 상황으로서는 어떤 선택이든 시간이 필요했다. 단 모든 경우의 수를 따지고 봤을 때 결국 가장 좋은 시나리오는 소크라테스가 반등하는 것이라는 건 이견이 없었을 것이다. 새로운 모험을 감행하면서 뒤따를 수 있는 위험 요소를 감수하는 것보다 훨씬 안전하고 편하다. 다만 소크라테스가 제 모습을 반드시 찾아야만 옳은 선택이 되는 것이다.

그런데 이를 차치하고라도 이범호 감독은 소크라테스를 믿었다. 그가 지난 2년 동안 타이거즈의 일원으로서 보여준 모습은 실력뿐 아니라 태도 면에서도 그에게 믿음을 싣기에 충분했기 때문이다. 한순간의 상대적인 비교보다는 긴 레이스를 두고 봤을 때 이만한 외국인 선수도 또 없었다.

저는 구단에 소크라테스를 바꿨으면 좋겠다는 이야기를 한 적이 없어요. 더 나은 선수가 있다는 리스트를 주면 보기는 했죠. 그 리스트에 있던 선수가 다른 팀의 대체 외국인 선수로

오기도 했고요. 근데 제가 봤을 때는 소크라테스보다 낫지 않았어요. 여기서 3년을 뛴 선수랑 갑자기 시즌 중에 들어온 선수랑 비교하면 그래도 3년 된 선수가 더 잘하지 않을까요? 그리고 결정적으로 소크라테스는 확실한 단점이 없는 편이에요. 그럼 이 선수가 못한다고 생각할 수 있을까? 그건 아니죠.

이 상황에 감독이 할 수 있는 건 선수가 살아날 수 있도록 최대한의 도움을 주는 것이다. 2년 정도 함께했기에 그가 어떻게 해야 다시 본인의 감을 찾을 수 있는지는 분명히 알고 있었다. 더구나 그의 부진을 두고 본의 아니게 외부에서 자꾸 선수를 흔드는 상황이었기에 최대한 부담을 덜 주는 것이 필요했다.

외국인 선수들을 보면 다양한 유형이 있잖아요.

그렇죠. 좀 흥이 많은 선수도 있고, 의외로 차분한 선수도 있고요.

소크라테스는 차분한 스타일이에요. 조용히 놔두면 자기가 알아서 잘하는 선수입니다. 오히려 뭐라고 하면 괜히 더 소심해질 수 있어요.

누구보다 잘하고 싶은 건 선수 본인. 그리고 어렵고 복잡한 결정 대신 가장 간단하고 쉬운 방법인 선수의 반등을 누구보다 바라는 건 팀의 구성원. 사실 차분하고 소심한 그의 성격이 프로선수로서 때로는 단점이 된다는 것을 알고 있지만, 지금은 장점에 주목해 그가 다시 살

아나는 방법만을 고심해야 하는 때이므로 환경적으로 어떤 도움을 줘야 하는지를 고민했다.

우선 타순 배치를 통해 심적으로 부담을 덜고, 자신의 강점을 살릴 수 있도록 했다. 리그 최정상급 타자들이 중심타선에 포진한 만큼 이에 특히 더 신경을 쓸 상대 투수의 심리를 고려한 선택이었다. 더불어 무엇보다 중요한 건 믿음을 꾸준히 전하는 것이었다. '알아서 잘할 선수'니까. 선수를 압박하거나 몰아붙이는 것보다 최대한 편한 분위기 속에서 자신의 페이스를 찾을 수 있도록 괜찮다고 다독였다.

그렇게 소크라테스는 살아났다. 5월부터 무섭게 살아났던 지난 2년과는 달리 올해는 5월까지도 2할대 타율로 아쉬웠지만, 조금씩 홈런 개수를 늘리고 타율을 끌어올리며 6월 이후에는 확실하게 본인의 리들을 찾으며 팀 타선에 크게 힘을 보탰다. 앞선 이범호 감독의 이야기와 같이 체력적으로도 문제가 없는 소크라테스는 140경기를 소화하며 팀의 정상 질주에 크게 보탬이 됐다.

교체 위기 앞에 놓였던 지난날이 무색할 만큼 어느덧 타율 3할 돌파, 그리고 자신의 한 시즌 최다 홈런 기록까지 경신하며 커리어 하이 시즌을 만들고 있는 그는 구단 외국인 선수의 새 역사까지 써 나간다. 구단 외국인 선수 최초로 3년 연속 150안타 이상을 기록하면서 꾸준히 잘하는 선수의 모습을 입증했다. 이는 KBO리그 역대 23번째 기록으로 구단의 역사뿐 아니라 KBO 역사에서도 크게 의미 있는 기록이었다.

이렇게 살아난 소크라테스는 여러 가지로 자신의 최고의 시즌을 만들어 가고 있다. 뜨거운 팬들의 함성 아래, 최고의 구성원들과 함께 만드는 유쾌한 분위기 속에, KBO리그 세 번째 시즌을 개인적으로도 가장 좋은 기록으로 장식해 가며, 팀의 숙원이자 자신의 간절한 소망인 우승을 향해 나아간다. 그러면서도 그는 어려웠던 지난날을 잊지 않고 마음에 새긴다.

이범호 감독님께 특히 감사합니다. 감독님이 '믿는다'고 계속해서 이야기해주셨고, 행동으로도 믿음을 보여주셨죠. 정말 감사하고 그 믿음을 소중하게 생각하겠습니다.

믿음의 배경에는 작은 것에만 매몰되지 않는 기준과 신념이 있었다. '지금 소크라테스 페이스가 그렇게 나쁜 건 아니에요.' 누군가는

오늘 타석에서 고개 숙인 모습만 기억하고, 누군가는 어제 수비에서
아쉬웠던 모습만 기억하지만, 감독은 전체적인 흐름이 나쁘지 않다는
걸 인지한다. 조급한 마음도 들고 불안한 생각도 떠오르지만, 더 잘하
는, 더 잘하고 있는 것을 떠올리는 것. 이는 선수와 감독 모두에게 긍
정적인 영향을 준다.

  야수는 어느 하나만 소화하지 않는다. 그리고 야구 선수는 오늘 하
루만 생각하지 않는다. 아쉬운 수비는 타석에서의 집중력을 높이는
원동력이 될 수 있고, 어제의 시련은 오늘의 반등에 기폭제가 될 수
있다. 감독 역시도 마찬가지다. 어느 한 순간, 한 지점만을 파고드는
게 본인에게 크게 도움이 되지는 않을 것이다. 여유로운 호흡으로 믿
음을 전한다면 원하는 결과를 마침내 보게 되고 관계 역시 두터워지
게 된다.

        감독을 하면서 제일 힘들 때가 있습니다. 어느 한 장면으
로 인해 선수가 못한 게 될 때, 그리고 기록이 상충하는 경우요.
야수는 공수주 세 개를 다 해야 하잖아요. 예를 들어 선수가 3
안타 2도루로 3득점을 만들어서 우리가 3 대 1로 이기고 있었는
데, 마지막 실책으로 3 대 4로 지죠. 그럼 앞에 기여했던 3점은
보지 않고, 마지막 실수한 것만 보여요. 결과적으로 '못한 선수'
가 되는 거예요. 그리고 또 다른 건. 어떤 선수가 득점권 타율이
3할3푼이에요. 근데 8회 득점 기회가 걸렸는데, 그 선수의 8회
성적이 7타수 1안타예요. 그럼 어떤 확률이 더 중요할까. 정답
이 없죠. 결국엔 결과에 대해서만 생각하거든요. 그럼 한 번 못

한 선수는 계속 못하는 선수가 되는 거예요. 근데 저는 어떤 상황이든 편하게 만들어주고 싶어요. '못 쳐도 괜찮아. 어차피 못 칠 수도 있는 건데 왜 부담을 가져. 와서 수비하면 돼. 갔다 와.' 이렇게 선수들에게 말하거든요. 그렇게 편하게 한 두 번씩 성공하다 보면 자신감이 생기고 한 단계 올라서게 되는 거예요. 그걸 만들어주는 게 제가 해야 할 일이에요. 좋은 기록을 믿어보고 할 수 있다고 생각하는 게 오히려 확률이 높지 않나 싶습니다.

18

버티는 달이었다

Tigers

185 무너지지 않았다

이범호 감독이 타격 코치 시절부터 진단했던 위기, 감독이 되고 나서는 더 경계를 늦추지 않았던 그 시기가 마침내 찾아왔다. 바로 6월. 최근 몇 년 동안 해마다 우리가 무너졌던, 바로 그 6월이 시작된 것이다. 당시 파악했던 원인으로 스프링캠프, 시범경기부터 너무 달리다 6월에 힘이 빠진다는 것이 있었지만 그것 말고도 한 가지가 더 있었다.

저희 일정을 보면 6월에 보통 수도권 원정 연전이 있습니다. 근데 수도권 팀들은 대부분 강팀이죠. 거기가 고비입니다. 그래서 우리에겐 6월을 잘 버티는 게 가장 중요해요.

올해 역시 크게 다르지 않았다. 초반 혼란한 틈을 지나 4월 9일부터는 이런저런 어려움 속에서도 계속 순위표 가장 높은 자리를 지켜나가고 있었다. 그러다 연속 루징시리즈로 휘청였고, 두 달 가까이 지켜오던 가장 높은 자리를 내주고, 59일 만에 2위로 내려오게 됐다. 6월 7일. 설상가상으로 이때부터 이범호 감독이 가장 경계했던 수도권 9연전이 시작됐다.

베어스와의 3연전에서는 이틀 연속 1점 차 패배로 루징시리즈. 그리고 랜더스와의 3연전에서는 첫 경기부터 연장 10회, 마무리가 흔들리며 상대 루키에게 뼈아픈 끝내기 안타를 맞았다. 아쉬운 역전패. 그리고 다음 날 흐름을 곧바로 바꾸는가 싶었지만 이어가지 못하며 또 한 번 루징시리즈. 그렇게 2주간 한 번도 위닝시리즈를 가져가지 못하며 좀처럼 상승세의 흐름을 되찾지 못했다.

그래도 이범호 감독은 어느 정도 예상했던 결과라고 다독이며 흔들리지 않으려 애썼다. 그 결과 마지막 위즈와의 3연전에서 시리즈 스윕을 달성하며 다시 1위를 탈환해냈다. 그동안의 결과로 봤을 땐 아쉬움이 남을 수도 있었지만, 이범호 감독은 그래도 가장 걱정했던 수도권 원정 9연전을 5승 4패, 승패 마진 플러스로 마무리 지었다는 점에 의미를 두며 길었던 열흘의 일정을 끝냈다.

'이 정도면 괜찮다. 이렇게 무사히만 잘 넘어가자.' 쓰린 마음을 달래며 6월의 막바지로 향하던 어느 날. 진짜로 우려했던 일이 벌어지고 말았다. 불명예스러운 1주일 그 자체였다. 역대 최다 점수 차 역전을 허용하며 한 주를 시작했다. 그래도 동점을 만들며 패배만큼은 막아낼 수 있었지만, 13점 차의 리드를 지키지 못했다는 충격은 너무나도 컸다. 그 후유증 역시 상당했다. 시리즈의 이어지는 경기까지 모두 내주고 말았고, 새로운 주말 시리즈 첫 경기에서도 너무 많은 실점을 내주며 쉽게 회복하지 못하는 모습이었다.

1무 3패. 사실 그렇게 긴 연패에 빠진 것도 아니었지만 내용상 충격이 너무나도 컸다. 후유증 역시 클 수밖에 없는 상황. 그래도 하늘이 도왔다. 마지막 주말, 연일 비가 쏟아지며 이틀 연속 경기가 우천 취소됐다. 무-패-패-패-취-취. 그렇게 하늘의 도움으로 패배가 더 이어지진 않았으나, 6월의 마지막 주를 승리 없이 마무리했다. 예상대로, 6월은 6월이었다.

올해도 6월에 모든 일이 다 일어났습니다.

말 그대로 버티는 달이었어요. 조금씩 흔들려도 와르르 무너지지는 않았으니까 그래도 괜찮겠다 싶었죠. 근데 14 대 1

에서 무승부로 끝난 날이 있었잖아요. 그때는 너무 힘들더라고
요. 그래도 그날 미팅도 안 했습니다.

　　이유가 있었나요?

　　6월엔 무슨 일이 일어나도 아무 말도 안 할 거라고 마음
먹고 있었거든요. 집중도가 떨어지는 시기인데, 뭐라고 할수록
더 밑으로만 내려간다는 걸 알고 있었습니다. 그냥 '결국엔 왔
구나. 우리의 고비가 이렇게 왔네.' 생각했습니다. 그래서 버텨
보자고 다짐했는데 안 되더라고요. 진짜 6월은 쉽게 넘어가지
않는다는 걸 또 한 번 느꼈습니다. 그래도 다음 날 비가 오고,
일요일까지 우천 취소되면서 사흘을 쉬었어요.

　　일요일이 6월 30일. 그렇게 6월이 끝났죠.

　　이제 됐다고 생각했습니다. 처음으로 승패 마진 마이너스
를 기록한 달이었는데, 그래도 마이너스 1이었죠. 6월에 더 치
고 나가지 못한다는 이야기를 많이 들었는데 사실 저희는 늘
그래왔어요. 이 정도 버틴 게 다행인 수준이라고 생각했죠.

비로 인해 3일을 쉬었다지만, 일주일을 그렇게 보냈는데 그 충격이
쉽게 가실까도 싶었다. 팬들 역시도 속상한 일주일이 아닐 수 없었다.
선수들 역시 몸도, 마음도 많이 지칠만한 시기. 그리고 바로 이어서
만날 7월의 첫 상대는 호시탐탐 선두를 노리는 라이온즈였다.

　　7월부터 우리 선수들이 힘을 내줄 거라고 믿었습니다. 그
런데 진짜 첫 시리즈였던 대구 원정 경기에서 시리즈 스윕을

한 거예요.

사실 그 시리즈 안에는 이범호 감독이 그동안 잘 보이지 않았던 냉
정한 모습이 있었다. 시리즈 첫 경기에서 초반 김도영을 빠르게 교체
한 것. 앞선 수비에서 다소 아쉬운 플레이를 보이기도 했고 특별한 부
상 리포트도 없었기 때문에 그 결정은 '문책성 교체'였음을 알게 했
다. 웬만한 실수는 감쌌던 그의 또 다른 모습을 드러낸 순간이었다.

젊은 선수에게 조금은 가혹할 수 있는 결단이었다는 걸 이범호 감
독도 안다. 그래서 경기를 마치고 따로 대화를 나누며 혹여나 생길 수
있는 오해를 지우는 시간도 가졌다. 다만 경기중에는 더 큰 걸 생각해
야만 했다. 144경기 중 단 한 경기, 그 안에서 나올 수 있는 단 하나의

실책에 불과한 것이 아닐 수 있다는 생각. 지금 이 순간은 올 시즌 우리 팀에게, 그리고 향후 오랫동안 야구를 할 김도영에게, 더 큰 영향을 미칠 수 있는 순간이라고 판단했다. 여기서 전환점을 만들지 않으면 그 후유증은 더욱이 쉽게 해소하지 못할 거라는 생각에 더 단호하게 결정해야만 했다.

그렇게 버티고 버텨서 7월을 맞았잖아요. 근데 그 첫 경기에서 도영이가 초반부터 하지 말아야 할 실수를 한 거죠. 그 날만큼은 더 강한 메시지가 필요하겠다고 생각했습니다. 사실 마음이 많이 쓰였죠. 그래도 그 순간을 넘기니까 결국에는 이기더라고요.

앞서 소개했던 김도영과의 에피소드대로 정말 많은 고민이 담겨 있었고, 그 걱정은 경기가 끝날 때까지 이범호 감독을 괴롭혔다. 그러나 결과는 해피엔딩. 팀도 이겨냈고, 김도영도 더 큰 배움과 함께 모두가 기분 좋게 경기를 마칠 수 있었다. 그렇게 라이온즈와의 원정 3연전을 전부 쓸어 담으며, 가장 많은 올스타를 배출한 타이거즈는 누구보다 행복하게 올스타브레이크를 맞을 수 있었다.

분석한 그래프대로 간다는 걸 몸소 느낄 수 있었던 시간이었죠. 7~8월에도 위기는 오겠죠. 그래도 잘 버텨줄 거라고 믿습니다.

19

고마워 꼬마들

앞서 이야기했듯 6월은 그야말로 가까스로 버티는 달이었다. 우려했던 불안감이 엄습해오고, 부상 이탈은 계속해서 나왔다. 특히나 마운드에서의 어려움이 두드러졌다. 야수 쪽에서는 새로운 선수들이 등장하며 빈자리를 메우기도 하고, 때로는 타선의 응집력을 앞세워 이기는 경기를 만들었다. 그러나 초반 '지키는 경기'에서 의존도가 높았던 구원 투수들이 지치기 시작했고, 누적된 피로도는 전반적인 과부하를 불러왔다. 이전이라면 '지키는 경기'를 내주는 상황이 종종 발생하면서 분위기는 더 처질 수밖에 없었다.

여기에 이의리마저 시즌 아웃이 발표된 가운데 어려움은 고조됐다. 설상가상으로 웬만하면 기다리는 쪽으로 가닥을 잡았던 크로우의 수술이 결정됐고, 사실상 이별이 확정된 상황. 가뜩이나 지켜줄 구원진이 지쳤는데, 긴 이닝을 책임져야 하는 선발 투수들이 연이어 이탈했다. 더불어 한해 농사의 절반, 그 원투펀치의 한 축이 이탈한 것은 전력 면에서도, 심리적인 측면에서도 타격이 클 수밖에 없었다. 프런트는 빠르게 움직이기 시작했고, 현장에서는 현장에서 할 수 있는 일에 충실해야 했다. 우리 안에서 동요가 있거나, 불안해하면 안 됐다. 최대한 긍정적이고 유쾌하게 우리만의 분위기를 잃지 않는 것이 관건.

그렇게 타이거즈는 버텼다. 투수진의 정신적 지주인 양현종이 중심을 잡은 가운데 네일도 함께 에이스 역할을 해준 것도 컸지만, 선발 마운드에서 또 다른 활력을 앞세워 상황을 이겨내니 시너지 효과는 그 이상이었다. 바로 젊은 투수들의 분전과 등장.

6월에는 특히 우리 꼬마들한테 고마웠어요. 영철이, 동하.

야수 쪽에서는 도영이. 사실 젊은 투수를 내보냈을 때는 감독은 생각도 많아지고 긴장감을 조금도 늦출 수 없거든요.

　베테랑들처럼 경기를 풀어가는 능력이 부족할 수 있으니까요.

　근데 우리 젊은 선수들은 믿고 경기에 내보내면 좋은 성적을 내주고, 원하는 걸 다 이뤄냈어요. 그래서 저 역시도 다른 생각하지 않고 믿고 다음을 그릴 수 있었죠.

　사실 이때가 제일 힘들 때였잖아요.

　그렇죠. 덕분에 잘 넘겼다고 생각합니다.

　이범호 감독의 표현대로 꼬마들이었다. 이제 막 프로에 발을 들인 지 나란히 2년 차밖에 되지 않은, 젊다 못해 어린 두 투수. 경험이 많지 않은 만큼 언제나 완벽하진 않더라도 이들은 자신에게 주어진 역할에 충실하며 선발 로테이션을 소화해 갔다.

　첫째, 아프지 않고 자리를 지켜주는 것만으로도 큰 부분이다. 아주 긴 이닝까지는 아니더라도 선발 투수로서 일주일에 한 번 또는 두 번, 경기의 절반 정도를 꾸준히 책임져주는 투수가 있다는 것만으로도 커다란 힘이다. 그리고 두 번째, 젊은 선수답게 씩씩하게 공을 던지는 것. 피해 가거나 주눅 들기보다, 젊기에 할 수 있는 패기 넘치는 정면 승부를 기대하는 것이다.

　이 두 가지 요건을 완벽하게 수행해냈다. 때로는 팀의 승리를 이끌기도 하고, 그렇지 않더라도 마운드에, 그리고 팀에 새로운 활력을 불어넣으며 또 다른 시너지 효과를 불러일으키기에 충분했다. 스타일은 완전히 다르지만, 둘이 가진 공통적인 매력. 바로 지켜보는 사람들을 절로 미소 짓게 하는 팀의 활력소라는 점이다.

먼저 대체 선발로 출발했지만 찾아온 기회를 확실하게 잡아 '대체 불가 선발'로 거듭난 황동하는 투구 자체가 참 시원시원하다. 빠른 템포로 거침없이 자신의 공을 던지는 모습을 보고 있으면 정말이지 지루할 틈이 없다. 야구를 보는 맛이 나게 하는 투수. 안타를 맞더라도 호쾌하게 투구를 이어가는 모습은 지켜보는 사람을 매료시킨다. 이를 직접 지켜본 중계진들이 중계방송 중에는 물론, 중간 광고가 나가는 시간에 '저 친구 물건이다', '정말 매력 있다'는 이야기를 들은 게 한두 번이 아니었다.

어제 동하 선수 등판이었잖아요. 같이 현장에 나갔는데 중계하시는 저희 해설위원님이 옆에서 동하 선수 칭찬을 입에 마르도록 하시더라고요. 매력이 넘친다고요.

맞아요. 우리 동하 진짜 매력 많습니다.

이럴 때 꼭 아빠 미소다.

올해 어려운 상황에 이렇게 자리를 잡을 줄은 몰랐어요.

갑자기 나타났다기보다는 아무래도 작년 선발 경험이 있었으니까요. 그게 도움이 됐던 것 같아요. 사실 저 역시도 올해 이렇게까지 잘해줄 줄은 몰랐어요. 본인에게 찾아온 기회를 어떻게든 잡겠다는 의지가 확실히 보이더라고요. 그래서 조금 힘

든 상황에서도 한번 지켜보고 싶었어요. 어떻게 이겨 나가는지 궁금했거든요.

너무 잘해주다가 살짝 부침이 있기도 했잖아요.

근데 저는 그건 부침이라고 생각하지 않았어요. 계속 지켜봤더니 잘 준비한 부분들이 다시 조금씩 나오더라고요. 선발 투수로서 충분히 경쟁력이 있겠다고 생각하고 기회를 준 겁니다. 근데 이렇게 좋은 성적으로 보여주더라고요. 원래도 욕심이 많고, 도전정신이 있는 선수인데, 기회가 생기면서 그걸 잘 잡은 것 같아요. 정말 매력 있는 선수입니다.

말 그대로 매력을 유감없이 발휘한 올 시즌이었다. 데뷔 2년 차에 풀타임을 소화하며 100이닝 이상을 던지고 4점대 평균자책점으로 자신의 존재감을, 그리고 선발로서의 가능성을 드러냈다. 다만 유일한 아쉬움이 있었다면 그가 등판할 때마다 득점 지원이 적었다는 것. 그래서 유독 승운이 따르지 않았다는 게 아쉬웠지만, 그런 어려운 상황 속에서도 자신의 역할을 꿋꿋하게 해내며 이범호 감독에게도 '믿고 맡긴 보람'을 선물했다.

팀이 필요할 때면 구원 투수로도 마운드에 올라 자신의 역할을 해낸다. 자리와 관계없이, 늘 그래왔던 것처럼, 씩씩하고 당차게. 젊은 선수다운 패기를 앞세워 자신에게 기대하는 모습을 있는 그대로 보여준다. 그 안에는 본인만의 동기부여도 확실하다. 올해 잡은 기회를 절대 놓치지 않겠다는 의지. 성장과 성과를 동시에 만들어 가는 황동하의 발견은 올 시즌의 커다란 수확이자 미래를 위한 위대한 발견이 아닐 수 없다.

윤영철은 지난 시즌 열린 신인드래프트에서 타이거즈의 첫 번째 선택을 받을 만큼 높은 기대감을 가득 안고 프로에 데뷔했다. 그리고 그에 부응하는 활약을 첫해부터 보여줬다. 꾸준히 선발 로테이션을 소화하며 8승을 거뒀고, 올해 역시도 선발 한 자리를 당당히 꿰차며 시즌을 출발했다. 초반 부침이 있었지만 점차 자리를 잡아갔고, 6월에는 자신의 페이스를 찾으며 팀이 어려웠던 그 시기를 잘 버티게 해줬다.

그의 별명은 스마일 피처. 언제, 어디서나 활짝 웃는 그의 모습은 보는 사람까지 절로 미소 짓게 만든다. 상황이 중대할 때는 진지하게 투구를 이어가다가 이겨낸 이후에는 다시 방긋 웃으며 마운드를 내려오는 모습은 그의 트레이드마크. 표정 안에 그 사람의 태도와 인생이 깃

들어 있듯 그의 밝고 유쾌한 표정은 그가 어떤 방식으로 삶을 살아오며 야구를 대했는지 알게 하고, 이는 앞으로에 대한 기대감까지 품게 만든다.

영철이는 올 시즌 안타깝게 부상으로 빠지기 전까지, 신인 시절부터 안정적으로 선발 로테이션을 소화해준 것만으로도 정말 커요. 올해도 이전보다 더 성장했고, 앞으로도 더 성장할 수 있는 선수죠. 선발 투수라는 자부심도 굉장히 큰 것 같고, 더 잘하고 싶은 욕심이 많아서 언제나 노력하는 선수예요. 젊은 선수지만, 생각 자체가 올바른 친구죠. 꾸준히 10승 이상 해줄 수 있고 타이거즈의 선발진을 오래 책임져줄 선수예요.

투수라면 반드시 빠른 공을 던져야만 할 것 같은 시대가 되어버린 요즘 야구에서 윤영철은 자신만의 강점을 앞세워 그만의 길을 간다. 강속구를 던지는 투수는 아니지만 뛰어난 제구력과 안정적인 경기 운영으로 젊은 선수답지 않은 노련함을 자랑한다. 더불어 그의 강점은 새로운 걸 습득하고, 이를 주저 없이 실전에서도 활용할 수 있는 담대한 배짱. 패기와 관록을 동시에 가진 듯한 그는 이범호 감독의 말대로 비단 1~2년이 아닌 오랜 기간 타이거즈의 선발진을 책임질 선수다.

이런 윤영철의 갑작스러운 부상 이탈 소식은 더 안타까움을 자아냈다. 6월 페이스를 끌어올리고 본궤도에 오를 것 같았던 7월의 첫 등판. 초반 허리 통증을 호소하며 마운드를 내려간 뒤 척추 피로골절을 진단받고 프로 입성 후 처음으로 1군 무대에서 오래 자리를 비웠다.

선발진의 계속된 이탈에 윤영철의 빈자리는 더 크게 느껴졌지만, 그
럴수록 더 확실한 치료와 회복이 필요한 법이었다. 다시 한번 그는 향
후 오랫동안 타이거즈 선발진의 주축이 될 재목이니까 말이다.

그래서 몇 달 동안 꾸준히 선발 로테이션을 소화할 수 있는 선수를
찾았다. 생각보다 긴 공백이 예상되는 가운데 한 자리를 계속해서 임
시 선발로만 일정 기간을 꾸려나가기는 어렵다고 판단했기 때문이다.
그 선택을 받은 선수는 바로 김도현. 트레이드로 타이거즈 유니폼을
입었고, 군 복무 후 올 시즌 팀에 합류해 중간 계투로 활약했었다.

이범호 감독은 꾸준히 기회를 줄 것이라는 계획을 밝히며 선수에
게도 남다른 동기부여를 심어줬다. 그리고 보란 듯이 믿음에 보답했
다. 선발 전환 첫 경기에서 5이닝을 무실점으로 막으며 개인적으로는
1,380일 만에 올린 선발승. 그리고 팀으로서는 위기의 선발진에 큰 희
망을 안기는 반가운 호투였다.

솔직히 어느 팀이든 선발진의 4번~5번은 다 비슷하다고
생각해요. 우리 팀만 특히 경험이 부족하다거나 할 수 없어요.
그리고 이건 우리가 겪어야 하는 상황인 겁니다. 좋은 타격을
해줄 수 있는 선배들이 이렇게 든든하게 버티고 있을 때 이 상
황을 발판 삼아 우리 젊은 투수들이 경험을 쌓고, 성장하면, 앞
으로의 우리는 더 강해질 거예요.

사실 윤영철의 이탈 시점은 그간의 어려움 속에서도 '괜찮다', '개
의치 않는다'고 얘기하던 이범호 감독도 이례적으로 '우리 팀 최대 위

기'라고 언급할 만큼 상황이 좋지는 않았다. 그동안의 숱한 위기 중에서도 가장 큰 고비로 생각한 것. 6월이 어느 정도 예상했던 위기라면 지금은 예상치 못한 위기로 큰 어려움이 있을 것으로 생각한 것이다.

영철이가 다치면서 아무래도 이제는 선발이 더 이상 버티기 어려운 때가 오지 않았나 싶어서 최대 위기라는 생각이 들었죠. 그런데 어려운 와중에 어쩌면 크게 기대하지 않았던 선수들이 정말 잘 던져주면서 그걸 넘길 수 있었고요. 기존에 잘해주던 선수들도 흐름을 이어가면서 유지해주고 견딜 수 있었죠.

새로운 에너지의 발산으로, 그리고 새로운 선수의 등장으로 예기치 못한 위기마저도 굳세게 헤쳐 나갔다. 베테랑의 힘으로 위기를 극복하는 때도 있지만, 루키의 힘으로 어려움을 넘어서는 때도 있는 법. 타이거즈는 또 한 번의 고비를 그렇게 이겨 나갔다. 동시에 이 소중한 선수들이 더 좋은 선수로, 잘 성장해 나갈 수 있도록 함께 노력을 기울여야 했다.

그 과정에는 더 세심한 돌봄이 필요하다. 뿌리를 내리고 싹을 틔우는 과정을 잘 만들어야 단단하고 튼튼한 나무가 되는 것처럼 올바른 성장 과정이 있어야 더 큰 선수로 대성할 수 있다. 그리고 그 안에는 좋은 실력뿐 아니라 좋은 정신이 함께 만들어져야 한다.

젊은 선수들이 잘 성장할 수 있도록 하는 데에는 특히 지

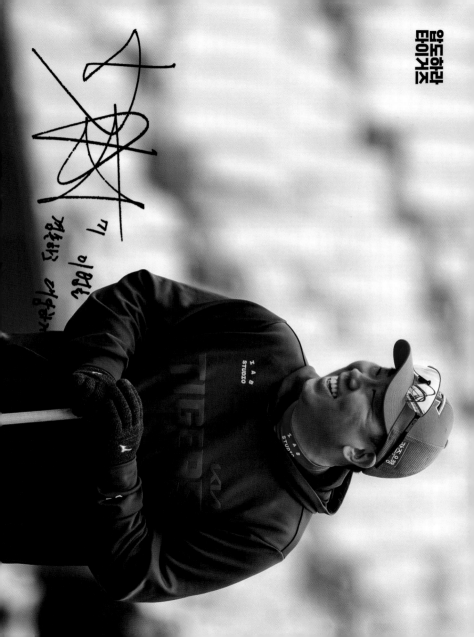

도자의 역할이 중요하잖아요. 감독님은 하고 싶은 걸 하게 해주는 편이라고 여러 번 말씀하셨죠.

그게 중요하다고 생각합니다.

어떤 방식으로 젊은 선수들이 하고 싶은 걸 하면서 옳은 방향으로 가도록 하시나요?

표현을 확실하게 해주는 편이에요. 잘했을 때는 잘했다. 아쉬울 때도 괜찮다고 꼭 말해주면서 이야기하죠. 자신감을 북돋아 주는 게 중요하다고 생각합니다. 젊은 선수들은 본인이 잘했을 때 잘한 건지 잘 모르는 경우가 많아요. 잘했다고 확실하게 얘기해줘야 그걸 스스로 인지하고, 좋은 기억을 새기고서 다음에도 똑같이 잘할 준비를 할 수 있습니다. 자신감도 생길 거고요. 반대로 못한 날에는 아무도 말이 없으면 혼자 생각이 많아지고, 소심해지고, 또 눈치를 보기 시작하죠. 그렇게 주눅이 들면 자신의 기량을 영영 꽃피우지 못할 수 있어요. 괜찮다고, 다음에 잘하면 된다고 다독여야 안 좋은 기억은 금방 잊고 차근차근 새로 준비를 할 수 있죠.

이 역시도 표현의 힘. 특히나 자신이 만든 결과에 확신이 부족한 젊은 선수들에게는 더욱 필요하고, 중요한 부분이었다. 확신은 곧 자신감이다. 이 자신감이 곧 원하는 성과를 만든다. 야구는 물론 대부분의 스포츠가, 아니 인간사의 일 대부분은 결국 '멘탈' 싸움이다. 때로는 흔들리고 넘어져도 정신력이 단단하고 곧게 서 있다면 다시 일어나는 힘이 생긴다. 반대로 아무리 좋은 기술을 가지고 있다고 해도, 마음가짐이 탄탄하지 못하다면 자신과의 싸움에서부터 지게 되고 상대와의 대결에서도 이겨낼 리 만무하다.

좋은 기량을 가진 선수가 프로의 선택을 받고 입성했다면, 이 올곧은 마음을 잘 갖춰야만 이후에도 성장과 발전을 거듭하며 오래오래 살아남을 수 있는 것이다. 그래서 이범호 감독은 좋은 마음이 자라나 탄탄하게 자리 잡고 좋은 실력으로 이어지도록 표현과 소통을 소홀히 하지 않는다. 혼자만의 잡념의 굴레에 사로잡혀 제 실력도 발휘하지 못하는 일이 일어나지 않도록.

여기에 지도자의 세심한 관리가 필요한 영역이 또 있다. 바로 경기를 풀어가는 능력을 잘 배우도록 하는 것. 누구든 위기 상황에 직면한다. 그리고 베테랑이라고 해서 늘 그 상황을 이겨내고 좋은 결과로 만들 수 있는 것도 아니다. 그러니 젊은 선수라면 말할 것도 없는 일. 따라서 지속적인 학습이 필요하고, 시작부터 기본기를 잘 다져두는 것이 중요하다.

나의 선택이 틀렸음을 가혹한 결과로 받아들여야 할 때, 작게 생각했던 나의 실수가 훨씬 큰 나비효과가 되어 팀을 더 어렵게 만들었을 때, 젊은 선수들은 크게 흔들릴 수밖에 없다. 하지만 앞으로 야구를 하면서 그런 일은 수도 없이 마주할 것이다. 직접 겪어봐야만 배울 수 있는, 위기를 극복하는 방법을 잘 터득해야 종종 부딪칠 어려움에 잘 대응할 수 있다.

이를테면 젊은 투수가 무사 만루 위기를 자초한 상황. 감독으로서는 상대적으로 막을 확률이 높은 베테랑 투수로 교체할 수 있다. 젊은 선수의 자신감이 많이 떨어져 있는 상황이라면 선수를 위한 교체도 해볼 수 있지만, 한편으론 직접 맞서 싸워 봐야 배울 수 있는 것도 있다. 그럴 때 고민은 깊어진다.

젊은 선수가 어려움을 느끼는 순간엔 어떻게 이겨내도록 하십니까?

직접 부딪혀, 맞서보게끔 해주는 게 맞다고 봐요. 그것도 다 경험이니까요.

근데 그런 경우가 있지 않습니까. 젊은 선수에게 좋은 경험이 될 수 있는 상황이지만, 팀을 생각했을 때 그 상황을 젊은 선수에게 맡기기에는 위험 부담이 있을 때요. 한 단계 올라서게 하기 위해서는 이겨내도록 해야 하는데, 고민이 될 것 같습니다.

그럴 땐 팀을 먼저 생각하는 게 맞죠. 단, 둘 다 생각해야 한다면 감독이 상황을 만들어줘야죠. 이왕이면 부담이 덜한 상황에, 그래도 선수가 부딪히며 성장할 수 있도록 말이에요.

올 시즌 젊은 선발 투수들의 성장에 앞서 젊은 구원진이 보여준 활약 역시 대단했다. 중간에 부침도 있었지만, 이제 막 프로에서 눈도장을 찍기 시작한 2~3년차 선수들이라는 게 믿기지 않을 만한 활약을 보여줬다는 데에는 이견이 없을 것이다. 지나고 보면 별거 아닌 듯 보일 수도 있지만, 선수 개인에게는 뼈아팠던 성장통의 시간. 그렇게 한 걸음씩 나아갔다.

최지민은 데뷔 2년 차를 맞은 지난해 혜성처럼 등장해 철벽 불펜의 전형을 보여줬다. 사실상 첫 풀타임 시즌을 치르면서 3세이브, 12홀드, 2.12의 평균자책점을 기록하며 강렬한 인상을 남겼다. 덕분에 대표팀에도 발탁돼 원하는 결과를 얻으며 최고의 한 해를 보낼 수 있었다. 본격적인 두 번째 시즌인 올해에도 엄청난 초반 페이스를 보여주며 기대에 부응했다.

특히나 4월에는 12경기에 구원 등판해 평균자책점 제로. 그야말로 짧고 굵게 상대 타선을 압도했다. 그러나 6월 이후 크게 흔들렸고 부상까지 겹치며 힘겨운 시간이 있었지만, 그가 없었다면 구단 최소 경기 20승을 달성할 만큼 강했던 4월의 선두 질주는 없었다고 해도 과언이 아니다.

곽도규는 작년 최지민이 그랬던 것처럼, 2년 차인 올해 혜성처럼 등장해 철벽 불펜의 한 축을 맡았다. 승패 없이 14경기에 출전해 평균자책점 8.49를 기록하며 크게 존재감을 드러내지는 못했던 데뷔 시즌. 하지만 올 시즌에는 개막전부터 4월 중순까지도 무실점 행진을 이어가며 초반 상승세에 기여했다. 좌타자만큼은 거의 완벽에 가깝게 잡아내며 비단 아웃카운트 하나가 아닌, 팀 전체 분위기를 끌어올리기에도 충분한 활약이었다.

다만 그에게도 성장통은 있었다. 5월 들어 흔들리기 시작하면서 이범호 감독은 그에게 '쉬어갈 시간'을 부여하기도 했다. 그만큼 열심히 앞만 보고 달려온 것. 다시 돌아온 이후에 시간이 필요하긴 했지만, 조금씩 감을 잡기 시작했고 그렇게 8월에는 완벽 부활에 성공했다. 8월 평균자책점 1.64. 경기 후반 절체절명의 위기 상황에 마운드에 올라 특유의 공격적인 투구로 상대를 압도하는 그 찰나의 순간은 단연 팀의 승부처다. 그렇게 승리를 지키며 8월의 독주 체제에 크게 공헌했다.

그리고 이어지는 인터뷰는 곽도규만의 매력 폭발 포인트. 구단 관계자가 '야구장으로 책이 배송 오면 대부분 곽도규의 택배'라고 말할 만큼 독서를 즐긴다는 그는 매사에 진지하며 언제나 생각이 정돈되어 있다. 혹시나 언론 플레이, 이미지 메이킹일까 싶어 현장에서 만나 기습적으로 무슨 책을 읽냐고 물으면 답은 바로 온다. 야구, 그리고 심리에 관한 책. 독서와 연구를 통해 체득한 건강한 생각 덕분에 어려움 역시도 이겨낼 수 있지 않았을까 생각해본다.

이렇게 올 시즌 타이거즈에 새로운 얼굴이 자리를 잡고, 잠재력을 발산하기 시작한 선수가 더 탄탄하게 자리를 찾아가는 것은 1위라는 성적만큼이나 기쁘고 행복한 일이었다. 그들의 능력으로, 찾아온 기회를 놓치지 않았고 자신의 것으로 만들었다. 단 선수의 노력과 함께 정성이 담긴 지도, 바람직한 교훈과 같은 구성원 모두의 관심과 더불어 큰 그림을 위한 기다림, 그리고 적절한 기대감이 있었기에 완성될 수 있었다.

저는 늘 연봉 값을 생각해요. 젊은 선수를 보고 못한다는 생각이 드는 이유는 너무 큰 기대를 하기 때문이에요. 연봉이 3천만 원이라고 한다면 그 정도의 역할만 해주면 저는 괜찮습니다. 5이닝, 선발 투수로서 기본이라고 하죠. 그럼 충분해요. 그 이상을 해준다면 정말 고마운 일인 거고요. 그런데 기본값으로 6이닝, 7이닝을 기대하면 안 되죠.

20

언성 히어로

그야말로 어느 자리 하나 빠짐없이, 모두가 제 역할을 위해 최선을 다한 덕분에 숱한 부상 속에서도 버틸 수 있었다. 그 안에서 든든하게 허리를 지탱해준 이들 역시 빼놓을 수 없다. 팀의 구성상 선후배 사이에서 끌어주고 밀어주며 연결고리 역할을 해냈고, 팀의 역할상 선발 투수와 마무리 투수 가운데서 승리를 연결하고 위기는 끊어내는 역할을 해냈다.

사실 이 자리는 스포트라이트와는 거리가 멀다. 말 그대로 궂은 일. 웅장한 서막을 올리는 것도 아니고, 화려한 피날레를 장식하는 것도 아니다. 근소한 리드 속, 주자가 가득 들어찬 상황에 올라와 정면 승부로 상황을 막아내야 하는 순간이 있는가 하면, 지고 있지만 타선의 분전을 기대해보며 점수 차가 더 벌어지지 않게 버텨내야 하는 순간도 있다. 실점하지 않으면 당연한 듯 보이고, 실점이라도 한다면 앞선 과정과는 상관없이 모든 충격을 고스란히 떠안기도 하는 자리. 잘해야 본전인데, 그 순간이 지나면 금세 관심은 다른 쪽으로 돌아간다.

하지만 없어서는 안 된다. 누군가는 이 궂은일을 도맡아 했기에 웅장한 서막이 마침내 빛을 발할 수 있었고, 해피엔딩으로 화려한 피날레를 마무리할 수 있었다. 타이거즈의 위기 안에는 이 선수들의 분전이 있었고, 덕분에 가장 높은 자리를 지켜갈 수도 있었다. 더구나 팀이 고비를 넘기는 과정에서 선수 개인 역시도 그간의 아쉬움을 털어내며 반등할 수 있는 계기를 만들어 더 의미가 깊었다. 그래서 이범호 감독에게도 그 시기, 이 선수들의 활약은 특히 더 흐뭇하고 고맙다.

기술적으로나 심리적으로 조금 떨어졌던 선수들이 다시

올라오면서 팀이 가장 어려운 상황을 극복할 수 있어서 더 의미가 있었던 것 같아요. 상현이, 현식이, 원준이. 이 선수들이 힘을 내주면서 잘 넘어갈 수 있었던 거죠.

특히 전상현은 마무리 정해영이 이탈한 가운데 든든하게 뒷문을 지켰다. 사실 6월까지 그의 평균자책점은 다소 높은 감도 있었다. 컨디션이 괜찮은 날에는 완벽에 가까웠지만, 그렇지 않은 날과의 기복이 컸던 탓이었다. 좋은 날을 믿어보느냐, 좋지 않은 날을 믿어보느냐. 앞서도 언급한 대로 이범호 감독의 답은 정해져 있다. 잘하는 날이 더 많았던 전상현을 믿었다. 믿음에 보답하듯 한층 더 탄탄해진 모습으로, 팀이 여러모로 어려웠던 7월, 1위 팀의 마무리를 책임졌다.

개인적인 의지도 불타올랐다. 감독은 좋았던 기억을 떠올리며 믿음을 전했다면, 선수는 아쉬웠던 기억을 떠올리며 자신만의 동기부여를 품었다. 전반기 자신의 아쉬운 투구로 역전을 허용했던 몇 번의 순간을 되새기며 반드시 만회하겠다는 굳은 각오를 다진 것이다. 여기에 자리의 책임감이 더해진 시너지 효과였을까. 전상현은 마무리 공백이 생긴 7월 출전한 8경기 가운데 6경기를 무실점으로 틀어막았고, 때로는 멀티 이닝도 마다하지 않으며 2승 4세이브로 기대에 완벽하게 부응하는 모습을 보여줬다.

마무리가 빠진 시기를 잘 버틴 게 정말 컸어요. 상현이 덕이죠.

이렇게 '예열'을 마친 것인지 이어지는 8월에는 완벽, 극강이라는 단어에 걸맞은 활약을 보여줬다. 정해영이 돌아온 가운데, 셋업맨의 자리로 돌아가 이전보다 더 많은 경기. 더 많은 이닝을 소화하며 2승 1패 4홀드 1세이브, 그리고 평균자책점 0.57로 그야말로 '언터처블'의 투구를 선보였다.

무엇보다 이 모든 과정에서 가장 빛났던 건 올 시즌 단 한 번도 엔 트리에서 빠지지 않고 풀타임을 소화할 수 있었던 자기 관리. 언제든 팀이 필요로 하는 곳에서 묵묵히 활약하며 꾸준히 마운드를 지켰다. 어떤 자리든 마다하지 않았던 '궂은일'의 보상이라고 해야 할까. 그는 리그 역대 9번째로 10승-10홀드라는 진기록까지 세울 수 있었다.

여기에 선후배 가리지 않고 자신이 부족하다고 생각하는 건 누구에 게든 배우고 흡수하려는 열린 자세 역시 인상적이었다. 다른 팀 선수 일지라도 배우고 싶은 강점이 있으면 적극적으로 다가가 노하우를 전 해 받고, 한참 어린 선수일지라도 본받을 게 있다면 낮은 자세로 임하 며 새로운 기술을 습득한다. 이렇게 자기 발전을 위해 언제 어디서나 열정을 잃지 않는 그의 태도는 자신의 한 시즌 최다 홀드 기록을 경신 한 올 시즌뿐 아니라 앞으로 역시 더 기대하게 만든다.

그리고 또 한 명의 필승조. 팀에서 가장 많은 경기에 등판했고, 구원 진 중 가장 많은 이닝을 소화한 장현식의 활약 역시 빼놓을 수 없다. 시즌 중반 보호 차원이었지만 부상으로 열흘간 엔트리에서 제외됐던 것을 생각하면 그의 이닝 수는 더 놀랄만하다. 팀뿐 아니라 리그 전체 를 생각해봐도 주목할 만한 이닝 수임은 틀림없다. 그래서 이범호 감 독은 복합적인 마음으로 장현식을 바라본다.

현식이만 보면 항상 미안하고 고맙다는 말만 떠오르는
것 같아요. 너무 많이 던지게 하는 것 아닌가 싶기도 하고요. 그
만큼 정말 잘해주고 있습니다. 진짜 고마운 선수죠.

선두를 달리고 있는 데다 압도적인 타선까지 보유하고 있는 타이
거즈는 선택과 집중을 하는 게 더욱 쉽지 않다. 모든 팀이 마찬가지
로 경기를 포기할 수 없고, 포기하지 않는다. 다만 점수 차가 어느 정
도 벌어지거나 선발 투수가 크게 고전하는 경기라면 적절한 선수 교
체 등을 통해 새로운 분위기를 만들면서 반전을 꾀한다. 그렇게 역전
을 만들거나 상황을 바꾸면 좋지만, 그렇지 못하더라도 일부 체력 안
배나 기회 부여로 내일을 기약할 수 있기 때문이다.

그러나 타이거즈는 사실상 필승조-패전조의 구분이 없다. 언제고 지킬 수 있고, 언제고 뒤집을 수 있는 힘을 끝까지 갖고 있기에 상대적으로 더 많은 경기에 전력을 다하게 되는 것이다. 그래서 어떤 상황이든 '출격 대기'하는 존재가 바로 장현식이다. 짧고 굵게 끊어가는 때도 있지만, 때로는 길게 이닝을 끌어주기도 한다. 그야말로 전천후 활약.

선발진에 공백이 생겨 경험이 적은 젊은 선발진이 생각보다 빠르게 마운드에서 내려가야 했던 때도, 그리고 초반 정말 잘해주던 젊은 불펜의 피로도가 높아져 흔들렸던 때도 장현식이 그 뒤를 받치며 버텨줬다. 한 경기에서 멀티 이닝을 소화하기도 하고, 잦은 등판이 이어질 수밖에 없는 이유였다. 그런 만큼 힘들지 않을 수 없다. 이범호 감독도 늘 미안한 마음을 품었던 것도 이런 배경이 있었기 때문이다. 그러나 그는 '언제든 나간다고 생각한다'며 승리만을 생각하고 마운드로 달려갔다.

7월, 여름이 야구에서는 제일 중요합니다. 그만큼 가장 힘든 시기라고도 할 수 있죠. 근데 그 상황을 잘 극복하는 힘을 우리 선수들이 만들어줬어요. 선수들도 너무 힘들었겠죠. 그럼에도 '괜찮습니다. 이길 땐 확실하게 이겨야죠. 던질 수 있습니다. 연투도 괜찮습니다.' 이렇게 선수들이 말해줍니다. 이런 말들이 저를 지탱해줬어요. '던지면 던질수록 팔이 강해지는 것 같습니다.' 이런 말을 해주는 게 참 고맙더라고요. 저는 한 이틀만 던지고 쉬라고 미리 말을 하죠. 그럼 선수들은 아니라고 내일도 괜찮다고, 대기하겠다고 해요. 그런 걸 보면서 제가 참 선수 복이 많다는 걸 느꼈습니다.

가장 중요한 여름. 가장 힘든 여름. 그러나 이 여름을 이겨내야 최종 강자가 될 수 있는 스포츠, 바로 야구. 그래서 외친 '야구는 여름 스포츠'라는 명제를 해피엔딩으로 장식할 수 있었던 데에는 보이는 곳에서나 보이지 않는 곳에서나 묵묵히 자신의 역할을 해낸 이들의 활약이 있었다. 화려하진 않아도 없어선 안 되는 이들, 더불어 개인적으로 초반의 주춤했던 시기를 지나 마침내 팀이 절실히 필요한 순간 완벽하게 살아난 이들의 반등 시점은 타이거즈의 우승에 운명 같은 타이밍이었다.

투수진뿐 아니라 야수진에서는 여름에 완벽하게 살아난 최원준이 있었다. 상무로 군 복무를 마치고 사실상 풀타임 시즌을 치르는 올해 그는 시범경기부터 다소 어려움이 있었다. 시범경기는 시범경기일 뿐일 수 있겠지만, 안 풀려도 너무 안 풀렸다. 시범경기를 통틀어 단 2안타에 그쳤고, 이런 그를 계속해서 기용하는 이범호 감독을 두고 지나친 믿음을 갖는 것 아니냐며 의심하는 시선도 많았다.

원준이가 시범경기 때 잘하지 못한 것을 두고 다른 선수에게 기회를 줘야 하는 거 아니냐는 말도 많았었죠. 물론 새로운 선수 중에도 기량이 충분한 선수들이 있습니다. 그런데 아직은 검증된 게 없잖아요. 그런데 원준이는 풀타임을 치르면 100안타는 기본으로 칠 수 있는 선수고, 170안타도 넘겨본 적이

있는 선수예요. 그런데 시범경기 때 잠시 주춤했다고 이런 선
수를 어떻게 바꿉니까. 저는 그건 아닌 것 같았어요. 개막전에
도 넣지 말아야 한다고도 했죠. 근데 시작하자마자 홈런을 쳤
어요. 원준이는 이런 선수예요.

사실 변함없는 믿음을 전했지만, 최원준의 시범경기 부침은 큰 고
민이 아닐 수 없었다. 이범호 감독의 이야기대로 '기본으로' 100안타
이상은 거뜬히 칠 수 있다는 것을 '기본' 전제로 두고 시즌 타선을 구
상했다. 그래서 170안타도 칠 수 있는 그의 능력을 믿고 정교한 타격
과 적극적인 출루로 테이블 세터로서 역할을 해주길 바랐다. 하지만
시범경기 막바지에도 좀처럼 살아날 기미가 보이지 않은 그를 보면서
당초 계산이 흔들릴 수밖에 없었던 건 당연한 일이었다.

일단은 대책을 세우지 않을 수는 없는 상황. 개막전 홈런이 있었지
만, 그간의 우려를 완전히 떨쳐내기에는 이른 감이 있었다. 상대 투수
유형에 따라 선발 기용을 달리 가져가면서 최원준이 최대한 자신의
리듬을 찾도록 했다. 그렇게 회복을 도왔다. 덕분인지 4월 들어 타율
0.348로 이내 기대했던 모습을 보여줬다. 그러나 그 흐름을 이어가지
는 못했다. 5월과 6월 2할대 타율로 떨어지며 다시 고전했다.

그래도 팀의 힘으로 버틸 수 있는 시기였다. 중요한 건 팀에게도 고
비가 찾아왔던 7월. 가장 어려웠던 이 순간에 야수진에서는 최원준이
반등했다. 7월 한 달을 통틀어 무안타 경기가 단 한 차례뿐. 월간 타
율 3할 7푼을 넘어서는 활약을 자랑하며 주춤했던 지난날이 무색하
게 당시 타율도 3할 이상으로 끌어올릴 수 있었다. 그의 반등에는 한

때 유행처럼 번졌던 '면담 효과'. 감독과의 면담이 주효했다.

> 개인적으로 팀에 도움이 되지 않는다는 생각이 들었어요. 기대에 부응하지 못하는 것 같은 느낌이었거든요. 근데 감독님께서 저에게 올해 팀에 큰 도움이 되고 있다고, 그래서 팀도 1위를 하는 거라고 말씀해주시더라고요. 기술적인 조언도 해주셨습니다. 출루율을 신경 쓰느라 너무 신중하기보다 자신 있게 돌렸으면 좋겠다는 이야기였죠. 무엇보다 즐겁게 야구를 하면 팀에게도 저에게도 도움이 된다는 말씀을 새겨들었습니다. 그간 압박감이 심해서 야구를 즐기지 못했습니다. 그런데 저 자신을 힘들게 하지 않고 최대한 밝게 마음가짐을 가지려고 하니까 더 즐겁고, 야구를 하는 것 자체가 재밌습니다.

다시금 맞는 풀타임 시즌. 입대 전 자신이 세운 커리어 하이 시즌을 재현해보고자 야심 찬 노력을 기울였지만, 넘치는 의욕을 조절하지 못했다. 이 역시도 경험이 필요한 부분이었다. 욕심만 앞선 과정은 원하는 결과로 이어지지 않았다. 그런데도 자신에게 믿음을 전하는 감독이 괜한 비난을 받는 듯한 모습에 미안함까지 더해지며 심리적으로도 흔들렸다.

이범호 감독은 이 지점을 포착했다. 누구보다 욕심이 많은 최원준에게 가장 필요한 말은 바로 '즐기는 야구'를 주문하는 것이었다. 야구를 즐기면서 한다면 더 좋은 선수가 될 거라고 믿는데 그러지 못하고 있는 게 안타깝다고 솔직하게 마음을 전했다. 최원준 역시 감독의 진심을 느꼈다. 지금껏 그러지 못했던 것처럼 야구를 즐긴다는 게 어려운 일이지만, 감독이 이렇게까지 말해주니 더 노력하지 않을 수 없었다.

그래서 이 정신적인 부분을 바꾸기 위해 특히나 신경을 썼다. 그렇게 조금씩 편하게 마음가짐을 바꾸다 보니 원하는 결과가 나오기 시작했다. 개인적으로 그간의 아쉬움을 털어내고, 잘 풀리지 않았던 원인을 발견할 수 있었던 좋은 기회였다. 더불어 팀으로서도 가장 어려운 시기 최원준의 활약으로 타선은 활력을 잃지 않을 수 있었다. 그야말로 일거양득. 그렇게 또 한 번 자신만의 '낭만적인 우승'을 그리며 앞으로 나아가는 그의 활약과 함께 팀은 선두를 질주한다.

팀이 어려운 상황에 닥치면 작은 불씨가 큰 오해로 번지는 경우가 생길 수 있어요.

아무래도 예민해지니까 그럴 수 있겠죠.

근데 저희는 그 상황에 선수들이 저를 믿어주고, 저도 선수들을 믿으면서 오히려 돈독해질 수 있었던 것 같아요. 감독과 선수가 때로는 서로에게 지지 않으려고 할 수 있거든요. 근데 저희는 서로 맞서기보다는 져주고 이해하면서, 그렇게 잘 버틸 수 있었어요.

그 어느 때보다도 무더운 한 해였다. 덥다 못해 뜨거운 기온이었지만, 그 안에서도 사람들이 만들어가는 따뜻한 체온을 고스란히 간직하려 했던, 타이거즈의 여름이었다.

21

ALL STAR

인기도 단연 1등이었다. 언제나 뜨거운 열성을 자랑하는 타이거즈 팬들의 열정적인 응원은 둘째가라면 서럽다. 여기에 7년 만에 느끼는 '1위의 맛'. 오랜만에 가장 높은 자리의 기쁨을 누리는 '1등 팬'들은 움직이지 않을 수 없었다. 올스타 팬 투표에서 중간 집계부터 마지막까지 거의 전 포지션에 걸쳐 최다 득표에 타이거즈 선수 이름을 새기는 기세를 뽐내며 다시금 전국구 인기 구단의 힘을 체감하게 했다.

그 결과 팬 투표와 선수단 투표를 합산한 결과인 베스트 12 명단에 전상현, 정해영, 이우성, 김도영, 박찬호, 나성범, 최형우 7명의 선수가 선정되며 전체 구단 가운데 가장 많은 베스트 12 선수를 배출하는 기염을 토했다. 여기에 아쉽게 이에 들지 못했음에도 팬 투표에서는 압도적인 1위를 차지할 만큼의 인기를 자랑했고, 부상으로 출전하지 못하는 선수들을 대신해 감독 추천 선수로 최지민, 장현식이 올스타전에 나서게 됐다.

내용도 풍성했다. 처음으로 올스타전에 출전하는 막내 김도영이 특유의 감성을 살린 퍼포먼스와 함께 '도영이는 팬분들 땀시 살어야'가 적힌 현수막을 펼쳐 들며 소중한 마음을 전했고, 팬들의 가슴을 더욱 뜨겁게 만들었다. 여기에 첫 베스트 12에 이름을 올린 전상현과 마지막으로 올스타전에 합류한 장현식은 팬들이 사랑하는 그들의 캐릭터를 살려 깜짝 변신을 시도하며 많은 이들을 미소 짓게 했다.

2년 연속 올스타전에 출전하는 최지민 역시 팬들과 함께 호흡하며 뜻깊은 추억을 나눴고, 선수만큼이나 뜨거운 인기를 자랑하는 박찬호, 나성범, 최형우의 사랑스러운 2세들과 함께 즐기는 올스타전은 그 자체로 사랑이었다.

화룡점정으로, 기선을 제압하는 홈런포와 함께 3안타로 활약하며 올스타전에서도 여전히 뜨거운 타격감을 자랑한 최형우는 역대 최고 령 MVP에 선정됐고, 동시에 오랜만에 타이거즈 소속의 올스타 MVP 수상을 자랑하며 팬들의 자부심이 되기에 충분했다. 더불어 리그의 모든 팬에게도 역대 처음으로 40대 선수가 올스타 MVP로 뽑히는 최초의 장면을 선사하며 새로운 재미를 더했고 그렇게 축제의 대미를 화려하게 장식했다.

모두가 함께 즐기고 웃었던 그야말로 축제의 장. 감독의 자리에서 처음으로 올스타전을 함께한 이범호 감독에게도 소중한 추억으로 남은 순간이었다. 모처럼 감독들이 한자리에 모여 그들만의 애환을 터놓고 고민을 공유하며 새삼 감독의 자리에 대해 여러 생각을 해 볼 수 있었고, 산전수전 다 겪은 선배 감독들에게 조언을 들으며 새로운 것들을 배울 수도 있었다.

무엇보다 이 시간이 가장 뜻깊었던 이유가 있었다. 어쩌면 매년 연례행사처럼 똑같이 치러온 이 시간을 통해 선수단과의 관계가 두터워지고 선수단에 대한 신뢰가 더 깊어질 수 있었다는 점. 사실 감독으로 맞는 올스타전과 올스타 브레이크는 또 다른 고민의 시간이다. 부상에 대한 우려, 자칫 휴식으로 인한 독이 걸림돌이 될 수 있기 때문이다. 그래서 처음으로 감독이라는 자리에서 보내게 되는 이 시간은 초보 감독으로서는 여러 가지 생각을 들게 만든다.

그래서 감독은 잠깐 쉬어가는 시간이라지만 그저 마음 놓고 편하게 즐기기만 할 수는 없는 게 사실이다. '올스타 브레이크'로 경기가 없는 시간을 어떻게 해야 잘 보낼 수 있는지 역시 답이 없기에 더 어렵다. 훈련도, 휴식도, 때로는 독이 되기도, 약이 되기도 하기에 그마저도 총책임자로서는 고민이 깊어진다. 그러나 선수단은 그 걱정을 기우로 만들며 감독의 고민을 덜어줬고, 그 이상의 메시지를 전하며 더 단단해지는 계기가 됐다.

올스타 브레이크 때, 올스타전에 출전하지 않는 선수들에게 휴식을 좀 줬습니다. 올스타전에 나가는 선수들도 인천에서 올스타전이 열리고 후반기 첫 경기가 잠실 원정 경기라서요. 올스타전 마치고 굳이 광주에 복귀하지 않고 서울 원정 일정부터 합류하도록 했어요. 기차 타고 이동하는 것만도 너무 힘들잖아요. 그래서 그렇게 해봤습니다. 틀을 한번 깨보고 싶었거든요.

보통 다른 팀들은 올스타 브레이크 때 올스타전에 나가지 않는 선수들은 물론이고, 출전하는 선수들도 한 번쯤은 다 같이 모여서 훈련하는 시간을 갖죠?

대부분 그렇게 하죠. 물론 저희가 전반기 1위를 한 덕분에 가능한 일이었겠지만 다시 말하면 그만큼 우리 선수들이 고생한 거잖아요. 가족들이랑 시간도 보내고 푹 쉬고 나면, 후반기 더 열심히 해야겠다는 생각이 자연스럽게 들지 않을까요?

이것도 믿음이겠죠? 휴식을 줘도 흐트러지지 않을 거라는 선수들에 대한 믿음이요.

그렇죠. 모두 우리 팀을 대표하는 선수들이니 책임감이 강하다는 걸 알죠. 그리고 올스타전에 출전하는 선수들이 경기

전에 확실하게 몸을 푸는 걸 제가 직접 봤으니까요. 최고참 형우가 땀을 뻘뻘 흘리면서 몸을 풀고 있더라고요. 성범이도 실제 경기 때처럼 테이핑을 열심히 하고 있고요. 그걸 보면서 우리 선수들은 가만 놔둬도 자기들이 알아서 다 관리하고, 뭐가 필요하고 뭐가 좋은지 아는구나. 더 확신했어요. 할 수 있는 환경만 만들어주면 알아서 움직일 줄 아는 선수들이라는 걸 이번 올스타전을 통해서도 한 번 더 느끼게 된 것 같아요. 저희 팀이 이번에 올스타전에도 제일 많은 선수가 나갔잖아요. 전부 다 준비를 잘한다는 걸 직접 보고 다시 느낄 수 있어서 저에게도 정말 좋은 시간이었어요.

그간 '알아서' 잘하고 있다고 생각했던 선수들의 자기 관리. 조금은 느슨하게 생각할 수 있는 그 순간에도 특히나 고참 선수들이 야구, 운동, 몸에 대해서는 이렇게나 진심으로 생각하고 임한다는 것을 직접 눈으로 다시금 확인할 수 있었던 시간이었다. 이런 선수들이라면, 그리고 이런 선수들을 보고 배우는 젊은 선수들이라면, 그렇게 만들어진 우리의 팀 문화라면, 무조건 믿을 수 있겠다는 확신을 올스타전을 통해 더 굳게 다질 수 있었던 것이다.

팬들의 뜨거운 관심, 그 커다란 사랑에 보답해야 하는 우리의 책임감, 더불어 굳은 신뢰와 자부심을 새길 수 있었던 소중한 시간. 바로 올스타전이었다. 매년 반복되는 의례 속에서도 또 다른 의미를 찾고 새로운 배움을 얻어가는 것을 보며 올 시즌 타이거즈의 분위기가 얼마나 남다른지를 또 한 번 느끼게 했다.

다만 부상으로 이 소중한 시간을 더 제대로 즐기지 못한 선수들에 대해서는 아쉬움이 남을 수밖에 없었다. 올 시즌 없어서는 안 될 활약으로 확실히 주전으로 거듭난 이우성은 생애 처음으로 베스트 12에 선정되는 기쁨을 누렸지만, 직전 갑작스러운 부상으로 인해 올스타전에 참가할 수 없었다.

특급 마무리. 정해영 역시도 올스타전을 열흘 정도 앞두고 불의의 부상으로 엔트리에서 빠지며 축제를 함께 즐기기엔 어려움이 있었다. 그런데도 어떻게든 팬들에게 감사의 인사를 전하고 싶었던 강렬한 의지가 있었다. 그 이유는 바로, 리그에서 가장 많은 득표를 얻었기 때문이었다. 더 의미가 남다른 것은 올스타전 팬 투표에서 마무리 투수 부문 집계를 시작한 이래로, 마무리 투수가 전체 최다 득표 1위를 차지한 것은 역대 처음 있는 일이었다.

　　나가면 참 좋겠다고 생각한 정도였어요. 그런데 전체 득
표 1위라니 전혀 예상하지 못했습니다. 앞으로 야구를 더 잘해
야겠다는 생각이 들더라고요.

　그 무엇보다 소중한 타이거즈 팬들의 마음에, 리그 최고의 마무리
반열에 오른 한국 야구의 새로운 수호신에 대한 KBO 팬들의 기대감
이 더해진 결과였다. 타이거즈를 넘어 리그 전체 팬들의 마음을 사로
잡은 데에는 선두 팀의 뒷문을 지키는 마무리이자, KBO리그 세이브
1위에 새로운 이름을 새길 차세대 국가대표 마무리에 대한 희망이 담
겨 있었다.

　프로 5년 차, 그리고 풀타임 마무리로 4번째 시즌을 맞는 올해. 4월
에는 역대 최연소 100세이브 달성에 성공했고, 이어지는 6월에는 역
대 8번째로 4시즌 연속 20세이브 이상을 기록할 만큼 탄탄한 마무리
로 자리 잡았다. 동시에 팀의 선두 질주를 함께 이끌며 개인적으로는
세이브 타이틀을 두고 그야말로 시대를 풍미했던 대선배 오승환과 경
쟁을 리그 초반부터 이어갔다. 중반 부상으로 한 달 정도 엔트리에서
빠지면서 타이틀은 멀어지는가 싶었지만, 경쟁자들의 부침으로 인해
복귀 후 시즌 막판 다시금 세이브 1위를 탈환해냈다. 그에 앞서 오승
환과의 경쟁 그 자체는 정해영에게 의미가 남다르다.

　　제가 야구를 2011년에 시작했어요. 초등학교 4학년이었

죠. 그때 오승환 선배는 말 그대로 전성기를 달리고 계셨어요. 이제 막 야구를 시작한 꼬마가 TV를 통해 바라봤던 하늘 같은 선배와 이렇게 세이브 타이틀을 두고 경쟁한다고 주목받는 것 만으로도 뿌듯하고 꿈 같습니다.

자신이 야구를 시작했을 때 프로에서 전성기를 누렸던 '레전드' 오승환과 세이브 경쟁을 펼칠 만큼 정상급 마무리로 성장했다. 그런데 정해영은 여전히 젊다. 올 시즌이 마무리 4년 차. 프로 데뷔 2년 차에 빠르게 팀의 마무리 중책을 맡아, 이제 프로 5년 차에 접어든 20대 중반의 젊은 선수다. 다른 투수들과 비교했을 때, 그중에서 다른 구원투수들과도 차원이 다른 압박감을 견뎌야 하는 마무리에게 가장 강조되는 자세는 관록 그리고 배짱이다. 이런 면에서 경험은 약점이지만, 패기는 그만의 강점이다.

마무리 투수의 자존심이 있다. 중요한 부분이다. 그리고 마무리 투수의 상징은 묵직한 직구. 설욕을 다짐한 타자에게는 '당당하게' 직구로 들어가고 싶은 마음이 커지는 게 사실이다. 올해는 처음으로 팀이 우승 경쟁을 이어가고 있다. 말 그대로 1위 팀의 승리를 지키는 수호신. 순위를 막론하고 모든 팀의 승리는 중요하지만, 나의 블론 세이브로 인해 한 단계 순위 하락이 아니라 정상에서 내려올 수도 있게 된다는 건 뭔가 느낌이 다르다. 그만큼 압박감은 이전에 경험했던 것과 차원이 다를 수밖에 없다.

올해 마무리로서의 무게감을 특히 더 느끼고 있습니다.

제가 지금까지 마무리로 뛰는 동안 5강 경쟁은 한 적이 있지만 이렇게 선두 싸움을 이어가는 건 처음이거든요. 왜 부담스러운 자리라고 하는지 더 체감하는 이번 시즌인 것 같아요.

마무리의 숙명이 그렇듯 블론 세이브에 고개를 숙이기도 하고, 승리를 지키지 못하는 아쉬움에 밤잠을 설치기도 하지만 다시 일어나야 다음이 있는 법이다. 그 역시도 수없이 흔들리고 무너진다. 하지만 이내 일어난다. 그 순간만큼은 너무나도 힘들고 자신에게 화도 나지만 그 감정은 딱 그날까지만 곱씹고 다시 잊는 것이 자신의 강점이라면 강점이라고 소개한 그다. 순간엔 흔들릴지언정 다시 일어나면 새로운 마음이다.

이전에 제 직구를 받아쳐서 저에게 그리고 팀에게 패배를 안긴 선수를 다시 만나더라도 다시 직구로 승부하고 싶은 마음이 있죠. 마무리로서의 자존심이랄까요. 그런데 저를 위한 그 한순간보다, 우리 팀이 이겨야 제 자존심이 진짜로 올라가는 거잖아요. 그러니까 저는 설욕해야 하는 선수를 다시 만나면 이기기 위한 볼 배합을 선택하겠습니다. 그렇게 무조건 아웃시킬 거고요. 무조건 이길 거예요.

대화를 나누고도 꽤 오래도록 기억에 남는 의젓하고 듬직한 한마디였다. 젊음을 믿고 한 번 부딪혀보겠다는 치기 어린 말도 아니고, 무조건 팀만 중요하다는 고루한 말도 아니었다. 1위 팀의 마무리로서의 자존심을 잃지 않으면서 우리 팀의 승리를 함께 생각하는 자세. 만 23세의 기개와 수호신의 관록이, 그리고 마무리의 자부심과 팀에 대한 책임감이 동시에 느껴지는 든든한 이야기였다. 그가 어떻게 가장 많은 팬의 사랑을 받을 수 있었는지, 그리고 이런 마무리를 보유한 타이거즈 팬들은 얼마나 자랑스러울지 새삼 느껴지기도 했다.

이렇게 언제나 건강한 생각과 바른 마음으로 주변에 좋은 에너지를 전하는 그가 부상을 털어내고 돌아왔다. 복귀 후 다시 만난 정해영은 역시나 씩씩했다. 특유의 밝은 에너지는 그의 시그니처. 그는 변함없이 정상의 뒷문을 지켜가는 과정에 대해 이렇게 말했다.

자주 이길 수 있어서 좋습니다.

올 시즌 리그에서 가장 많이 이긴 타이거즈. 그 1위 팀의 승리를 가장 많이 지킨 수호신. 기록으로, 실력으로, 태도와 자세로 만든 최초의 기록. 그렇게 달성한 데뷔 첫 세이브 1위. 마침내 26년 만에 나온 타이거즈 구원왕. 그러나 놀라기엔 여전히 이르다. 정해영의 전성기는 지금부터 시작이니까.

22

CAPTAIN

단 한 팀에게만 허락되는 정상의 자리. 그 가장 높은 자리를 지켜가는 과정에는 그만큼 적도 많고 탈도 많다. 그럼에도 불구하고 굳건히 1위를 지켜갔다. 시즌 극 초반을 지난 이후에 닷새 정도의 시간을 제외하고는 언제나 순위표 가장 높은 곳에 있었다. 누군가 조금 주춤하더라도, 때로는 실수가 나오더라도, 그걸 만회하는 다른 누군가의 힘이 있었던 덕분이었다. 그래서 한 선수의 실수나 부침도 그렇게 도드라지지 않는, 강팀의 힘을 실감할 수 있었다.

언젠가는 내가 조금 주춤하지만 다른 선수가 살아났고, 다른 선수가 안 풀릴 땐 내가 더 힘을 냈다. 또 언젠가는 타선이 1점밖에 내지 못했어도 마운드가 무실점으로 틀어막아 승리를 가져왔고, 10실점을 한 날에도 11득점으로 이기는 경기를 만들었다. 그렇게 각자의 쓸모가 각기 다른 시점에 빛을 발하며 1위를 지켜왔기에 결국엔 모두가 웃을 수 있었다.

그런 가운데, 어쩌면 올해 미안하다는 말을 가장 많이 한 선수가 아닐까 싶다. 오늘만큼은 활짝 웃어도 될 만한, 그런 엄청난 활약을 선보인 날에도 그의 표정은 어두웠다. 아무리 잘해도 그간의 아쉬움을 털어낸다는 것은 스스로 용납하기 어렵다는 듯, 그는 연신 죄송하다고 했고 아무리 잘한 날에도 다행이라고만 했다.

FA 자격을 얻고 타이거즈로 이적한 후 세 번째 시즌을 맞는 올해. 그는 주장직을 새로 맡았다. 지난 시즌 개인적인 부상으로 팀에 크게 공헌하지 못했다는 아쉬움이 컸기에 올 시즌 주장으로서 책임감을 더해 우승을 이끌고 싶다는 의지가 누구보다 컸다. 시즌을 앞두고 팀이 다소 어수선한 상황 속에서도 차분하고 침착하게 팀원들을 다독이며 그렇게 성공적으로 스프링캠프를 이끌기도 했다.

그렇게 남다른 의지로 출발했던 이번 시즌이었지만 햄스트링 부상이 또 한 번 그의 의지를 가로막았다. 시즌을 코앞에 둔 3월의 부상으로 인해 본격적인 시즌의 출발인 개막부터 함께하지 못했다. 그러나 이범호 감독은 완전한 회복을 주문했고, 최대한 신중하게 복귀 과정을 거치도록 했다. 철저한 관리 끝에 4월 말. 캡틴이 돌아왔다. 다만 부상으로 인한 후유증이 우려될 수밖에 없었고 이에 따른 적응 과정도 필요했다. 그렇기에 엔트리에 합류한 이후에도 편하게 감을 찾을 수 있는 환경을 위해 많은 배려가 뒷받침됐다.

문제는 쉽게 본궤도에 오르지 못하는 것이었다. 그래도 적응기를 거친 이후에 서서히 페이스를 끌어올렸지만, 워낙에 기대감이 높기에 그에 미치지 못했다. 단순하게 보면 연봉, 더불어 팀의 중심타자이자 간판타자라는 타이틀, 그리고 나성범이라는 이름값을 생각했을 때 다소 아쉬움이 남는 것이었다. 득점권 기회를 살리지 못하거나, 삼진으로 아쉽게 타석에서 돌아섰을 때, 다른 선수를 바라볼 때보다 더 깊은 탄식이 나오는 이유였다.

성범이가 자꾸 저한테 와서 '감독님 죄송합니다. 제가 너무 못해서' 이렇게 말을 해요. 그럼 저는 괜찮다고, 이제 치고 올라갈 수 있다고 얘기하거든요. 1등 팀의 주장이고, 우리나라 최고의 타자가 지금 조금 안 풀린다고 감독한테 미안할 필요가 없잖아요. 오히려 감독이 선수한테 미안해야 하는 상황인데, 선수가 나를 더 생각하고 있다는 게 참, 더 미안하면서도 또 고맙더라고요. '더 잘 치기 위해서 노력하겠습니다'라고 하는데 이런 말을 주고받는다는 것 자체가 우리 팀이 참 좋은 팀이라는 생각이 들었어요.

아쉬움의 시선은 곧 감독에게 향했다. 기회마다 기대에 부응하지 못하는 결과를 내는 중심타자를 기용하는 것에 대해 비난의 화살이 쏠렸다. 감독은 괜찮다고 하지만, 이런 상황으로 인해 더 힘들어지는 건 선수였다. 야구가 잘 풀리지 않는 자신 때문에 감독이 비난받는 것에 대해 미안함은 더할 수밖에 없었다. 그리고 이런 마음고생을 누구보다 가까이, 곁에서 지켜본 사람은 그의 가족이었다.

올스타전에서 성범이 아내분을 만났어요. 근데 우리 제수씨가 제 손을 한 30초 넘게 잡고 있어요. 그러면서 하는 얘기가 '저희 정재 아빠가 요즘 야구가 잘 안 되는데 계속 경기를 내보내 주시고...' 이런 말을 하는 거예요. 그게 무슨 소리냐고 말했죠. 돌이켜보니까 그간 부진에 대한 비난이나 질타 때문에 얼마나 스트레스가 많았을지 와닿는 거예요.

그걸 아내분이 아신 것 아닐까요. 그 비난과 질타가 감독에게 향한다는 걸요.

그런가요? 그런 건 모르겠습니다. 그냥 저는 솔직한 마음을 전했어요. 지금 잘 풀리지 않더라도 우리 팀에는 여전히 성범이가 중요하다고 말씀드렸죠. 이런 시간도 다 경험이라고 생각하시고 걱정하지 마시라고요. 그러니까 '저 진짜 눈물 나요.

죄송합니다.' 이러고 가더라고요.

쓴소리가 자신에게 향하는 것보다 중요한 건 여전히 우리 팀의 중심타자는 나성범이라는 사실, 그 사실에 대한 믿음이었다. 올라올 선수는 언젠가 올라오니까. 그리고 나성범은 그 '올라올 선수' 반열에 있는 선수니까. 그러니 더 중요한 전제를 생각해야 했다. 때가 되면 자신의 페이스에 도달한다는 것을 기본값으로 생각하려면 일단 건강이 우선시돼야 한다. 그를 괴롭혔던 부상. 부상으로부터 완전히 자유로워져야 중심타자의 성적 역시 이어질 수 있는 것이다.

더불어 건강한 나성범은 중심타자로서의 소임뿐 아니라 팀의 선배이자, 주장, 그리고 롤모델이자 정신적 지주의 역할까지 해낸다. 이 모든 걸 생각했을 때 나성범은 존재 자체가 중요하다. 동행하는 것만으로도 팀에 귀감을 줄 수 있는 선수. 그리고 타격이나 기록에 있어서는 언젠가 올라올 선수. 그의 존재감을 정확히 파악하고 있는 감독으로서는 그의 부진을 걱정할 게 아니라 그의 건강 상태를 걱정하는 게 더 필요한 일이었다.

선수단과 함께 있을 때의 시너지가 더 중요합니다. 덕아웃에 성범이가 있고 없고의 차이는 커요. 지금 아쉬울 수 있지만. 다치지 않고 무리하지 않는 게 최우선이에요. 성범이 같은 클래스에 도달한 선수는 언젠가 올라옵니다.

도리어 선수를 자제시켰다. 언제나 성실하고 매사 철저한 그의 성향은 그를 가까이서 지켜본 사람이라면 모두가 알 정도다. 그 성향 그 대로, 생각대로 야구가 되지 않을 때 누구보다 자신을 채찍질하고 부진 탈출을 위해 갖은 노력을 기울였다. 그리고 그 노력이 때로는 오버 페이스로 이어지기도 했다. 팀에 어떻게든 도움이 되어야겠다는 생각이 앞선 행동이었다.

이렇게라도 하지 않으면 안 될 것만 같은 절실한 마음. 선수의 그마음을 모르는 것은 아니었지만, 이범호 감독은 더 중요한 것이 있다는 것을 재차 강조했다. 다시 말하지만, 가장 중요한 건 건강한 나성범, 그렇게 1군 엔트리에서 다른 선수들과 함께 호흡하는 나성범이다. 그러니 결과에 대한 책임감만큼이나 존재에 대한 책임감을 더 크게 생각해주길 바랐다.

부상 복귀 후에 이전 같았으면 어떻게든 아웃 처리가 가능했을 것 같은 수비를 두고, 또는 빠른 발로 전력 질주해 내야안타를 만들 수도 있을 것 같은 타구를 두고, 그렇지 않은 결과에 대해 누군가는 부상 이후에 기량이 많이 떨어졌다고 생각할 수도 있었을 것이다. 하지만 속내를 들여다보면 더 큰 그림을 생각한 감독의 주문이었다는 것을 알 수 있다.

성범이를 보면 타석에서나 수비할 때 항상 빨리 뛰어요. 그런데 저는 상황에 따라서는 그렇게까지 매번 하지 않아도 된다고 말해요. 수비 나가서 뛰다가 뭔가 느낌이 안 좋다고 하면 무리하지 말고 그냥 안타 하나를 만들어줘도 된다는 거죠. 그걸 잡으려고 하다가 다치지 말고요. '그냥 안타 만들어줘, 상관

없어. 1점 주면 돼. 네가 다치는 것보다 1점, 2점 내주는 게 훨씬
더 괜찮아.' 저는 이렇게 말합니다.

물론 중심타자가 그에 걸맞은 기록을 보여줘야 하는 건 지당하다.
그러나 기록만이 전부가 아니라는 것이다. 앞서 언급한 대로 단순하
게 생각했을 때 그의 가치를 증명하는 연봉 안에는 타격 지표 등으로
나타나는 기록뿐 아니라 그 이상의 역할이 담겨 있고, 나아가 중심타
자이고 간판타자라는 타이틀 안에는 우리가 눈으로 볼 수 없는 또 다
른 가치가 담겨 있다는 뜻이다. 그래서 이범호 감독은 그의 표면적인
부진에도 기대감에 미치지 못한다고 생각하지 않았다. 그가 전하는
그 이상의 시너지가 있음을 직접 확인했고, 여전히 믿기 때문이었다.

성범이가 지금 아무리 못 쳐도 팀에 영향력을 전하고 있는 것만으로도 저는 굉장히 크다고 생각합니다. 못 받아도 100억은 받을 선수잖아요. 그중 50억이 저는 그런 부분이라고 생각해요. 그 영향력이요. 예를 들어볼까요. 도영이가 올 시즌 이렇게 슈퍼스타로 거듭났다는 게 저는 운명처럼 팀을 잘 만난 것도 커다란 요인이라고 생각하거든요. 입단했을 때랑 비교해보면 몸이 놀랄 만큼 좋아졌잖아요. 그게 우리 팀의 트레이닝 파트가 참 좋은 것도 있는데요. 여기에 좋은 선배를 만난 것도 중요합니다. 성범이랑 같이 다쳤을 때 그 시기에 함께 운동하고 재활하면서 그 시너지가 배가된 거죠.

'성범스쿨', '나스타스쿨'로 불리는 나성범 스승이 직접 전수하는 근력 운동 특강. 운동선수 중에서도 상위 극소수에 들만한 건장한 체구에 엄청난 근육을 자랑하는 그가 어떻게 몸을 만들고 관리하는지, 그 방법에 대해서는 소위 말하는 '선수들' 사이에서도 관심 대상이다. 지난해 같은 시기에 부상을 당하는 바람에 함께 재활에 돌입했던 김도영의 상체 근력이 놀랄만하게 좋아져 돌아온 게 그 시작이었고, 뒤이어 공식적인 2호 수강생으로 최원준이 선택받으며 눈에 띄는 변화를 만들며 본격적으로 알려졌다.

이렇듯 캡틴의 진가는 경기 중에만 드러나는 것이 아니었다. 그와의 동행을 통해 배울 수 있는 건 근력 운동 노하우뿐 만이 아니다. 함께하면서 나누는 대화를 통해 기술적인 부분뿐 아니라 정신적인 부분에 대한 조언을 받고, 더 나아가 좋은 선수, 좋은 사람이 되기 위한 인

성과 인생에 대한 도움 역시 함께 얻을 수 있다. 그만큼 나성범은 꾸준하게 성실한 좋은 선수이자, 묵묵하게 모범이 되는 좋은 사람이기 때문이다.

이 모든 진면모를 누구보다 잘 알고 있던 이범호 감독이었다. 야구가 잘되지 않는 날도 있지만, 그런 시너지를 전하는 것만으로도 충분히 제 몫을 해주는 것이라 여겼다. 그리고 어김없이, 그는 기대했던 모습을 보여주기 시작했다. 고참 최형우의 부상 이탈과 겹쳐 팀 타격감이 떨어진 8월, 나성범의 분전으로 타선은 버틸 수 있었고 힘을 낼 수 있었다.

그리고 타선에서의 그의 존재감이 특히 빛을 발했던 순간이 있다. 왜 이범호 감독이 그를 걱정하지 않았는지, 그리고 왜 그를 의심 없이 믿었는지를, 유독 2위와의 맞대결에서 더욱 증명해낸 그였다. 그중에서도 사실상 타이거즈가 올 시즌 정규시즌 우승을 달성하는데 9부 능선을 넘은 경기라고 평가받던, 8월에 열린 2위 트윈스와의 잠실 원정 경기. 그의 활약은 지금도 기억 속에 강렬하게 남아 있다.

시리즈 전 1위 타이거즈와 2위 트윈스의 격차는 단 네 경기 차였다. 1-2위 간의 정면 승부인 만큼 한 게임 그 이상의 의미를 담은 경기였다. 1위를 턱밑까지 추격하면서 선두 향방을 알 수 없게 만들거나, 아니면 2위를 확실하게 밀어내며 사실상 1위를 굳히거나, 많은 이목이 쏠릴 수밖에 없었다.

전력보다 기세를 앞세우는 정면 승부인 만큼 첫 경기 결과가 시리즈 흐름을 좌우할 수도 있었다. 그만큼 가장 중요할 수밖에 없었던 시리즈 첫 경기에서 타이거즈는 8회 공격이 끝날 때까지 무득점에 그치며 0 대 2로 끌려가고 있었다. 그러던 9회 상대 팀 마무리 투수를 흔들며 기회를 잡았고 김도영이 적시타로 1 대 2 한 점 추격에 성공했다. 하지만 뒤이은 소크라테스의 범타로 흐름이 안갯속으로 가는 듯했던 찰나. 1사 주자 3루 상황에 타석에 들어선 나성범은 빠른 직구를 받아쳐 우측 담장을 넘겼다. 이 홈런으로 승부는 단숨에 역전. 그리고 이 한 점 차를 정해영이 탈삼진 두 개와 함께 삼자범퇴로 지켜내며 짜릿한 역전승을 거뒀다.

다음날 열린 경기에서도 타이거즈는 초반 0 대 1로 끌려갔다. 그러나 5회 선두타자로 나선 나성범의 솔로포로 금세 동점을 만들며 흐름을 내주지 않았고, 뒤이은 6회 9득점 빅이닝을 만들며 14 대 4의 대승을 거뒀다. 기세를 몰아 시리즈 마지막 경기에서도 선발 네일을 필두로 한 탄탄한 마운드의 힘을 앞세워 4 대 0 완승과 함께 시리즈 스윕. 그렇게 추격자를 완전히 뿌리친 타이거즈는 이전보다는 한층 여유를 찾은 모습으로 선두를 질주해갔다.

　　감독님께서 제게 너무 부담을 많이 갖는 것 같다고, 표정부터 어둡다고 말씀하시더라고요. 네가 못 치면, 그냥 지면 되니까 편하게 치라고 장난스럽게 이야기를 해주셨습니다. 책임감이 더 커지죠. 믿음을 주시는 감독님께 보답하고 싶었는데, 중요한 경기에서 보여드릴 수 있어서 기분이 좋습니다.

가장 중요한 경기에서 빛나는 스타의 진가. 감독은 의심하지 않았고, 선수는 그 믿음에 보답하고자 굵은 땀방울을 흘렸다. 유머러스한 표현으로 선수의 부담을 덜어주려는 감독과, 그 진심을 편안하게 받아들인 선수가 비로소 이겨내며 함께 만들어낸 해피엔딩. 정규시즌 우승을 확정지은 날. 나성범은 다 같이 모인 선수단의 한 가운데 서서 활짝 웃었다. 그리고 이범호 감독과 샴페인을 터뜨리며 우승의 기쁨을 누렸다.

결국엔 웃었고, 마침내 기뻤다. 9월 25일. 광주 챔피언스필드에서 열린 정규시즌 우승 시상식에서 감독, 단장, 대표이사와 함께 가장 먼저 트로피를 들어 올린 캡틴은 마이크를 잡아 들고 팬들에게 다시금 굳은 각오를 전했다. 한국시리즈 우승 트로피와 함께 이 자리에서 팬 여러분께 더 큰 기쁨을 선사하겠다는 메시지였다.

부상과 부침으로 개인적으로는 더한 시련 속에서도 팀과 팬을 잊지 않았던 캡틴. 7년 만에 이룬 우승에는 묵묵하게, 듬직하게, 팀을 이끈 주장 나성범이 있었다.

타이거즈의 페넌트레이스 우승에는 여러 요인이 있었다. 초보 감독 이었지만 어수선했던 분위기를 빠르게 추스르고 팀을 잘 이끌어간 이범호 감독 특유의 친근하고 수평적인 리더십을 시작으로, 최상의 경기력을 위해 언제 어디서나 최선을 다했던 선수단의 책임감. 그리고 어려운 순간을 이겨낼 수 있도록 만든 뎁스의 힘과 그 힘이 빛을 발할 수 있도록 보이지 않는 곳에서 오랜 시간 성심성의껏 육성과 성장에 애쓴 구단. 더불어 선수들이 야구에만 오롯이 집중할 수 있도록 보다 편한 분위기를 만들어준 프런트. 물심양면 지원을 아끼지 않은 모기업. 여기에 절대적인 에너지였고 누구에게도 뒤지지 않을 열정으로 타이거즈의 일원이 되어 함께 싸워준 팬들까지. 무엇하나 빼놓을 수 없는 많은 정성이 모여 정상을 차지할 수 있었다.

사실 타이거즈 역시 여느 때, 여느 팀과 마찬가지로 1위를 순탄하게 지켜간 것은 아니었다. 승차가 어느 정도 넉넉해 보이더라도 부상과 부진, 그리고 실책이 더해지며 불안감이 고조됐고, 실제로 절체절명의 위기에 봉착한 순간도 종종 있었다. 그로 인해 1위가 위태로울 수도 있겠다고 느낄만한 상황, 그럴 때 2위를 만난 게 오히려 전화위복이 됐다. 2위만 만나면 믿을 수 없는 경기력과 집중력으로 그들을 대차게 밀어내고 1위를 더 굳건히 할 수 있었던 것.

이른바 '호랑이 엉덩이 저주' '호랑이 꼬리잡기 저주'로 불리며 많은 이들의 호기심을 자아내고 뜨거운 관심을 모았던 2위와의 맞대결 초강세. 상대 팀이 누구든 상관없다. 그 상대가 2위라면 위닝시리즈는 기본, 시리즈 스윕까지 가져갔다. 그 결과, 2위 팀과의 맞대결 승률은 무려 9할. 말 그대로 '2위 킬러'다운 모습이었다.

내용도 눈에 띈다. 초인적으로 느껴질 정도의 힘, 말로 설명할 수 없는 집중력이 발휘됐다. 내내 끌려가던 경기를 경기 막판 뒤집는다거나, 9회 또는 연장 승부에서 무려 빅이닝을 만들면서 마침내 이긴다. 13실점을 했지만, 15득점을 만들며 이기기도 하고, 상대 타선을 무실점으로 틀어막으며 승리하기도 한다. 승부처에서 부진했던 선수가 살아나기도 하고, 때로는 백업 선수가 경기를 해결하면서 승리 이상의 분위기 상승을 불러오는 건 보너스.

이렇게 2위만 만나면 유독 거세지는 타이거즈의 기세는 선수들에게도 신기하게 느껴질 정도였다. 산전수전 다 겪어본 베테랑 중의 베테랑, 최형우와의 대화였다.

올해도 우승이라는 목표를 이루기까지 시즌을 치르면서 어려운 것들이 있었잖아요.

엄청 많았죠.

개인적으로는 우승을 많이 해보셨는데 이번에 우승하면서 이전과는 뭔가 다르게 느끼셨던 기운이랄까요? 그런 요인이 있었나요?

저도 좀 특이했다고 느낀 건 있었습니다. 2등 팀을 잡은 거요. 다들 비슷하게 생각하셨을 거예요. 그 많은 2등 팀이랑 붙었을 때 저희가 단 한 번이라도 무너졌으면 아마 우승까지는 힘들었을 거예요. 근데 한 번도 안 무너졌어요. 저는 그게 신기해요. 왜, 어떻게 그런 기운이 나왔는지 아직도 모르겠어요. 그 덕분에 남들이 봤을 때는 저희가 편하게 1위를 지켜왔다고 느낄 수도 있을 것 같네요. 그 상황이 저희는 너무 힘들었지만요.

극적으로 승부를 뒤집고 말도 안 되게 승리를 가져오는 데에는 그 이상의 집중력과 몰입도가 필요한 법이었다. 원하는 결과를 만든 만큼 분위기는 최고조로 올랐지만, '그 이상의' 경기력에 따른 피로도 역시도 배로 쌓일 수밖에 없었다. 더구나 최형우의 표현에서 '한 번이라도 무너졌다면 우승까지는 힘들었을 것'이라는 의미는 그저 1패, 루징시리즈-스윕패로 끝나는 것이라 아니라 우리의 상승세, 더 나아가 시즌을 치러가는 분위기 자체가 확 꺾였을 수 있었다는 뜻이다. 이는 다음 경기에, 다음 시리즈에, 그렇게 시즌 전체에 미칠 영향은 훨씬 더 막대했을 것이라는 이야기.

그러나 단 한 번도 기세를 내주지 않았다. 타이거즈가 정규리그 우승을 확정하고, 라이온즈의 2위가 최종적으로 정해진 이후에 만난 두 팀의 맞대결에서도 타이거즈는 어김없이 2위에게 강했다. 그렇게 2위 경쟁을 이어갔던 라이온즈와 12승 4패, 트윈스와 13승 3패라는 압도적인 우세를 완성하기까지. 그 모든 순간은 배로 힘겹고 어려웠으나 고통 뒤에는 달콤한 열매가 기다리고 있었다. 덕분에 빠르게 승수를 쌓아가고 2위를 밀어내면서 우승에도 한 발짝씩 다가섰다.

그렇게 어느덧 정규시즌 우승까지 남은 승수를 카운트하기 시작하는 단계에 이르렀다. 2위 팀이 지고 우리 팀이 이기면서, 매직 넘버를 하나씩 지워가는 과정에 있다는 건 사실상 어느 정도 우승이 눈앞까지 다가왔다는 뜻. 하지만 이범호 감독을 비롯한 선수단은 모든 게 확정될 때까지 긴장감을 늦추지 않았다.

본격적인 카운트다운이 시작된 9월. 팀 타선에서 가장 집중력을 발휘한 타자가 있었다. 바로 팀의 주축 타자이자 내야의 중심을 책임지는 김선빈. 최종 우승을 확정지은 9월 17일까지 그의 9월 타율은 무려 5할에 육박했다. 시즌 중반 부상에서 돌아온 후 타격감이 주춤한 듯했으나 8월 타율을 3할 9푼까지 끌어올렸고 시즌 타율 3할에도 복귀하며 본래 그의 자리로 돌아갔다.

개인적으로는 타격감이 후반기에 무섭게 치고 올라왔다고 느꼈습니다. 그 비결이 있었을까요?

그건 잘 모르겠어요. 무엇보다 매직 넘버를 빠르게 지우고 싶다는 생각밖에 없었어요. 경기에 나갈 때마다 빨리 우승을 확정 짓고 싶다는 생각을 유독 많이 했던 것 같습니다.

체력적으로도 많이 지칠 법한 시즌 막바지. 여기에 목표 달성이 눈앞까지 다가온 시점. 확실히 정해지진 않았어도 어느 정도 정해진 느낌은 지울 수 없는, 나도 모르게 마음이 흐트러질 수 있는 그런 시기. 육체적으로도 심리적으로도 집중력을 가다듬기가 특히나 어려워진다. 그때 평정심을 잃지 않는 존재가 바로 경험이 많은 베테랑이다. 그중에서도 야구에서만큼은 늘 냉철하고 확실한 김선빈은 더 집중력을 끌어올렸다.

그는 리그 상위 극소수로 분류될 정도의 정교한 타격을 자랑한다. 때로는 당겨치고, 때로는 밀어 치며 상황에 맞는 타격을 할 줄 아는 그는 과연 상대에게 가장 까다로운 타자 중 한 명으로 꼽힌다. 그도

그럴 것이 그는 어느 타순에 있든, 어떤 상황에 걸리든, 자유자재로 타구를 원하는 방향으로 보내며 우리의 기회를 이어가고 상대의 위기를 지속시키기 때문이다.

　이런 김선빈의 가치를 이범호 감독은 믿어 의심치 않는다. 함께 우승을 일궈내며 타격왕까지 거머쥐는 것을 가까이서 바라봤던 2017시즌을 비롯해, 동료의 시선으로, 코치의 시선으로, 이제는 감독의 시선으로 바라본 김선빈은 늘 한결같다. 무조건 3할은 충분히 칠 수 있는 타자. 잠시 부침이 있었음에도 그를 크게 걱정하지 않았던 이유다. 반등의 의지를 눈으로 봤고, 이를 위한 노력에 공감했으며, 변화의 행동까지 함께 공유했다.

　시즌 중 김선빈의 인터뷰를 통해 들을 수 있었던 '감독과의 사우나

토크' 역시도 그 일환이었다. 원정 경기로 인해 숙소를 쓸 때면 선수
단과 코치들이 주로 사우나를 이용하기 때문에 대개 감독들은 잘 찾
지 않는다. 그러나 이범호 감독은 전혀 개의치 않고 예전처럼 사우나
로 향한다. 어김없이 장난도 치고, 긴장을 풀어주기도 하고, 때로는 속
깊은 이야기를 나누기도 하고 건의 사항을 전달하기도 한다.

그전에 계셨던 감독님들도 편하게 대해주시긴 했죠. 그
런데 올해 특히 다를 수 있었던 건 선수 때부터 같이 해왔던 게
큰 것 같습니다. 스프링캠프부터도 선수들에게 워낙 잘 다가오
셨어요. 감독이 되셨다고 해서 거리감 같은 건 없었죠. 경기할
때도 긴장감이라든지 부담감이라는 게 생길 수 있는데 워낙 편
하게 해주시니까 선수들도 그걸 잘 못 느끼는 것 같아요. 그런
경직된 마음을 감독님께서 덜어주신다고 해야 할까요.

여전히 감독님과 사적인 이야기도 많이 나누십니까?

엄청 많이 하죠. 아마 저희 팀 선수들 가운데 너무 어린
선수들이 아니라면 다 같을 거예요. 할 말, 안 할 말, 서로 다 하
면서 지냅니다. 여전히 장난도 많이 치시고요. 감독님이 선수
단 라커룸에도 엄청 많이 들어오세요. 굳이 안 들어오셔도 되
는데 말이죠. 하하. 괜히 오셔서 장난치고, 할 일 하고 가세요.
예전 선수 때랑 똑같습니다. 그냥 형이에요 정말.

소중한 기억이 모이고 모여 지금에 이르렀다. 팀의 주축 선수로 성
장하고, 공포의 9번 타자로 타격왕을 차지했으며, 주장으로 팀을 이끌

기도 했고, 다시금 우승의 기쁨을 누리기까지. 이 모든 순간, 그는 변함없이 타이거즈 유니폼을 입고 있었다. 이번 시즌을 앞두고 자신의 두 번째 FA 자격을 취득한 그는 좋은 조건에 계약을 맺으며 타이거즈와 함께하기로 했고, 이로써 사실상 '종신 타이거즈'를 선언했다.

프랜차이즈 스타가 점점 사라지는 분위기다. FA 자격을 더 적극적으로 행사하면서 이적이 더 활발하게 이뤄지고 있고, 팀은 전략적으로 트레이드 카드를 활용하며 트레이드의 느낌 또한 이전과는 달라지면서 선수의 이동이 이전과는 비교가 안 될 만큼 자유롭게 이뤄지고 있는 세상이 됐다.

그런 만큼 더 귀해지는 것 역시 프랜차이즈 스타다. 그 선수 하면 떠오르는 팀은 단 하나. 그만큼 팀에도 상징적인 존재다. 더불어 오로지 한 팀에서 나의 모든 성장기를 함께했으며 동시에 팀의 변천사 역시 그 안에서 직접 부딪히며 몸소 경험했기에, 팀에 대해 누구보다 잘 알고, 팀에 대한 애정 역시 누구보다 남다르다. 팀의 모든 시간을 오롯이 겪었고, 그렇게 팀의 역사를 함께 일궈냈다. 그만큼 타이거즈에서 함께한 많은 감독들을 경험했을 터. 그가 느낀 올 시즌 이범호 감독의 부임은 그간 꼭 필요하다고 생각했던 변화의 시작이었다.

타이거즈 한 팀에서만 정말 오래 뛴 만큼 시기에 따라 필요한 리더십도 달라진다는 걸 느끼실 텐데요. 때로는 확 휘어잡는 게 필요하다면, 때로는 유연하고 느슨하게 풀어주는 것도 필요한 것처럼요. 그런데 올 시즌 이범호 감독님은 편한 리더십을 보여주셨습니다. 그런 성향이 통하는 그런 시즌이었다고 봐도 될까요?

저는 그렇다고 생각해요. 제가 주장할 때부터 바람이 있었어요. 야구를 더 마음 편히 했으면 하는 마음이었죠. 그래서 눈치 보지 말고 야구를 하자는 이야기도 선수들에게 많이 하기도 했고요. 근데 뭔가 쉽지 않았어요. 근데 그게 올해는 진짜 실현이 된 거예요. 특히 어린 선수들이 눈치를 보지 않고 야구를 좀 더 편하게 할 수 있는 것 같아요. 감독님도 그런 분위기를 같이 만들어주시니까요. 그러다 보니 이제는 모두가 경기장에서 즐길 수 있다고 해야 할까요. 그런 게 많아진 것 같아요.

필요했던 부분이었는데 마침 감독님이 딱 오시면서 그게 딱 맞아떨어진 거군요.

네. 그게 좀 더 커졌다고 볼 수 있을 것 같아요. 올 시즌 우리 팀의 젊은 선수들이 진짜 잘해줬죠. 근데 실책이 많기는 했잖아요. 이 정도였다면 사실 다른 팀이었다면 군기를 잡거나 질타하거나 그랬을 수도 있어요. 근데 그러지 않아요. 모두가.

감독을 필두로 만들어 간 '편한 분위기'. 이번 시즌 타이거즈의 우승에 절대 빼놓을 수 없는 '신구조화'가 가능했던 비결이 바로 이 분위기에 있었다. 젊은 선수들이 눈치 보지 않고 각자가 가진 잠재력을 폭발시킬 수 있도록, 고참 선수들은 모든 걸 책임져야 한다는 부담감을 덜고 본래 가진 기량을 발휘할 수 있도록, 편하게 서로를 대하고 편하게 야구를 대하는 그들은 즐기기 시작했고, 즐겼다.

노력하는 사람, 타고난 사람을 넘어선다는 즐기는 사람. 그러니 더

욱이 이들의 기운을 그 누구도, 그 무엇도 막아설 수 없었던 게 아니
었을까. 그렇게 즐기면서 부상에 대한 불안도, 이탈에 대한 걱정도, 추
격에 대한 두려움도, 수성에 대한 압박감도 떨쳐냈다. 버티면서 이겨
냈고, 밀어내면서 지키며, 어느덧 2위와의 승차는 8게임 차. 선두를
굳혀가던 타이거즈는 정규시즌 7경기를 남겨둔 시점에서, 팀으로는 7
년 만에 이룬, 팀의 7번째 정규시즌 우승을 확정했다.

2024년. KBO리그는 한국 프로스포츠 사상 최초로 천만 관중을 돌파했다. 전례 없는 인기 속에 광주의 야구 열기는 그야말로 역대급이었다. 생중계부터 하이라이트까지 어디든 틀어져 있는 야구 채널. 지나가는 대화 속에 어렵지 않게 들을 수 있는 요즘 타이거즈 이야기. 홈 경기가 있는 날이라면 어느 시간이든, 어느 장소든, 눈에 띄는 타이거즈 유니폼. 그리고 경기 시작 한참도 전부터 야구장 근처로 모여드는 발걸음. 광주 시민들은, 타이거즈 팬들은 어느 때보다 더 열정적으로 야구를 즐겼다.

그 비결 중 가장 큰 요인은 단연 성적이었다. 이기는 야구를 자주 볼 수 있다는 건 그만큼 자주 행복할 수 있다는 뜻이니까. 게다가 '그냥' 이기기만 한 것도 아니었다. 그 안에 담긴 다채로운 이야기들은 팬들을 더욱 열광하게 했다. 소소한 일상마저 화제를 불러일으키며 팬들을 웃음 짓게 했고, 기록의 향연은 야구를 보는 즐거움뿐 아니라 과거의 추억을 소환하고, 현재를 즐기게 하며, 미래를 기대하도록 만들었다. 선수단이 볼거리 가득한 기록을 팬들에게 선사한 만큼 팬들 역시 사랑을 가득 담은 기록으로 화답했다.

팀 역대 최다 관중을 동원하며 구단 최초 120만 관중 돌파. 여기에 30번의 매진으로 구단 최다 매진 신기록까지 거뜬히 갈아치웠다. 시즌 막판까지도 그 화력은 계속됐다. 올 시즌 6월, 1995년 이후 29년 만에 6경기 연속 홈 경기 매진을 기록하며 구단 최다 경기 연속 만원관중 타이를 달성했던 타이거즈. 시즌 종료 직전에는 홈 9경기 연속 매진을 기록하며 새로운 역사를 썼다. 챔피언스필드 개장 10주년을 자축하듯, 팬들도 함께 이룬 광주에서의 연속된 대기록. 선수단이 팬들의 자부심이듯 팬들 역시, 광주의 뜨거운 함성 역시 선수단의 자부심이었다.

　젊은 선수들의 성장이 있었고, 고참 선수들의 낭만이 있었다. 모두가 한마음으로 힘을 모았다. 숱한 부상과 위기 속에서도 서로 밀어주고 끌어주며 하나의 목표를 향해 나아갔다. 신구조화와 단합으로 만들어낸 승리. 덕분에 팬들은 이기는 경기를 보며 기대 요소를 품고, 짙은 여운을 안은 채 기분 좋게 돌아갈 수 있었다. 그래서 또, 야구장이 생각난다. 경기가 거듭될수록 팬들은 더 많이 야구장을 찾았다.

　더군다나 2024년은 기록적인 폭염, 난데없는 폭우가 우리의 일상을 괴롭힐 정도였다. 그럼에도 불구하고 야구장을 찾는 발걸음이 늘었다. 팬들의 사랑을 있는 그대로 증명하는 지표. 아무리 야구를 좋아하고 우리 팀을 사랑하는 팬일지라도 야구장을 직접 찾는 정성은 결코 가벼운 일이 아니다. 이 어려운 일도 마다하지 않고, 야구장을 찾아 우리의 기를 든든하게 살려주는 팬들의 환호. 그 한 사람, 한 사람의 정성이 모여 관중석을 가득 채웠다. 매진. 만원 관중. 이범호 감독에게는 더 특별한 의미가 있다.

　　개막전부터 정말 감사하게 생각하는 게 있습니다. 이번 시즌 개막전에서 챔피언스필드가 매진을 기록했는데요. 정말 오랜만에 개막전 만원 관중이었는데, 제가 감독으로 부임한 첫해, 시작부터 이렇게 뜨거운 사랑을 느끼니 더할 나위 없이 벅찼죠. 그리고 그날의 만원사례가 제가 은퇴식을 했던 2019년 7월 이후 5년 만이라고 하더라고요.

그 사이 몇 년 동안 만원 관중이 한 번도 없었던 거군요. 그 전 마지막이 감독님 은퇴식이었다는 것도 의미 있으면서, 신기하네요.

코로나 여파도 있었고, 여러 이유가 있었겠죠. 당시 제 은퇴식 때도 그렇게 야구장을 가득 채워 축복해주셨던 게 여전히 생생해요. 그 기억도 떠올랐고요. 이렇게 시작부터 만원 관중으로 힘을 실어주신다는 건 그만큼 타이거즈 야구를 다시 기대하신다는 뜻이잖아요. 그래서 이렇게 많은 분이 응원을 보내주실 때, 이곳 광주 홈에서 팬들께 우승하는 걸 꼭 보여드리고 싶다는 생각이 들었습니다.

운명 같은 연결고리가 아닐 수 없다. 선수로서의 마지막, 감독으로서의 시작. 몇 년의 시간이 흘렀어도, 그때나 지금이나, 변함없이 '안녕'을 축복하기 위해 만원 관중이 모였다. 그만큼 이범호 감독에게도 평생 잊을 수 없는 소중한 기억이 쌓인 광주, 그리고 챔피언스필드다.

인생에 있어서 최고의 순간마다 그는 광주에 있었고, 챔피언스필드에 있었다. 어딜 가나 환영해 주는 팬들. 타이거즈 야구 잘 부탁한다며 전하는 따뜻한 마음. 더불어 멋진 선수들과 함께 좋은 경기도 많이 만들었고, 우승의 환희를 누릴 수도 있었다. 여기에 감동의 눈물과 함께 평생에 기억에 남을 하루를 장식했던 은퇴식. 이후에는 잠재력 있는 선수들과 함께 미래를 그려가며 동고동락했던 값진 시간까지. 함께했던 모든 순간이 여전히 짙게 남아 있고, 문득문득 수많은 장면이 스쳐 지나가기도 한다.

이제는 감독으로 이 자리에 서 있다. 그리고 감독 부임 첫해, 정규 리그 우승을 달성했다. 이제는 챔피언스필드에서 마침내 한국시리즈 트로피를 들어 올릴 기회가 찾아왔다. 리그에서 가장 많은 열 한 개의 별을 단 타이거즈. 그러나 광주에서 한국시리즈 우승을 확정지은 건 단 한 번. 중립 경기 등 한국시리즈 운영방식의 영향도 있었고 상황이 맞아떨어지지 않았다. 이범호 감독이 타이거즈에서 우승했던 2017시즌에도 잠실에서 5차전을 끝으로 한국시리즈 챔피언으로 등극했다.

선수 때부터 광주에서 한국시리즈 우승하는 장면을 상상했었어요. 광주에서 우승했을 때 함성으로 동네 아파트까지 들썩들썩했다는 얘기도 들었고요. 우승이라는 게 상황이 만들어졌을 때 빠르게 끝내야 하는 건 당연한 일이지만, 광주에서 하는 건 또 의미가 다르잖아요. 2017시즌에도 서울에서 잘 끝나기는 했는데 광주로 돌아가 끝내도 좋았겠다는 생각이 들었거든요. 챔피언스필드 덕아웃에서 다 같이 뛰어나가는 모습. 그리고 홈팬들과 그 감동을 즐기는 장면. 상상만 해도 정말 멋지지 않나요.

THE SHOW MUST GO 1. 챔피언스필드에서 열린 한국시리즈 출정식. 역시나 만원사례를 이룬 팬들 앞에서 선수단은 한국시리즈 우승에 대한 결연한 각오를 전했다. 대투수 양현종은 2017년의 기억을 소환시키며 다시 보여드리겠다는 짧고 굵은 다짐으로 팬들의 가슴을 뜨겁게 만들었고, 주장 나성범은 한국시리즈를 앞둔 3주 정도의 시간 동안 선수단이 잘 준비할 테니, 팬들은 그날의 함성을 위해 목 관리를 잘해주시라는 따뜻한 당부를 건네기도 했다.

그리고 이범호 감독은 광주에서의 우승을 다짐했다.

선수들이 열심히 노력해준 덕분에 광주에서 한국시리즈 5경기를 할 수 있게 됐습니다. 어느 팀이 올라오든 광주에서 우승하는 모습을 여기 계신 광주 팬분들께 꼭 보여드리겠습니다.

달라진 규정. 정규리그 1위. 광주 홈 경기에서 한국시리즈 우승을 확정할 수 있는 확률은 이전에 비해 높아졌다. 우주의 기운이 따르고 있는 만큼 그 완벽한 시나리오까지 완성하고 싶다. 특히나 올해 광주 홈팬들은 구단 역사상 가장 많이 관중석을 가득 채우며 우리에게 응원의 목소리를 전했다. 그 감사한 마음에 더 큰 감동으로 보답하고 싶은 마음.

나를 꽃피운 곳. 광주에서 이범호 감독은 이제 새로운 목표를 품고 굳은 다짐을 새긴다.

25

우승

1년 365일, 모든 날은 각자에게 다른 의미로 특별하다. 기억에 남는 하루, 절대 잊을 수 없는 하루가 모여 1년이 되고, 일생이 만들어진다. 그리고 그 일생이 쌓여 역사가 된다. 2024년 9월 17일. 이날은 2024년의 음력 8월 15일, 민족 대명절 추석날이었다. 그리고 KBO리그에, 그리고 타이거즈에 새로운 역사를 새긴 하루였다. 바로 2024시즌 정규리그 우승팀이 최종 확정된 날. 7년 만에 타이거즈가 정규리그 우승을 달성한 날.

추석 당일을 맞아 우리나라는 들썩였다. 주말을 끼고 모처럼 긴 연휴를 즐길 수 있는 명절이었지만 역시나 가장 많은 움직임이 있었던 건 추석 당일이었다. 성묘객과 귀경객으로 곳곳이 북적였고 연중 최대 명절에 걸맞게 오랜만에 만난 가족과 이웃에게 덕담을 전하고 커다란 보름달 아래 빌 소원을 떠올리며 그렇게 분주한 하루가 지나가고 있었다.

KBO리그는 풍성한 한가위를 맞이할 다섯 경기를 준비하고 있었고 예년과 다르지 않게 낮 두 시 경기로 진행되는 날이었다. 가을의 상징과도 같은 추석답지 않게 날은 무더웠다. 뜨거운 태양 아래, 타이거즈의 정규시즌 우승까지 남은 매직 넘버는 단 하나. 우리가 이기거나, 2위 팀이 지면, 매직 넘버가 모두 지워진다.

타이거즈는 랜더스와의 문학 원정 경기를 앞두고 있었다. 상대는 포스트시즌 진출이 불투명한 절체절명의 상황이었다. 상대 에이스가 등판한 가운데 근소한 점수 차로 끌려가는 상황이었다. 어느덧 경기는 막바지에 접어들었다. 그때 원정 관중석에서 터져 나온 함성에 기분 좋은 직감을 느낄 수 있었다. '2위 팀이 졌구나.' 그렇게 우리 팀의 경기 결과와 관계없이 매직 넘버 1이 지워지며 타이거즈는 7년 만에, 정규리그 1위를 확정 지었다.

경기가 끝나고 선수단은 그라운드로 뛰어나왔다. 우승 기념 티셔츠를 입고 깃발을 휘날리며 서로를 축하했고 수고의 인사를 전했다. 그리고 그라운드 곳곳을 누비며 응원을 전해준 팬들과 눈을 맞추고, 함께 기쁨을 나누며 벅찬 감동의 순간을 누렸다. 긴 장기 레이스의 마침표를 우승으로 장식할 수 있음에 기뻐했고, 이 시간을 위해 긴 시련과 고난을 견뎌왔음에 감사했다.

우승 경험이 있는 베테랑 선수들이나, 이런 상황이 처음인 루키 선수들이나 그 순간이 벅차고 감동적인 건 다르지 않았다. 누군가는 활짝 웃었고, 누군가는 뜨거운 눈물을 흘리며 각자의 방식으로 그 순간을 느끼고 즐겼다. 이어지는 원정 경기 일정으로 인해 근교로 이동해 즐긴 샴페인 파티는 축제의 분위기는 최고조에 이르게 만들었다.

그 사이, 유난히 밝고 큰 보름달이 하늘 높이 떠올랐다. 달빛이 가장 좋은 밤, 추석. 풍년을 기원하는 날, 한가위. 평생 잊을 수 없는 기쁨으로 가득한 그 분위기를 즐기며 이제 새로운 소망을 새긴다. 통합우승. 아직 끝이 아니다. 또 다른, 더 높은 지점을 향해 나아간다. 정규리그 우승을 확정하고 시간이 조금 지난 뒤 이범호 감독과 이야기를 나눴다. 어김없이 그는 더 큰 목표를 떠올릴 뿐이었다.

인천에서 딱 하루 좋았던 것 같습니다. 그리고 바로 한국 시리즈를 어떻게 치를지 고민하느라 바쁘네요.

선수 때랑은 확실히 다르시겠죠? 어떻게 다를지도 궁금

한데요.

　　선수 때는 감정을 있는 그대로 표현해도 괜찮았던 것 같아요. '우리 페넌트레이스 엄청 잘했어. 고생했다. 이제 한국시리즈 가서 해보자.' 이렇게 선수들이랑 이야기를 나눴던 기억이 납니다. 근데 감독이 되니까 뭔가 자제하게 되는 느낌이랄까요. '아직 안 끝났다. 들뜨지 말자.' 차분해지더라고요. 고민도 더 세분화해서 해야 하고, 분석도 해야 하고, 정신이 없네요.

　사실 144경기를 치르는 장기 레이스에서 정상을 차지한 것은 그 무엇보다 대단하고 큰 영광을 자랑하기에 충분하다. 그 가치를 인정하면서도 그보다 우리 리그에서는 여전히 한국시리즈에서의 우승을 더 높이 평가하는 경향이 결코 적지 않은 게 사실이다. 더불어 그간 가장 많은 정상을 차지한 타이거즈의 불멸의 '신화'가 있기에 한국시리즈의 중요성은 더 크게 느껴진다. 그간 올라간 열 한 번의 한국시리즈에서 단 한 번도 지지 않았던, 한국시리즈 불패 신화.

　어쩌면 부담을 느낄 수도 있는 그런 흐름이지만, 이범호 감독은 그의 성향 그대로 좋은 쪽을 떠올린다. 그간 쌓인 데이터로 검증이 된 만큼 이번에도 우리에게 좋은 기운이 전해져올 거라는 기대감. 그래서 이렇게 우승을 상상하지 못했던 시즌 중반의 어느 날에도 이런 말을 한 적이 있었다. 심지어 그때는 선수단의 실책이 연일 도마 위에 오르며 타이거즈가 대권에 도전할 수 있겠느냐는 회의적인 시선이 나올 때였다.

감독님, 문득 궁금한 게 있습니다. 한국시리즈 불패 신화
가 시간이 쌓일수록 선수단에게는 때로는 부담으로 다가올 수
도 있지 않을까요?

맞아요. 2017년에도 사실 그게 많이 부담스럽긴 했습니다.
2017년 한국시리즈 첫 경기에서 저희가 졌어요. 선수들이 모였
죠. 그때 제가 그전까지 주장을 3년 했고, 이어서 주찬이가 주
장을 맡을 때였는데요. 선수들이 모인 앞에서 저에게 한마디를
하라는 거예요.

무슨 얘기를 하셨나요?

'그동안 한국시리즈에서 우리가 열 번을 우승했다는 건
데이터야. 그러니까 우리는 절대 안 져. 걱정하지 말고 내일부

터 다시 해보자.' 이후에 광주에서 한 게임 이기고, 서울에 가서 세 번을 이겼죠. 그렇게 우승을 한 겁니다. 확실히 뭔가 기운이 있다는 게 느껴지더라고요. 우리 선수들이라면 못 이길 수가 없다는 생각이었습니다. 그래서 지금 우리 젊은 선수들도 실수는 종종 하지만, 막상 포스트시즌에 가면 그 기운을 받아서 또 새로운 모습을 보여주지 않을까 하는 기대감이 있어요.

걱정보다 기대를 떠올렸다. 이범호 감독이라고 해서 우려가 없었을까. 그러나 우리가 가지고 있는 저력, 여기에 그간의 기록으로 우리에게 힘을 실어주는 타이거즈의 역사. 그 보이지 않는 힘을 더 떠올리고 믿어보며 이 자리에 왔다. 그렇게 열두 번째 별을 그린다.

KBO 역사를 대표하는, 가장 많은 우승을 한 팀입니다. 그 중에서 이번 우승의 의미는 무엇이라고 생각하십니까?

저는 감히, 타이거즈가 최강팀으로 군림하던 1980년대 ~1990년대의 느낌을 떠올려 봅니다. 사실 2000년대 이후에 저희가 우승을 했던 2009년과 2017년에는 우승을 달성하고 다음 해에 확 떨어지는 흐름이었어요. 그런데 이번에는 젊은 선수들이 좋은 바탕을 만들고 있고, 베테랑 선수들이 그들의 능력을 최대치로 발휘하면서 우승을 이뤘죠.

주요 선수 몇 명의 일방적인 주도가 아니었다는 뜻이죠.

그렇죠. 그래서 이전과는 다르게, 내년과 내후년까지 기대해볼 수 있는 그런 우승이 아닐까 생각이 들었습니다. 한국시리즈까지 저희가 잘 치른다면 젊은 선수들에게 큰 경기에 대한 경험치까지 생기게 돼요. 왜냐하면 한국시리즈만큼 어려운 경험은 또 없거든요. 감독으로 부임할 때도 이런 얘길 한 적이 있습니다. 1년 반짝하는 팀이 아니라 오랫동안 계속해서 상위권을 유지하는 팀을 만들고 싶다고요. 그 시작점을 만드는 해가 되지 않을까요?

새로운 슈퍼스타가 나가면 베테랑 레전드가 불러들이고, 팀의 상징인 대투수가 문을 열면 새로운 구원왕 영건 수호신이 뒷문을 걸어 잠그는 모습. 이는 2024시즌 타이거즈를 고스란히 보여주는 장면이었다. 그야말로 완벽했던 신구조화. 코칭스태프와 구단이 환경을 만들었고, 선수단은 행동으로 완성했다. 이 안에서 이범호 감독은 또 하나의 긍정적인 신호를 발견했다.

좋은 지도자가 되는 것만큼 중요한 게 좋은 선수를 만나는 거라고 생각합니다. 덕분에 이렇게 멋진 야구를 만들어 갈 수 있어서 감사할 따름이에요. 여기서 좋은 선수의 상징은 '성실'이고요. 최근 왕조를 구축했던 팀의 선수들을 보면 늘 성실하고 의욕이 넘칩니다. 나이나 연차에 상관없이 모두가 그렇죠. 그런 느낌을 저는 우리 선수들에게서 받았어요. 그래서 우리도 할 수 있다는 생각이 들었습니다. 지금처럼 좋은 베테랑이 있을 때 젊은 선수들이 잘 성장하고, 그들이 은퇴하고, 지도자가 되고, 또 젊은 선수들은 고참이 되면서, 선순환이 만들어지면 오랫동안 좋은 팀이 될 겁니다.

에필로그

'오랫동안 좋은 팀' 정상에 올랐지만 1년만 좋은 팀을 그리지 않는다. 그래서 이범호 감독은 이제 시작이라고 말한다. 앞으로 우리가 나아갈 길의 첫걸음. 여기서 우리가 나아갈 길, 바로 '최강팀'이다. KBO리그에서 가장 많은 우승을 일궈낸, 가장 많은 별을 단, 그야말로 가장 강한 팀. 타이거즈만큼 이 수식이 잘 어울리는 팀이 또 있을까. 세상이 변하고 상황도 달라지며 주춤했지만, 이제는 변화에 맞게 우리도 달라지며 다시 일어섰다.

그렇게 모든 걸 이룬 2024시즌이었다. 그러나 타이거즈에는 여전히 힘이 있다. 그리고 희망이 있다. 모든 걸 보여주고도 앞으로 보여줄게 더 남았다는 것. 이는 2020년대, 새로운 타이거즈를 표현하는 수식이다. 많이 이기고, 그 안에서 얻을 수 있는 또 다른 힘이 차곡차곡 쌓이며 오래오래 상위권에 머무는 최강팀. 타이거즈는 이제 시작이다.

Epilogue

야구에도,
인생에도,
전화위복이 있다

이범호 감독과 대화를 나누고, 그 이야기를 곱씹고, 다시 글과 함께 버무리면서, 그의 삶을 헤아려볼 때마다 내내 머릿속을 맴돈 단어가 있었다. 바로 전화위복. 올 시즌 그가 감독이 되는 과정이 그랬고, 감독으로 보낸 1년이 그랬으며, 지금까지 살아온 그의 삶이 그랬다. 그는 언제나 위기를 기회로 만들었다. 그렇게 올라섰고, 그렇게 이뤘고, 그렇게 지금의 이범호가 되었다.

달리 말하면 그의 성장과 성공 앞에는 늘 위기와 난관이 있었다. 여기서 그의 주변 사람들이 더 주목한 건 위기와 난관이었다. 그들은 잘하고 있는 것보다 못할 것 같은 상황에 더 주목했다고 이범호 감독은 말했다. 학창 시절부터. 처음으로 지명받은 프로팀, 커다란 도전이었던 해외 진출부터, 한국 복귀 후 처음으로 이적한 팀까지. 때로는 약체로 평가받는 팀에 안타까움을, 때로는 부상 등으로 기량을 발휘하지 못한 자신에 아쉬움을 드러내며, 좋은 것 대신 좋지 않은 것에 초점을 둔 말들이 항상 그를 따라다녔다.

나의 중심만큼 타인의 판단 역시 귀기울여 들을 필요가 있을 때가 있다. 그리고 그들의 '말'은 나의 마음가짐에 영향을 미칠 수 있는데 이를 어떻게 받아들이느냐는 다시, 자신에게 달렸다. 여기서 이범호 감독에게 그들의 부정적인 말은 도리어 냉정하게 마음을 다잡는 계기가 됐다. 비관적으로 자신을 바라보는 시선을 기필코 밟고 일어서고 싶었고, 우물 안 개구리와 같은 내 모습을 발견하며 오히려 스스로를 채찍질했다. 그렇게 부정적인 시선을 잠재우고 지워내며, 결국엔 긍정적인 요인이 돋보이고 승리한다는 사실을 증명해내며 한 걸음씩 나아갔다.

　　감독으로서의 출발 역시 마찬가지였다. 초유의 상황이 벌어졌고, 팀은 안팎으로 어수선했으며, 새로 부임한 그의 역량 역시 미지수였다. 초보가 이 상황을 해결할 수 있겠냐는, 젊은 사람이 쉽지 않을 거라는, 의심의 시선이 더 높았던 것도 사실이다. 그런 가운데 잘 갖춰진 좋은 전력은 그에게 큰 힘이 되어주는 동시에, 한편으로는 오히려 그를 시험하는 듯한 배경으로 보였다. 걱정거리는 그대로 걱정거리로 남았고, 기대 요소는 괜한 의구심을 불러왔다. 그 결과, 잠시 주춤할 때는 새삼스러운 초보 딱지가 붙었고, 잘할 때는 그럴 만한, 당연한 결과라는 이야기가 따라왔다.

　　세상에 당연한 일이 있을까. 특히나 시즌이 시작되기 전까지 타이거즈의 우승은 더더욱 당연하지 않았다. 그러나 조금씩 당연해졌다. 선수들이 잘했고, 감독을 비롯한 코칭스태프가 잘할 수 있는 환경을 만들었으며, 구단은 이 모든 걸 위해 물심양면 지원했다. 그렇게 조금씩 커진 '당연히 우승'이라는 시선. 이는 '바뀐' 것이 아니다. 그와 선수들이 '바꾼' 것이다. 지금 자리해 있는, 페넌트레이스 최종 순위표 가장 높은 위치. 그리고 시즌 중 가장 오래 정상을 지켜온 과정까지. 이는 모두가 함께 '만든' 것이지 '만들어진' 것이 아니었다.

　　그만큼 더 외로운 싸움을 이어왔음을 짐작하게 했다. 마땅히 그래야만 하는 일, 당연하다고 여기는 것과 맞서는 일. 세상의 시선을 내가 비정상으로 만드는 것만 같은 그런 기분. 지키는 자, 쫓기는 자의 압박감이 가장 크다지만, 또 다른 거대한 무언가와도 싸워온 이범호 감독이었다.

　　본문에도 언급했듯 그의 앞날은 늘 예측불허였다. 예상치 못하게, 생각지 못하게, 커다란 도전이자 무모한 모험에 맞닥뜨렸다. 어려울 거라는 예측, 험난할 거라는 주변의 말에도, 그는 일단 부딪쳤다. 그리고 보란 듯이 해냈다. 그가 살아온 삶의 방식대로, 묵묵하게 받아들였고, 강인하게 이겨내며, 마침내 정상에 올라섰다. 결국에 내가 잘하는 것, 우리가 잘할 수 있는 건 빛을 발하게 되어있다는 사실을 그는 예나 지금이나 똑같이 증명하고 있다.

이제 막 감독으로 1년을 마쳤다. 우승이라는, 누군가에게는 최종 목표일 수 있는 대업을 이뤘다. 그러나 그는 이제 시작이라며 마음을 다잡는다. 또 알 수 없는 일이 닥칠 것이고, 어려운 순간도 찾아오겠지만, '드넓은 대지에 다시 새길 희망을 안고', 굳세게 부딪치며 우직하게 앞으로 나아간다.

끝으로 감독 첫해를 보낸 자신에게 어떤 이야기를 해주고 싶냐는 물음에 이범호 감독은 아래와 같이 답했다. 그 짙은 울림을 팬들께서 직접 느껴보셨으면 하는 마음을 담아, 이범호 감독의 말로 이 글을 마무리한다.

"이제 시작이다. 지도자로서의 시작은 지금부터다. 그래서 이제 1년에 불과한 2024년을 감히 평가하지 않겠다. 그저 한결같이 좋은 지도자로 남기 위해 더 노력할 것이고, 지금의 모습이나 행동이 변하지 않도록 정신 바짝 차리고, 언제나 지금이 시작이라는 생각으로 다시 달려보겠다."

초판 1쇄 펴낸 날 | 2024년 11월 1일

지은이 | 오효주, 이범호
펴낸이 | 홍정우
펴낸곳 | 브레인스토어

책임편집 | 김다니엘
편집진행 | 홍주미, 이은수, 박혜림
디자인 | 이예슬
마케팅 | 방경희
사진 | 김진환, KIA 타이거즈

주소 | (03908) 서울시 마포구 월드컵북로 375(상암동 1654) DMC이안상암1단지 2303호
전화 | (02)3275-2915~7
팩스 | (02)3275-2918
이메일 | brainstore@publishing.by-works.com
블로그 | https://blog.naver.com/brain_store
페이스북 | http://www.facebook.com/brainstorebooks
인스타그램 | https://instagram.com/brainstore_publishing

등록 | 2007년 11월 30일(제313-2007-000238호)